时代推理

推理要在晚餐后
REASONING AFTER DINNER

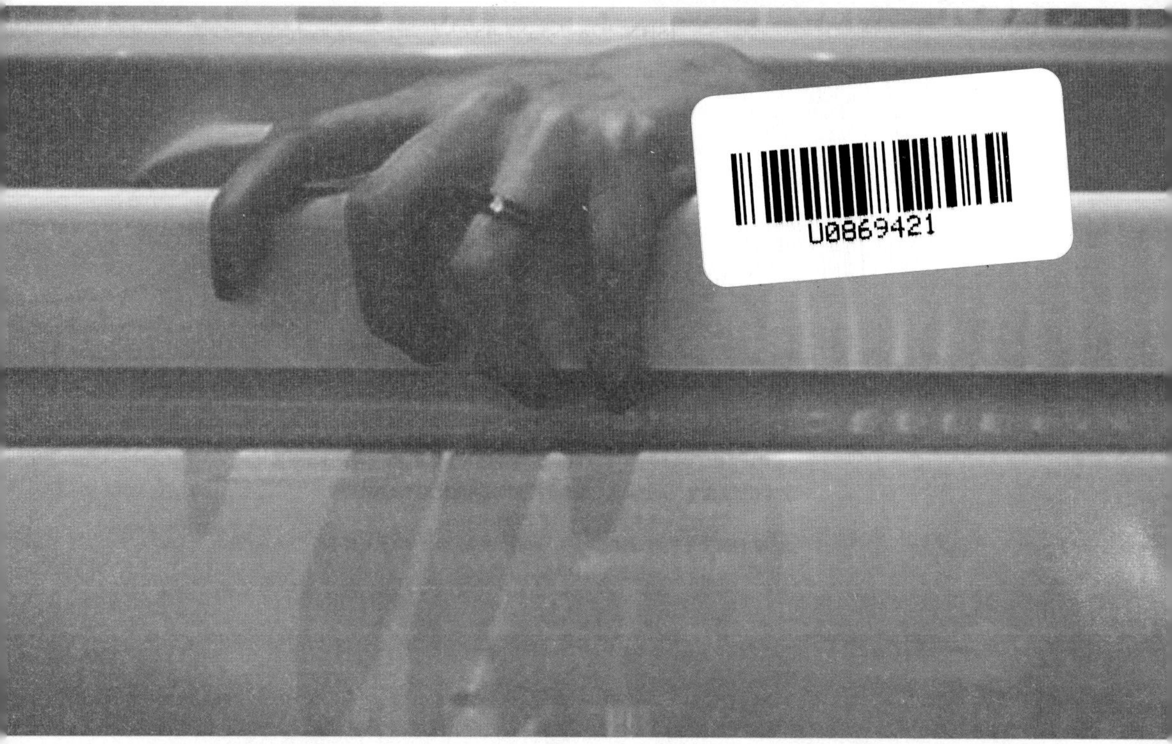

DEATH IN THE BATHROOM

浴室命案

绿 蒂◎编著

时代文艺出版社

图书在版编目（CIP）数据

浴室命案 · 2 / 绿蒂 编. —长春：时代文艺出版社，2013.9（2018.1重印）
（推理要在晚餐后）

ISBN 978-7-5387-4372-2

Ⅰ.①浴… Ⅱ.①绿… Ⅲ.①推理小说－小说集－世界 Ⅳ.①I14

中国版本图书馆CIP数据核字(2013)第237270号

出品人 陈 琛
产品总监 郭力家
选题策划 方 伟
责任编辑 方 伟 李 硕
装帧设计 陈 阳
排版制作 周艳云

浴室命案

绿蒂 编著

出版发行 / 时代文艺出版社
地址 / 长春市泰来街1825号 时代文艺出版社 邮编 / 130011
总编办 / 0431-86012927 发行部 / 0431-86012957 北京开发部 / 010-63108163
官方微博 / weibo.com / tlapress 天猫旗舰店 / sdwycbsgf.tmall.com
印刷 / 三河市京兰印务有限公司
开本 / 710mm × 1000mm 1 / 16 字数 / 222千字 印张 / 15
版次 / 2014年1月第1版 印次 / 2018年1月第2次印刷 定价 / 42.80元

目录

子夜枪声

艾伦·海德

那个留着灰色小胡子的矮胖子，站在朝阳中的人行道上，他刚吃过了一顿丰盛的早餐。悠闲地，把廉价的烟，装在一只蹩脚的烟斗里，从袋里摸出一盒火柴来，点了烟，看着街景。

这个50岁的人——阿利斯·派克，是荷莱小镇上，唯一有名的侦探。他站在家门口，和来来往往的朋友和邻居们打着招呼。

“看你好像有心事似的，阿利斯。”邻居埃尔克说。他这时是到市区里自己店里去的。

“也许我有心事，”阿利斯·派克说，“奥勋郡发生了一件谋杀案。他们很希望我去帮他们的忙。”

“谁被谋杀了？大侦探”那朋友问。

“一个叫莫利·布莱克的男人。年龄大约跟我相仿。”

“喔，是的。我在报纸上读到过这件事。那是在前天晚上发生的。两个歹徒侵入了他的屋子，把他的妻子绑了起来，把嘴塞住了。然后把他杀死。”

“唔，”阿利斯·派克说，“就是这件案子。”

“但是，这是发生在盘林登郡以外的事。不在你的管辖之下的呀？”

派克笑了笑。“你不知道，”他说，“只要有个顽皮的孩子在本区里闯了祸，他们一定要我去设法解决的。”

派克的话，并没有在吹牛。自从他在这个偏僻的郡里当侦探以来，他已经把100多个谋杀犯送上了断头台、电椅、和毒气室。因此他的名誉布满了全美国。就是在欧洲较大的城市里，也有人知道他。大城市里的警察局常来请他帮忙。而这位小乡村里的大侦探，对一切疑难的案件，往往都带来了正确的答案。

“大城市里的侦探们，大都是些笨蛋，”派克常常在埃尔克俱乐部同他的朋友们说，“第一是他们没有常识。他们太注意一些明显的事。第二是他们在谋杀案中，不注意‘不自然’的事。我总是很留神这些‘不自然’的事的，所以我能破案。”

在这天早上，派克穿过了街道，到对面那所古老的法院里。走上了发响的楼梯，到他在二楼后部的办公室中。当一个年轻的女人走进来的时候，他正看完了早报。“早安，安娜，”派克对他的秘书贝亭夫人说，“把你的小册子和东西预备好了。在早餐前，我接到了一个电话，他们正被布莱克的案子困扰着。我得去帮助他们。”

他看了看满堆在屋子里的纪念品——这些都是他因破案而得的，他擦了擦他的眉毛。

“我真不懂。”他说，“假如没有了我，这些该死的检察官将怎么办呢？安娜。你知道吗？今天又有一件棘手的事要干了。”

当他们在早上11点到达莱克汉脱镇时，派克第一件做的事是：和奥勋郡的检察官约翰做一次简短的谈话。和这位从乡下来的大侦探相比，约翰显得高大和英俊。约翰的衣服，裁剪贴身，派克的皱而旧；这位检察官的流利的英语，使派克的乡气十足的话显得可笑。但是，约翰和别的高级长官一样，对这位盘林登郡大侦探的才干是很尊敬的。

“约翰，请你把这件案子告诉我。”派克说，坐在约翰的办公室中，点起了他那个蹩脚的烟斗。

经过是很简单的：50岁的木材商人，莫利·布莱克和他的妻子伊萨，同住在一家杂货店楼上的四间公寓里。8月14日半夜2点钟左右（派克到此33小时之前），两个歹徒走进了布莱克的屋子。布莱克太太被响动惊醒，她走出卧室去查看。不料，在厨房里她被强盗从背后过来，掩住了她的嘴，不许声张。

两个歹徒立刻将她绑了起来。当一个把她绑在椅子上的时候，另一个开始轻轻地搜查屋子。在他搜劫的时候，枪声响了一下，一颗点三八口径转轮枪的子弹，洞穿了布莱克的前额，当他刚被歹徒惊醒时，立刻被杀了。

检察官说完了故事，派克拍去了烟斗里的烟灰。“请你告诉我，约翰，”他问，“布莱克太太有没有看清楚这两个人的模样？前天晚上的月光不是很亮的吗？”

“她现在很慌乱。她仅有的描述是一个矮的和一个高的。”

“喔，喔，”派克说，“这两个歹徒得到了些什么？约翰？”

“300元现钞。是布莱克先生那天从银行里拿来的。”

“他们在什么地方找到这些钱的？”

“在被褥底下。”

“布莱克太太是否和她的丈夫睡在一床的？”

“是。”

“我猜那个打死布莱克的凶手，一定在搜查被褥底下的钱的时候，把他惊醒的。”

“只有这个可能。”

“你有没有嫌疑犯？约翰，在布莱克先生从银行里拿钱出来的时候，附近有没有可疑的人？”

“我们拘捕了好几个嫌疑犯，不过看来没有一个有关系的。你要不要问问他们？”

“不，我想到出事地点去看看。”

“在那里你会遇见那个寡妇的。”约翰说。

“很好，”派克说，“我要和她谈谈。她或者能够记起一些她忽视了的事。”

在杂货店楼上的公寓里，派克和安娜·贝亭被一个戴着无框眼镜、矮胖的黑发女人请了进去。“你是布莱克太太吗？”派克问。

这个女人点了点头。她正在读《圣经》。

“我是阿利斯·派克，这是我的私人秘书贝亭夫人。”

“请进来，派克先生。”伊萨·布莱克说，“约翰先生告诉过我，你是他请来的。”

“请坐下来，布莱克太太，我们想看看这里。我将避免一些不必要的问题。这些你已经被别人问得够多了。”

“谢谢你的好意，派克先生。”伊萨·布莱克说着就哭了起来。

“好了，好了，”派克拍着她的肩膀说，“哭泣不能帮助我什么的，布莱克太太。”

这所公寓的起居室面对着街道。起居室后面是餐室，最后是卧室。厨房在餐室的旁边。除了餐室，每间屋子都有窗户。派克巡察了一遍。他只看了每一件东西，但是并没去碰它们。他只在请求布莱克太太是否允许他抽烟的时候，停顿了一下他的视察。

最后，他坐在卧室里，将这公寓画了一个草图。他把这草图交给了贝亭夫人。“把它藏起来，安娜。”他说。然后，他回到起居室里说：“布莱克太太，我真不愿来打扰你。但是，能否请你和我一同到卧室里去一次？”伊萨领着派克进去。安娜·贝亭拿了她的记事小册子，跟在后面。

布莱克夫妇所睡的那张大床，安置在一个离餐室门很远的角落里。“你睡在床的哪边，布莱克太太？”

“在外边的，离门较近。”

“好，”派克说，“这就说明了你能起来，而不致惊醒你的丈夫。能不能请你将前夜从此地走出去的样子，再做一遍给我看看，还请你告诉我，你在什么地方被这两个人抓住的。”

布莱克太太领着他们。从餐室走到厨房。在走进厨房门口时，回身对派克和贝亭夫人道：“他们或者听到我来，”她解释着，“总之，我从这里走出去的时候，他们是从后面把我抓住的。有一个用他的手掩住了我的嘴。到这时候我才发觉到，那个吵醒我的声音是歹徒。”

派克看着厨房里的两个大窗子。“布莱克太太，”他说，“前夜是一个月全的晚上。假如我计算得不错的话，那时的月亮正好直射到这间屋子里。”

“你很对，派克先生，”寡妇说，“这间屋子充满了月光。”

“好，”乡下大侦探说，“你对这两个人中的任何一个，可曾看清楚了？”

布莱克太太点了点头，“看得很清楚。尤其是那个高个子，他们一个很高，一个很矮。”安娜·贝亭记下了每一个字。“那高个子是——”

“他是一个很黑的人。”派克插进去说，“他是不是戴着一顶帽子？”

布莱克太太看来很惊奇。“是——是，”她说，“是的，完全对的。你提起了，我才想起，我差不多全忘了。”布莱克太太不相信地望着派克说：“可是，你到底是怎么知道这些事的，派克先生？”

派克叹了口气。“当一个侦探，应该知道这些事的，布莱克太太，”他说，“说实话，我脑子里有着可疑的人。那个矮的，你可曾看清了他？”

“没有，没有怎么看清他。他一直在我背后，把我捆好后，就走开了，那个高个子就把我绑在椅子上。就是那只椅子。”

派克详察那张白漆椅子。上面有着绑这个女人的绳痕。

“对的，布莱克太太”派克说，“你是在这个被高个子绑在椅子上的，那个矮的到什么地方去了？”

“唔，我不能确定他先到什么地方去，所有的灯都是关了的。”

“我懂得你的意思。从厨房里，你只能见到餐室的一部分，起居室和卧室是你全都看不见的。过了一会儿，你就听见一声枪声。”

那寡妇点了点头，哭了。

“好了，布莱克太太，”派克说，“我只有一两件事，要烦劳你一下。当你听到了枪声，那个守住你的高个子做些什么？”

“他高声喊另一个。”

“很有趣，”派克说，“对另一个人说了些什么，你记得吗？”

“我不会忘记这两个人的话的。那个绑我在椅子上的人高喊：‘你干吗要打他？’那个在卧室里的高声回答：‘我打他，因为他醒了。’”

“这个高个子，”派克说，“是不是有些外国口音？像不像一个意大利人？”

“他正如你所说的，好像不是本地人。”

“另一个呢？”

“依我的判断，他应该说着一口普通话。”

派克转向贝亭夫人。“你把这些都记下了吗？安娜。”那女秘书点了点头。

派克要知道以后的事。布莱克太太告诉说：后来那个高个子跑到他同伴那里，说了几句她听不懂的话，就冲出了公寓。最后，布莱克太太弄断了绳子，到窗口去呼救。她的被绳缚过的脚踝，至今还发着痛，她的上嘴唇还留着被有力的手紧按的伤痕。

贝亭夫人和派克走进另一间屋子，把烦恼的布莱克太太留在厨房里，“先生，”贝亭夫人说，“这个女人精神不宁，我想该找个医生给她些安神药。”

“你说得对，安娜。我觉得对她很抱歉。”派克问明了布莱克太太医生的电话，然后把他招来。等医生来了，派克和他的秘书离去。

楼下，新闻记者们包围住了他，要他发表谈话。

“我很高兴看见你们，孩子们，”他说，“事实上，我是有一个报告。就是我已经从布莱克太太那里得到了线索。不过我希望你们别去打扰她。就是没有那些该死的问答，也够她烦恼的了。”

“关于这个线索，”派克继续说，“就是：布莱克太太给了我一个歹徒的模样。”

“她说他怎样？”

“这个我现在还不能宣布，”老狐狸说，“但是，我可以告诉你们，我在访问布莱克太太前，脑筋里已经有了一个嫌疑犯。现在我确定我的预感得到了证明。”

接着，有许多问题提出，但派克没有回答他。“我已经给了你们一个好的故事了，孩子们，”他说，“现在你们应该满足了。一两天之后，我会给你们透露更多的事。”

“你现在到什么地方去？大侦探。”

“别给人知道。”派克眨了眨眼说，“我去钓鱼。”

安娜·贝亭回到荷莱小镇的时候，派克真的去钓鱼了。那天清早，他驾车到很远的海边去。那里有他几年来长租的小屋。当他有事需要思索的时候，他总是去钓鱼的。

那天下午、晚上、翌日早上，派克保持着冷静的思索。在精神上，他把每一个问题思考了好几次。当他确定了他的理解没有缺陷时，他藏好鱼钩，锁上了小屋的门。他赶到约翰的办公室中，打了个电话给安娜·贝亭叫她快来。

这个乡下大侦探，对任何局面都有一种戏剧性的解决诀窍。他走到检察官的办公室里说：“约翰，我把这件案子解决了。”

“到底谁是你的嫌疑犯？”约翰问。但派克只是微笑。

“不等安娜·贝亭来到，我不能告诉你，约翰。”他说，“她做了些笔记，她在把它打出来，我要她读给你听。线索和杀人犯都在笔记里。”

因此他们等着。

当安娜·贝亭来了之后，她一字一字地把布莱克太太说的歹徒和卧室里的枪声等情形读了出来，约翰很仔细地听着。然后他说：“阿利斯，我真摸不着头脑，你的脑子里有些什么。布莱克太太给过我同样的报告——除了一个歹徒的详细外貌。”

派克对安娜眨了眨眼，从约翰的桌子对面凑了过来。

“伊萨·布莱克，”派克惊人地发表，“就是杀人犯。”

“什么！”

“我还没有得到足以送法院的证据，”派克说，“但是这确实是她干的。现在你不必告诉我说椅子上有绳痕，她的脚踝和嘴唇上有伤痕。这些都是她自己弄的。这不过是整个戏的一部分。”

“能不能也让我在这个戏里参加一下？”约翰问。派克对他的秘书说：“安娜，把布莱克太太说的关于那个在厨房里的人，听见了枪声而和他的同伴高声说话的那一段，重念一遍。”

贝亭夫人照此做了。然后派克解释道：“依我看来，这很不自然，约翰。让我告诉你，我做了些什么。当我去钓鱼的时候（顺便告诉你，我一条也没有钓到），我把自己比作那个厨房里的人。我是在陌生人的家里，对于四周的通路我不十分熟悉，而我的同伴走进了一间有人睡着的黑屋子。我听到了一声枪声。我是不是会很镇静的知道，这一声我没有看见的枪声，是我的同伴放的？不，决不！我当时唯一能做的事是吓得半死。同时会想到：布莱克开枪了，是他杀死了我的同伴，他这会儿正拿了枪，从黑暗中走来，我将是他的第二个目标。”

派克倒去了他烟斗里的烟灰。

“约翰，”他继续说，“你该记着，恐惧是每一个人的最厉害的感觉——哪怕是一个杀人犯。所以厨房里的家伙——假使真有这么一个人的话，他首先要找出：谁在另外一间屋子里开枪。因此我知道，这个人（及另一个）只存在在布莱克太太的脑中。”

约翰被震住了，但是他有一个问题。“那你为什么要告诉记者们说，你有一个男性嫌疑犯呢？”他拿出了新闻摘录。

“我并没有不告诉他们这些事，”派克说，“约翰，你只要看看我的摘记，就明白我的意思了。我说布莱克太太给了我一个强盗的描摹。我还说在我去布莱克那里之前，心里就有了一个嫌疑犯。因为犯罪方式告诉我，布莱克太太是给了我一个歹徒的模样描述的，我帮她完成了他的形象。当一个人犯了罪，他希望你能帮助他编造完美的谎话。现在，假如是真有这么一个人的话，她会记得很多东西的。在我没到这里时，她早就会把这些事都告诉你了。”

约翰迷惑地听着，记起了另一个问题。“你说你到她那里前，已经疑心她了。阿利斯，为什么？”

派克笑了笑。“你对我说：她告诉你，她在夜里听见了一个声音，是她起来看个究竟的。现在，你想是会有一个女人，在夜里听见了一种声音，同时，她的丈夫睡在她旁边，而她不推醒他，叫他起来去看看什么声音的？假如你能找出这样的女人的话，我也可以到乡下去找一只两个头的牛给你看。任何一个女人如照布莱克太太说的那样做，是不自然的。”

约翰被说服了，但是他还要知道什么是杀人的动机。

“这很简单，”派克说，“布莱克太太刚好在她生活转变的时候——好些女人对另一个男人有一种狂热的时候，对自己的丈夫便感到厌倦。你会在本案里发现另一个男人的！”

确实，后来证明是有一个男人在本案里。伊萨·布莱克追求着浪漫，她憎恨任何不罗曼蒂克的事，这包括了不懂浪漫的丈夫。因此她杀了他。

要得到物质上的证据，对派克好像一种儿童游戏那样容易。在布莱克家附近，找到了一支点三八口径转轮枪。原主就是莫利·布莱克。抢劫的动机一直做着本案的烟幕，直到派克在衣橱抽屉里发现了布莱克在被杀前从银行里取来的300元钱。大侦探又查得布莱克太太在一星期前，已预计到她丈夫的死亡，因此，她会到附近的城市里买下了丧服。

这女人被起诉。罪恶昭彰，被判无期徒刑。数年后却又被赦了。

红叶　译

侍女命薄

特德·尼尔

4月初某夜，在波特兰僻静的大街上，有一个报童一边走一边扯着喉咙叫卖。他转过街角，靠近福斯大街的巴姆咖啡馆时，有一个男人忽然从咖啡馆隔壁的小巷中匆匆跑出来。

“先生，要不要买一张？刚刚出版！”

“滚开，瘪三！”那人怒喝一声，很慌忙地跑开去。

卖报的报童也不甘示弱，反唇相骂起来。可是那人并没有听见，他已横穿过马路，消失在黑暗中了。

孩子仍旧向前走，继续不休地叫卖着他的报纸……

巴姆咖啡馆管理人斯威纳在嘈杂的音乐声中，突然听见有人在断续地惨呼。

“喂！大家静一点！”斯威纳喊。

屋子里即时安静下来。

“你们听，这是什么？”

“这声音好像在楼上。”一个大胖子说。他把胸前的白布围单一手拉下，冲出后边的那扇门，把他笨重的身体一步一步抬上楼梯，斯威纳跟在后面。

楼上是公寓。那房间里住着一位新来的女侍名叫伊娜的。她刚值过夜班，回到房里去休息。

房间里的灯光很暗，他们看见伊娜倒在地上，身上仍旧穿着白色制服，不过这件洁白的外衣快被血染成红衣服了。她的头可怖地歪在一边，喉间有一条又长又深的裂伤。斯威纳和大胖子一看吓得倒退几步。那女人已断了气。

一接到报告的电话，两位大侦探加利根和斯诺率领探员立即赶到出事地点来。

斯威纳对于伊娜的身世完全不明了，他所能告诉侦探的，只是这件惨案发生在那天——4月2日——的凌晨1点钟左右。再有一点他可证明的，就是那一阵狂叫的确是伊娜的声音。

“她大约25岁，这点我敢确定，”斯威纳接下去说，“她到这里来还不过两个星期，而且还在试用期，然而她的工作态度非常好，可以说是我们这里最好的一个。她又稳重文静，从未在男人面前有轻佻的态度。她说因为没有亲人，所以不愿住旅馆，宁愿独自一人在这里租一间公寓。”

死者的房间里毫不紊乱，仍旧保持着原来的模样，可见她被害时未曾挣扎。四周经侦探检查之后，并没有发现凶器和行凶的痕迹。不过，验尸官芬莱——他刚刚到达这里——说，照创口看来，凶器很明显的是一柄剃刀。

不但关于凶手的线索找不到，就连伊娜是什么样的人，她从什么地方来，也找不到一丝线索。

咖啡馆里一个艳丽的女侍告诉侦探说，伊娜刚才提早几分钟下班的，她说因为头痛，想马上回去睡一睡。

从女侍的话和尸体还穿着制服两点上，侦探们推测：她没有回卧室之前，房间里也许已有人在等她。或者凶手在她进卧室之后两分钟，就跟着进去的。再从房间里并不混乱和凶手在公寓里逗留的时间两点上，又可确定凶手是个熟人。

据伊娜的同事说，曾有一个顾客对伊娜很迷恋，这人名叫杰尼逊，年纪大约三四十岁，他追求伊娜已有好些日子，而且非常热烈，但伊娜始终不理他。两天之前一个晚上，大概因伊娜又拒绝了他的求爱，他怒冲冲地跑出咖啡馆，走了。

警察局获得了这线索，急于要把杰尼逊传来盘问。在一家低等旅馆里终于找到了这人的行踪。旅馆职员说，他昨天下午出去了，据他自己说是到圣海伦斯做工去的。警员就立即到圣海伦斯去调查，那里却又回说没有来过。

加利根和斯诺又到火车站、轮船码头去调查，有无形迹可疑的人在今天早晨离开波特兰。

“假如我是杰尼逊，我决不离开这里。”斯诺说，“我先在城内躲一些时候，等警察的注意较为松弛，停止监视车站码头之后再走。”

于是探员和警察组成许多侦查队，密布全城，所有酒吧、饭店、夜总会、旅馆，以及其他公共场所，凡凶手可以匿迹的地方，都遭到侦查队的光顾，差不多把波特兰城完全查遍了。

这天下午2点钟，一队侦查队带了一个患烂湿眼的人到警察总局赫恩特局长面前。

“这就是杰尼逊。”侦查队报告说。

那家伙对于无故被拘，表示愤慨。加利根和斯诺立即审问这嫌疑犯。他们不说破伊娜已死，只说她仅仅受了一些伤。

“今天清晨12点至1点之间，你在什么地方？”甘立提问。

杰尼逊举手在额角上摸一把，好像要从混沌的脑子上把蒙着的蜘蛛网摸去一般。

“我不知道。”他含糊地说，“我遇见两个朋友，于是我们就去喝酒。今天早晨醒来却是睡在一个陌生地方——哈！原来在旅馆里，我自己也弄不清怎么会到这地方去的。旅馆职员对我说，昨晚有两个人把我送到那里的。”

然而杰尼逊又不能说出那旅馆的地址。几小时之后，探员找到了那旅馆和杰尼逊的朋友。原来两个朋友把这酒鬼连拖带抱地抬进旅馆，又抬到床上。三人就同睡一夜。据旅馆证明，两个人把杰尼逊抬到床上的时候还在12点钟之前。因这个证明给杰尼逊洗刷了嫌疑，所以警局就释放了他。

侦查经过整整一天，加利根和斯诺仍不能获得丝毫头绪。被害者是个外地人，她在波特兰没有密切关系，这是可以断定的。巴姆咖啡馆的老板希尔本来有事出门在外，直到他回到波特兰之后，才从他口中知道了一些伊娜的来历。不过，希尔并不能说出什么人曾和伊娜有关系，或者谁曾来访过她，所以仍没有一丁点蛛丝马迹可供追索。

“她真好，”希尔说，“她不爱说话，很尽责的，做事又快又好，我真喜欢这种人！”

“她什么时候到你店里来做事？怎么会雇用她的呢？”斯诺问。

“她说曾在斯波坎做过女侍，后来就离开了那里，为什么离开，她没有说，我也没有问。”但她在斯波坎哪家咖啡馆做女侍，老板的姓名叫什么，希尔都不知道。加利根和斯诺就坐火车再到斯波坎去调查。

这时，验尸所的报告送了来，报告上没有什么新的线索发现，所说的都是已经知道了的。就是：致伊娜死命的凶器是一柄剃刀，她的喉管被用暴力一勒而割断。

在斯波坎，两位侦探到每一家咖啡馆去调查。最后，访到一家酒馆，伊娜小姐——不，那里称她霍夫曼太太的——曾在这里做过事，直到本年3月中才离开了那里。她在斯波坎的名誉和在波特兰的一样好。

“她是我店里最好的一位女员工，”酒馆老板称赞她，“她离开这里，我很可惜，她没有说明辞职的缘故，只说要离开斯波坎，我猜想总是为了婚姻的纠纷！”

她嫁给霍夫曼已有一年半，霍夫曼是开设一家小型磨面厂的。但后来他们忽然分居。伊娜到斯波坎找工作，霍夫曼回到堪萨斯去了。

斯波坎警察局立刻打电报到堪萨斯调查伊娜丈夫的行踪，只隔了几小时，那边的报告来了，证明凶杀案发生时，霍夫曼在自己家中，所以他也不能被视为嫌疑犯。

加利根和斯诺再回酒馆，最后他们找到了伊娜的同学，从这女人的口中知道伊娜常有约会出去，至少有两个男人和她出去过几次的。

“但伊娜对于这两人的感情没有两样，”那女人说，“她曾表示她的主张：不愿对任何一个人有较密切的关系，谁来约我，我都去，但不和谁谈恋爱。”

“那么这些人对她，谁比较热情呢？”

“这吗？”她脸上现出狡狯的笑容，慢吞吞地说：“我看克伦不论对哪个女孩都一样，他见一个爱一个。不过，对伊娜似乎更爱一点。”

“另外一个呢？”

“柯尔孟吗？”这年轻女人好像竭力要把这男人描摹出来：“他很爱伊

娜，但我们只一同出去过三次。他大约在三月初到这里来的，他对伊娜虽热情，但伊娜对他却很冷淡，拒绝过他几次约会，伊娜说，非得有别人同去，她才去。从此之后，就不再看见柯尔孟，也许回到他哥伦比亚的矿里去了。伊娜没有提起过，我当然不知道了。有一天，她对我说要离开斯波坎，但并没有说明为什么。”

克伦的行踪是不难找到的，因为他是出名的花花公子，他被斯波坎的侦探带到加利根面前讯问口供，他立即提出证据来证明他在4月1日至2日之间的晚上，和他的情妇在一起鬼混，所以这个嫌疑犯又不成立。斯诺和加利根马上注意到柯尔孟身上。

柯尔孟逗留在斯波坎的时候——后来调查出来——是住在一家小旅馆里。他离开那里的日子是3月14日，临走时，他扬言将回到附近矿里去。

弗格森这地方，还没有通火车，也没有电报，所以很不容易去探听柯尔孟的消息。加利根就派人到那地方去调查，盼望能从那里获得一些线索。这时，忽然有一个念头如电一般地在加利根脑海里闪过。

柯尔孟离开斯波坎是在3月14日。加利根指出：“和伊娜到波特兰的时间相近，难道他跟她到那里？”

“如果果真如此，”斯诺同意这点，“那么，一定是这个人！”

于是两位侦探不辞辛劳地到各处去侦查。凡与旅客有关的场所，如车站、码头、旅馆、饭店等，他们把柯尔孟的容貌神态形容出来，询问大约三星期之前，有没有这样一个人。至于柯尔孟的容貌神态，侦探是从酒馆的女侍和柯尔孟所住的旅馆职员嘴里听到的。

这家伙32岁，5尺10寸高，约170磅重。衣着异常讲究，皮肤很黑，但很漂亮。袋里的钱好像老是用不完的。

最后，有一个火车售票员点点头说，曾有这样一个人，在三月中旬来买过车票。

“我对于这人印象很深，”售票员说，“因为他先问有没有往北去的火车，结果，却买一张到波特兰去的票子。”这天下午，派到弗格森去的人来了回音：“柯尔孟有一个钻石矿在弗格森的近郊。矿里的工头说：他在三月初动身到斯波坎去之后，未曾回来过，现在不知道他在什么地方。”

加利根和斯诺又回到波特兰，再到巴姆咖啡问有没有像柯尔孟容貌的人来过。侦探的描摹引起了几个人的回忆，一个侍者说，这人来后，老是指明要伊娜服侍他。

“伊娜被害的那晚，他在这里。”这侍者说，“她服侍他和平日一样，丝毫没有异常。”

警网重又在波特兰城中张网，捕捉嫌疑犯。

一个旅馆职员听了探员的描述，他记起的确有这样一个人在星期日——就是凶杀案发生后的几小时，离开旅馆，然而这人并未留下地址。

警长赫恩特派侦探惠奈到这旅馆里去搜寻线索。几小时之后，惠奈带着得意的笑容回来。

“我在他的浴室里检到这封信。”惠奈从衣袋里摸出一封信来，丢在写字台上。

信封上写着弗格森某街某号柯尔孟收，发信人的地址是溪海立斯。信里没有别的话只是叫柯尔孟到那地方去。

“那家伙十有八九躲在溪海立斯。”斯诺确定地说。

警长赫恩特打了一个电话给刘易斯顿县的县长，那地方离波特兰只一百里，请他派人到溪海立斯侦查柯尔孟。第二天，赫恩特接到那边的通知。这里面说：

“柯尔孟已遭拘禁，此人否认这事，声称根本不知道这件凶杀案子。”

赫恩特答复：

“不管怎样，先把这人拘禁起来，我们有方法能使他认罪的。”

就在当天下午，加利根和斯诺坐在刘易斯顿县县长的办公厅，控告柯尔孟惨杀女侍伊娜。

“你们的话，全无根据。”柯尔孟冷冷地回答，“我认识伊娜，我钟情伊娜，我都承认。但我根本不知道她已被杀害，直到昨天，被你们强架来后才知道的。”

“上星期六晚上，伊娜下班的时候，你在等她。”加利根不顾这凶犯怎样矢口否认，仍滔滔地说下去，“你和她谈话达一小时之久，你逼她和你结婚，她坚持不同意。最后，你就用一柄剃刀把她杀死。她倒下之后，你就奔下楼梯，转出小巷，向福斯大街跑去，横跑过马路，回旅馆，对吗？”

“这完全是你的猜想。”这个无赖仍一味狡辩。

加利根对一个探员点点头，那人就走到外面，叫了三个年轻人进来，命三人和柯尔孟坐在一排椅子上。柯尔孟注视着他们，现出惊奇的神气，但不说什么。

那探员转向另一扇房门，他伸手捏住门钮，回头向柯尔孟现出讽刺的微笑。

“你将懊悔对于自己的一时粗鲁，觉得无可补偿。”探员说，“那晚你做了杀人的恶事之后，应该买一份晚报来看。假如你买了这份晚报，那么，这个见证就对你不会有如此深刻的印象，你就和其他买他报纸的人一样，在黑暗中不引起别人的注意……”他说着，耸耸肩膀，把门拉开，用手向那边招招。

门开处，一个十四五岁的贫苦孩子走了进来，他把沿墙坐着的四个年轻男人一看，就毫不迟疑地指着柯尔孟。

“就是这个人！”孩子说，“他冲出小巷时，在街灯的光下，我清楚地认得他这副嘴脸，只隔了几分钟，警察就来了。”

这个见证，使柯尔孟不能再狡赖，他只得供认不讳。

“我爱伊娜，”他说，“我跟踪追她到波特兰。我要求她和丈夫离婚，然后和我结婚，但她始终拒绝我。那晚，她叫我滚，永不要再见她，我恨起来，就杀了她。”

他说：“我先坐了马车逃到房考佛，再从房考佛乘火车到溪海立斯。”

柯尔孟引渡到波特兰。于1905年6月12日——惨杀案发生后的两个月，在墨尔脱诺玛法庭上受审。因为非预谋致人死命，所以只判了无期徒刑。不久，柯尔孟就死在监牢里了。

群轶方 译

从门缝中射击

李纳德·汤普森

她从一扇开着的门走进了外面一间办公室，室中堆满了书籍和散着的纸张，几个威士忌酒瓶躺在角落里，电灯上面没有灯泡，阳光从坏了的窗帘中射进来，室中的空气混浊不堪。

她看见一个人伏在里面一间办公室的桌子上，头弯在手臂中，一只空瓶在他手臂旁。

她把他的肩膀摇了摇，只见他把头抬了起来，口中咕噜几下，又把头低了下去。

“葛莱先生！”

他很快地把头竖了起来，血红的眼珠，向她望着。他那一身高贵的衣服，现在已经皱折不堪，而且上面都是酒渍。蓬乱的头发，红着眼睛，笨拙地张着口，他这副样子看上去已有50岁了，可是实际上他只有40不到。

“我！哦？”他揉着眼睛。

“你是不是威廉·葛莱，专办刑事案的律师？”

他瞪着她，接着大声地笑了起来。

“是啊，我是葛莱，专替抢劫杀人犯辩护的‘著名’律师。你在我‘高贵’的办公室中坐下来好吗？”

他挥着手向他的简陋的办公室指了一下，又说：“你是不是一个作家，想把葛莱一生的命运写下来？”

她摇着头。

他又喃喃道：“我——啊——好像已没有香烟了。你有——？”

她给他一只银制的烟盒。他开了烟盒抽了一根香烟含在嘴中，她又把打火机替他点上了，他叹了口气伸着腰。

“唉，你需要什么？写悲剧的材料？还是来赶我出这办公室？”

“我要你接一件案子。”

他慢慢地拿下了香烟，撅着嘴唇。

“你疯了，我已完了，你不看报纸吗？葛莱是个呆虫，一个酒鬼，他的脑子早没有用了。”

“别的律师都说这已没有希望，我到过你从前合作的律师那里，他笑着叫我来见你。”

“你不知道他在笑话我吗？你做什么……”

她点了一支烟，“我曾听说过你，别的律师没有办法的案子你总有办法的，你现在究竟怎样，我不知道，但我知道你曾经是一个有本事的律师，而我仍相信你能干些奇迹出来。现在你是我最后的希望了！”

他用舌头舔着嘴唇。

“谋杀案？”

她点点头。

他把头慢慢地摇着，眼中闪着光。

“你不要白费时间，我已有两年多没有出庭了。再出起庭来定会受人讪笑。”

“从前也一样有人讪笑你的。”

“是啊，从前我会嘲笑他们。”

她倚在椅中停顿一下又说：

“你如果接受这桩案子，我愿意付给你一万元。”

他稍稍地把眉毛扬了一下。

“你真的这样着急吗？”

“你把案子接受了便自然会知道。”

“不，一万元钱我也不会再出庭，我已失去了——智慧和技巧。”

她把香烟掷在地板上，又用脚去踏熄了。

“很好，我同你商定，你先把案子的内容看了，如果你愿接受，你就接受，我再付你一星期100元的薪水，其余的开销都由我来。”

“那太笨了，”他说着把手叉入他的灰发中，打着呵欠，“好的，不过我要能随时放弃受理这案子。现在你替我买一顿饭好吗？我早已宣告破产了。”他笑着。

她站起身来。

“我们到什么地方去吃饭？”

……

葛莱啜着最后一口咖啡时，已显得好多了，连喉音也恢复了从前的洪亮了。

“现在我已经吃了你的饭，你可以将案件的内容讲给我听。”

她燃起一根纸烟，皱皱眉说道：

“我不是说故事专家，所以我先把基本的事实说明。我的丈夫将受高等法院审判，罪名是谋杀一个姓雷恩的医生。那医生是个精神学家，他正在治疗我神经系统的病症，而我的丈夫竟妒忌起来。他声言这治疗疗程太久，他约好那医生10点钟等着他。他准时去访时被引入了接待室，医生的女助手便走进她自己的办公室中，她忽然记起了什么东西又回到接待室中来，那时我丈夫手中正握着一枝手枪。她奔进医生的办公室，只见医生伏在桌上，头上有一枪洞，死了。”

“后来呢？”

“我丈夫喊着说：他并没有做那事。医生的女助手，便叫了警察来。他们问了许多话，知道我丈夫是那天第一个去见医生的，而且在那接待室同医生的办公室中，只有他同医生二人。他们得出结论，说我丈夫到那边去是预谋杀人的。他们把他拘押起来。”

葛莱把咖啡杯推开了。

“你丈夫怎么说？”

“他声言他静坐在接待室的时候，听到一种声音。接着有人在呻吟，他跑到办公室中去一看，雷恩医生已死了，他穿过接待室想去告诉女助手时，看见厚厚的波斯地毯上，有一支枪。他刚把它拾起，就看见卫斯理小姐——那女助手——开门进来。他知道情形对他很不利，他就告诉她并没有做这件事。警察来时他告诉他们我刚才说的这些。”

“他到底有没有罪？”

“如果他没有罪，你要替他证明；如果他有罪，你要替他设法开脱。”

他摸着指上廉价的戒指点着头。

“好，现在让我们把这事研究一下。卫斯理小姐肯不肯宣誓说，应接室中只有你丈夫一人？法庭方面是不是只有她一个证人？”

“不，我想事情不至于这样恶劣。那边还有一个男书记，一个医院的送货员，那送货员正送东西来，在外面一间办公室中。”

“等一下，我要把这先弄清楚。按照次序上讲，如果我要去见那医生，我是不是先要经过一间办公室同接待室，再到最里面的医生的办公室？”

“是的，是这样的程序。”

“那么接待室有几道门？医生的办公室呢？”

“应接室有两个门，一扇到外面的办公室，一扇通医生的办公室。医生的办公室只有一扇，就是那通到接待室中来的。”

他皱了皱眉。

“这很不利，说下去。”

“那医院的送货员在外面的办公室中看着我丈夫到那里的，当卫斯理小姐忘了什么东西回进来时，他也在那里。”

“那么现在有三个证人：送货员，男书记，卫斯理小姐。”

“是的，他们都证明我丈夫同雷恩医生单独在一起，警察到来的时候。除了他们也没有别的人，所以雷恩医生的办公室中不会有人躲在里面射死他的。”

“换句话说，你丈夫是唯一杀死雷恩医生的人。”

她点点头。

“窗户怎样？他的办公室是不是在底层？”

“那便是我丈夫唯一的辩护，这三间都在雷恩医生私宅的最下层。这是五月的天气，我丈夫是背着那唯一的窗户坐着的，他声言一定有什么人从窗外射进医生的办公室。”

“你再仔细地把窗户同门的位置说一下。”

“这样的，如果你站在接待室通外面的一间办公室的门上向雷恩医生的办公室望去，那么接待室中的窗便在你右手墙上的正中，雷恩医生办公室的门便正在你面前。”

“医生的办公桌在哪里？”

“在进门的左远角，斜对着门，那门开向接待室的，同墙成一直角。”

葛莱在台布上把草图画了下来。

“这样说，如果有人从窗外射进雷恩医生的办公室，那子弹必须穿过那道门的。”

“是的，可是门上并没有枪洞。”

他笑了笑。“我相信没有别的律师会接受这案子吧？这里除了你丈夫外，没有第二人可能是凶手了。”

“你准备怎样？”

“预审时谁代表你的丈夫？”

“他的几个法律顾问，不过他们已拒绝再正式出庭了。”

“我要同他们谈话。”

“你……你准备接受这案子？”

“我决定接受这案子。他现在已遭拘禁了吗？”

“是的，自警局正式起诉，以后便把他拘了起来，而且不准保释。”

“我正在奇怪，你为什么还没有告诉我你的名字？”

她叹了口气。“我倒忘了，我姓马卢达，名露易丝·马卢达；我丈夫叫尼尔斯·马卢达。”

“他是不是侦探小说作家？”

她点点头。

他皱皱眉，把话题引开了。“他招供过些什么？”

“没有。他的律师们告诉他不要说什么，只要否认自己有罪。”

“什么时候正式开庭？”

“一个星期以后。”

他把烟蒂丢入盆中，咆哮起来。

“这是诡计，你说给我日薪100元，而现在一共只有一星期的时间。”

她不说一句话，半掩着眼皮，葛莱又说下去：

“只给我一星期来准备这案子。我正需要大量钱，而且今天就要。我需要助手，雇用私家侦探们，你不要向任何人说起你已委托了我，我在开庭以前，要见你丈夫，大概在开庭的前一天。”

“这是件不寻常的案子，你是不是花些时间教唆我丈夫或是……”

“这是件不寻常的案子，让我进行我自己的事。你准备好付罚金，我看起来定会被处对法庭轻蔑的罚金，而且不止一次。”

她并没有问下去，只点点头。

他站了起来。“开一张5千元的支票，马上就能支取的。现在我给你一些警告，我不是你的辩护律师，我是你丈夫的辩护律师，我不能为了救他而诬害别人，即使你也不能。”

她拿出一本支票簿签了。

女侍者把账单递过来时，也是马卢达夫人支付的。

“你现在将做些什么？”

“买一盒香烟再说。”他笑着说。

法庭上挤满了人。每一个在场的人，从第一排上的一个机器工人起至望着时钟的检察官止，都猜不出谁要来辩护这案子。一个狱警说，前一天有个“穷光蛋”曾来探过监，那人便是辩护律师。

最后法庭的大窗，因里面空气闷热全被开了，连大门也开着。有人从回廊中走了出来，向法庭的前面走去，所有的视线都集中到他身上。

葛莱的外表比“穷光蛋”的雅号差得远了。一套高贵的灰色衣服，襟上一朵白色玫瑰，深蓝色的领带，20块钱的衬衫——看上去已是一个富有的商人了。他擦过马卢达夫人的座位坐到被告的旁边去。

本区律师亚博，这案子的检察官，走向葛莱的桌子。他用一只大手抓住了桌子问。

“你是威廉·葛莱吗？葛莱是个年轻人啊……哦，对不起。我已记不起你的面孔了。”

葛莱从手提包中拿出一个热水瓶来放在桌子上，他说：“酒精会改变一个人的。”

亚博踌躇了一下，摸着表链。

“葛莱，你一定疯了，这件案子马卢达是唯一的凶手，你如果想恢复从前的声名，你一定要懊悔受理这件棘手的案子，这是很明显的。”

法官室的门开了，亚博忙坐到自己的位子上去。

汤普森法官看上去虽很庄严，可是并不令人畏惧。他瞧着起立的人们，目光注视着笑容满面的葛莱。他拿起眼镜带上。

“为便于法庭记录起见，请被告律师报告他的姓名。”

“威廉·S·葛莱。”

法官的眉毛微皱一下，便坐了下来。

亚博先开始他的开场白。他把案情简括地向陪审官报告完了后，又说：

“……这绝不是出于自卫，被告简直是残忍，这里可以证……”

葛莱旋过头来，轻声地问他自己所代表的被告：“你写的小说有没有形容得这样糟？”

有人窃笑着。

亚博停着说不下去，但决定不去理他，最后他说：“现在的证据都表示尼尔斯·马卢达是唯一可能杀死雷恩医生的人。”

第一个证人被叫了进来。

卫斯理小姐宣过誓后，亚博把手插在袋里，问道：

“你是不是雷恩医生的助手？”

“是的，我已替他做了4年了。”

“请你将本年5月15日在雷恩医生的办公室所发生的事向庭上解释一遍。”

葛莱跳了起来。

“反对。亚博先生只能叫她‘述说’事情的经过，他不能叫她‘解释’。”

汤普森法官点点头，向亚博说：“你把问句重拟一下。”

亚博涨红了脸，耸了耸肩重又说道：

“好的，你把事情‘述说’一遍。”

“这样的，凶案发生的前一天，雷恩医生告诉我他出事那天早晨要会见一个人，平常这是开始接见第一个人的时间，9点55分马卢达先生按了门铃，我便引他到接待室中。”

“你对被告说些什么？”

“我告诉他雷恩医生很忙，等他看完一些记录便会见他的。”

“那天被告是不是第一个来见雷恩医生的？”

“是的。”

“雷恩医生的办公室中是不是只有雷恩医生一个人？”

“是的。”

“接待室通往雷恩医生办公室的门是否开着？”

“是的，那门开直了的。”

“你是不是说同墙成一直角？”

“是的。”

“你把被告引进应接室后做些什么？”

“我回到外面的办公室来，随手把门关上，送货员刚送货来，我便去点收卡车中的货物。”

“送货员在马卢达先生进来时是否已在？”

“是的。”

他叫她说下去。

“我走向卡车去的时候，记起雷恩医生还没有把货物的钱给我。所以我又回进屋子去，我去开接待室的门。”

“你看见什么？”

“马卢达先生背对着我，手中握着一支枪。”

“你怎样？”

“我知道一定有什么事情发生，所以我奔入了雷恩医生的办公室。雷恩医生坐在办公桌前头向前俯着，他已死了。头部有一处‘枪’洞，血流向他的脖颈。”

“反对，”葛莱呼叫着，“这证人并不知道那洞是‘枪’洞。她只是想象而已，事实上除了枪弹有很多别的东西也能同样地穿过皮肤的。她没有资格说这话，除非她目睹枪弹射出来。”

汤普森法官想了一会儿，向证人说：

“下次避免‘想象’的话。”

她笑着点点头。

“是，大人，而我想葛莱先生一定是很笨的。”

葛莱跳了起来，几乎把热水瓶摔到地上去。

“我想，”他咆哮着，“卫斯理小姐最好把她的嘴闭起来。”

法官站了起来，陪审官张大了眼睛，卫斯理小姐的嘴唇动着说不出话，亚博笑着望着法官。

法官宣布：“你要受100元罚金处分。”

“为什么？”葛莱反问着。

“为什么？对庭上不敬。”

葛莱把手臂叉了起来。

“我拒绝缴付罚金。”

新闻记者哄笑起来。

法官把钟击了一下。

“休息一刻钟。葛莱先生，到我办公室来。”

他们二人走后，亚博胜利似的笑了。法庭中便是一片嘈杂声，都在交头接耳。马卢达犹豫地望着那法官室的门，卫斯理小姐在证人席上安详地微笑着。

重新开庭后，法官便向卫斯理小姐说：

“辩护律师刚才告诉我他身心方面都不健全，你现在回想一下你刚才失言之处，同时向他道歉，因为你说他‘笨’。”

庭上人声又嘈杂起来，连那书记官也摸不着头脑，亚博面上的笑容已没有了，他只呆视着葛莱。卫斯理小姐只得说：

“葛莱先生，对不起。”

“你的道歉已被接受。”葛莱大模大样地说。

亚博张开了嘴，等到庭上静下来后他又继续询问，心神不宁地拉着背心的扣子。

“你看见雷恩医生头上的‘枪’洞以后做了些什么？”

“我打电话报告警局。”

“那枪上有没有消音器？”

“有的。”

“雷恩医生有向你说起马卢达夫人什么话吗？”

“是的，他替她治疗，时常对我说做侦探小说作家与她不配。”

葛莱跳了起来。

“大人，被告写的侦探小说销路最广，是稿费最多的著名作家之一，我对这种措辞真遗憾。”

卫斯理小姐笑着说：“我只是复述雷恩医生的话啊。”

“我不管你……”

“大人，”亚博插话进来，“辩护律师老这样表示无理的反对。他只是想延长时间而已——”

葛莱说：“这次我并没有表示反对，我只说我对她说的话表示遗憾。”

“你……”

法官咳嗽了。“停止这种无谓的争论，继续询问证人。”

亚博叹了口气又问证人说：“雷恩医生同被告的妻子，有过友谊以外的关系吗？”

他望望葛莱，以为又要反对了。可是葛莱连望也不望证人一眼，他毫不感兴趣地望着窗子。

“有的，”卫斯理小姐答着，“有一天，她刚离去后，我看见雷恩医生脸上有了唇膏。”

“被告在事前有没有心神不宁？”

“他看起来像是准备来杀人的。”

没有反对。

亚博拿起一枝装有消音器的手枪，在她面前又问：

“你看见马卢达先生手中握的枪是这一枝吗？”

“看上去是的，但我不能确定。”

亚博向葛莱说：“你可以问话了。”

葛莱点点头，打开了热水瓶倒出黑色咖啡喝，站起身来走向卫斯理小姐。她正望着他，冷不防他已离她这样近——他们鼻子几乎相触了，她连忙向后仰去。

“你有没有同雷恩医生一起睡……”

庭上人声沸了起来，好像有女人的叫声杂在里面。法官正在喝茶，衣襟上都沾湿了。亚博在人声中大喊反对，反对，结果他说：“大人，他没有权利问这样问句。我要求证人拒绝作答。”

葛莱又要说话了，说话声便停了下来。

“大人，我还没有把问句问完便遭到打断了。”

汤普森法官点点头。

“很好，你说完它。”

“我是想说，你有没有同雷恩医生一起睡在同一屋子中？”

“反对。”亚博说。

“这里面有关系的。”

法官用手帕拭着脸。“好的，回答这问句。但假如这里面没有关系，这问句便要被取消。”

卫斯理小姐在椅中发抖。

“我——我不懂你的话。”她嚅嚅着说。

“你是不是同雷恩医生一起单独地在乡下住过两个星期？”

“我——这是业务上的事啊。”

陪审官中的一位笑了出来。

“卫斯理小姐，你几岁了？”

“28。”

“你结过吗婚？”

“没有。”

“什么！像你这样美丽的女人还没有结过婚？”

“我说，‘没有’，同时多谢你的赞美。”

法庭中空气很紧张，显得寂静异常。每个人都在注视着卫斯理小姐，连法官脸上也有笑容的痕迹。最后她竟用手掩着脸哭泣起来。

法官又宣布休息一刻钟。

葛莱坐着瞧那亚博正在安慰她。

“你一直是这样的吗？”马卢达问葛莱。

“我不得不如此。她的证言是全案的关键。我一定把陪审官的注意力向其他方面分散。”他又倒了些咖啡。

亚博忽然走了过来，愤怒地对葛莱说：“这是卑鄙的手段。”

“怎么？是不是关于卫斯理小姐？”

“不，关于你第一个问题，你知道我要反对的，你存心同我开玩笑。”

“我替你一洒同情之泪。”

“好，你把卫斯理小姐弄得失魂落魄，可是你决不会赢的，葛莱，你随便怎样，我敢断言你决不会赢的。”

葛莱笑笑，又喝一口咖啡。

“我要把你的案子击得粉碎，你对于这案子一点准备没有。你已决定了我辩护的人是唯一的凶手。”

“是啊，这样已足够了。”

询问又开始了，卫斯理小姐已恢复常态，可是仍不敢对葛莱直视。

“现在，当你看见雷恩医生的尸体后，你做些什么？”

“我——怎么？我走到他的桌边去发觉他已死了。”

葛莱仰后一步。

“什么！你没有喊起来吗？”

“我——我倒没有想到。”

葛莱笑了。“叫喊不用想的。”

她不说话，只注视他衣襟上的玫瑰。

“你离开外面的办公室去点卡车中的货物，你离开多长时间？”

“大概3分钟。”

“那么凶案发生的时候，你在屋子外面。”

“我猜是如此。”

他指着那房屋的平面图。

“这屋子周围的黑线是不是树丛？”

“是的。”

“有人躲在这树丛中，过路上很难发觉的，是吗？”

“我不知道，我从未试过。”她也想笑一下。

“你没有吗？”他又笑着着她。

“法官，”亚博困惑地说，“我看这些问句太无聊，尤其是最后一句。”

“我收回最后的问句。”葛莱转向证人说，“现在，你说，雷恩医生在前一天告诉你有人在10点钟来看他……你知道这人是谁吗？”

“不知道。我没有问他。”

“平常总是这样的吗？他从不告诉你谁要来看他的？”

“是的——我意思说，不，他没有告诉我是马卢达先生。”

“为什么？”

“怎么——我怎么知道呢？”

“好，现在先把门的问题弄清楚。你说过雷恩医生办公室的门是开直的。请详细说明这‘开直’是什么意思。”

“这门开到同墙成直角的地方轧住了不能自由再开，这门时常给我们不少麻烦，已有好几个星期了。”

“那么你告诉雷恩医生关于这门时，他怎么说？”

“他说不要紧的，等会儿他自己会修的。”

“你是不是告诉我说，雷恩医生对于门的开直不以为然？他是个精神学家，他诊疗病人是需要绝对隔离着的。”

她站了起来。“是的，是的，是的！他是这样告诉我的，是这样的！”

他把她按到椅上去。

“你说过马卢达夫人对雷恩医生有过超友谊的关系？”

“你已听见过唇膏那一回事。”

“雷恩医生的面孔英俊吗？”

“法官。”亚博反对着，“庭上对于雷恩医生的相貌一点也没有兴趣。”

葛莱笑了笑。“我想庭上对于雷恩医生的相貌问题大感兴趣。如果马卢达夫人同雷恩医生有暧昧的关系，这里面便有出入了。”

“回答这问题。”法官吩咐着。

“我想他的相貌很好。”她皱着眉。

“妇女俱乐部中的射击比赛你得过奖的，是吗？”

亚博把椅子推向后边。

“卫斯理小姐不是在受审，她只是……”

“这里边有关系的。”葛莱把手插在袋中。

她又被吩咐回答这问句。

“是的，怎么？”

他不去理她，坐了下来说：“没有问题了。”

她急忙离开了证人席。

庭上又传那男书记同医院的送货员来作证人。

他们所说的都与卫斯理小姐的符合。

葛莱只望了望他们说：“没有问题了。”

法院便退庭吃中饭了。

下午第一个证人是一位红面的警官，他叹了口气把双手叉在胸前坐了下来。他指证那枪是凶器，他在枪上做有记号证明是从马卢达手上拿下来的。

葛莱好像一点儿也不感兴趣，只在翻着杂志。

这警官是办理这案子的，他听了前三个证人的供词，便把被告拘押起来。他向陪审官解释说，从屋子外边开枪穿过接待室的窗而枪弹并不穿过那门是不可能的。而现在门上并没有枪洞。枪上有马卢达的指纹，而马卢达自己承认室中只有他同雷恩医生两人。

亚博问葛莱有话要说吗，葛莱摇摇头。亚博弄不懂，他只得又叫第二个证人。

那个专家证实了警官的话，他接到枪时检验枪膛只剩五粒子弹，少了一粒。他继续说在八尺外射击火药痕迹是找不到的。

葛莱在打呵欠了，而一些陪审官也都感到乏味。

葛莱又不问话。

第三个证人是本州医官。他说雷恩医生当场就被击毙，枪弹穿过了左眼向下成一角度。

葛莱慢慢地站了起来，向证人走去。

“你怎么知道枪弹的路线向下成一角度？”

“从一个正常坐着的姿势看来。”

“你怎么知道雷恩医生坐得正常的呢？”

“我——我想……”

“不要说你的假想了。”葛莱无需证人了。法庭又宣布次日上午10点钟再审。

次日上午10点零5分外面下着雨，葛莱穿了一身蓝条子的衣服，向陪审官们开始把案子辩论。

“诸位陪审官，我知道你们很有责任心。假如你们对于被告的犯罪没有疑问，那么你们只要指定被告是有罪的。可是，如果这中间有一些合理的疑问，你们便有宣告被告无罪的责任，现在我正要说出一些合理的疑问，来证明我的辩护人是无罪的，他目前这样受审，只是因为警局不能证明其他杀死雷恩医生的方法。现在被告方面唯一的证人，就是尼尔斯·马卢达他自己。”

法庭中又起了一阵骚扰，大家看马卢达走上证人席宣了誓，葛莱便开始询问。

马卢达说他去见雷恩医生是想问问他妻子的病情的，不料发生了这件事情。

葛莱问："你可以说一遍雷恩医生办公桌的位置吗？"

"我记得的是那桌子在靠左手的角落里，斜对着门。"

"你有谋杀雷恩医生的阴谋吗？"

"没有。"

葛莱笑着向亚博说："你可以问话了。"

亚博像一个大演说家一样费了20分钟指陈马卢达为了妒忌而干了谋杀的事。马卢达很小心地回答他的问句，结果亚博筋疲力尽叹了口气坐了下来。

葛莱站了起来。

"让我来补充几句亚博先生的话，因为，可惜得很，他的话连一点真实性都没有。现在一切的事实很难使警局相信，任何人都不会相信。"

他停了停，深呼了口气，又继续说下去：

"现在起诉的理由是：如果有人从接待室的窗外向医生的办公室射击，子弹必须穿过那门，因为当时门同墙成一直角，好了，这理由不能成立。"

葛莱走了几步到了法官室的门旁把门开了。"这代表凶案发生时门的位置，它也正是同墙成一直角。"

葛莱又走开了几步，说：

"照着那房屋的平面图看来，我站的位置差不多在接待室的窗口处。"

葛莱望着陪审官们，指着门说：

"这门的隙缝的面积共计有72寸！"

亚博仍站着。法官大人把眼镜按正，法庭内又人声嘈杂起来，陪审官们都不约而同地向前面坐出了些。

葛莱在衣袋中摸出一枝手枪来，指向着亚博。亚博拉着衣襟说："这枪有没有子弹？”

葛莱不去回答他，只把枪举起来对着法官室的门缝开了一枪。

一阵玻璃碎裂的声音，接着法官室中的一架画框已坠到地上。葛莱把枪丢向桌上，向亚博说：“你不会在门上找到枪洞的。”

葛莱又向陪审官们说，凶手就是用同样的方法，从门缝中射进去。

“凶手在应接室的窗外，那时被告正背对着窗坐着，他从门缝中可以望见雷恩医生的，正像刚才我瞧见法官室中的画框一样。我已练了一星期这样的射击，这凶手定是个射击能手，因为门缝的孔隙并不大，被告向雷恩医生的办公室奔去时凶手便把枪抛在地毯上，深信被告回来时定会把枪拾起的，果然他看见了便拾在手中，这解释说明了一切事实，同时证明被告所说的一切都是真实的，现在请陪审官们凭良心判决。”

亚博盯着葛莱看，声言愿把事实再侦查一下。葛莱又站了起来。

“大人，他在拘捕被告以前就该侦查清楚的。”

陪审官们走出了法庭，23分钟以后又进来，庭上便宣布：

“在慎重考虑之下，陪审官们认为起诉理由不足，被告无罪。”

亚博听也不听，他只对着卫斯理小姐离去的空位子呆视着。

仍是葛莱凌乱的办公室，一只小光度的电灯照着室中。

葛莱望了望马卢达夫人，又看看那只威士忌酒瓶。他的头东歪西倒已醉得不可名状，眼睛连张开的力气都没有，用双手遮着。

她说：“我来感谢你救了我的丈夫，同时来付你另外的5千元钱。”

他点着头：“喝酒吗？嗨，我干老本行……”

她皱着眉：“我想现在亚博已把卫斯理小姐拘禁了吧。”

他摇着头挥着手说：“为什么？她并不是凶手。”

“可是你——你差不多已指定是她做的，什么射击比赛中获过奖啦，凶案发生时她在屋子外面啦，这些都很配合的。”

他大笑起来。“这真是巧极了，不过她决没有时间把枪抛进窗口，然后从屋子外面绕到前门再镇静地走进外面的办公室，然后发现你丈夫正拾起那支枪。不，这是不可能的，她并没有说谎。”

她点了一支烟。“那么谁杀死雷恩医生的。”

他狡猾地笑了。“就是你自己干的啊，所以你来雇我。你从未想到一个像我这样的穷酒鬼会救你的丈夫，你寻找着最蹩脚的律师，只给他一星期的工夫准备出庭，你干的真不差——可是我看出了你，我表演给陪审官看凶手怎样行凶时你觉得如何？你看到自己计划粉碎时……”

“你醉了。”

“当然我是醉了的，我为什么不醉呢？我不知道你为什么要这样干，无论如何你全部计划是想除去你丈夫，你假装同雷恩医生有暧昧，又去私下告诉你丈夫，雷恩医生不知道自己已做了你的傀儡，你丈夫同他约好去见他；你呢，你清早便出门躲在屋子旁的树丛中，在窗外等着，我不知道窗户是不是你开的。但这样热的天气你开了也没有人注意，你本想在窗外结果你的丈夫的，然后再把枪丢在他的身旁，所以你在枪上装了消音器，怕有人听见枪声赶来看见你离去，你确定嫌疑一定会到雷恩医生身上去——他为你杀死了你的丈夫。可是当你等在窗外的时，你注意到门缝的孔隙，同时想到，可以由门缝中击毙雷恩医生。”

他喝了口中的威士忌酒，继续滔滔地说：“这时你想到你丈夫将处的地位，绝对有把握你会得到预期的效果，如果你杀死了你丈夫，雷恩医生方面恐怕难得如意的效果，所以你杀死了雷恩医生，那么全案便可谓天衣无缝了。你绝不会想到有人注意那门缝的……”

她只顾吸烟，笑着。

“你疯了，你一定被法庭上紧张的情绪刺激得太深了。况且，这些都是猜想而已。”

葛莱咆哮起来：“那么那天清晨你在什么地方？”

“买东西。”

“早上8点钟的时候去买东西？想一个更好的借口吧！”

她叹了口气，跑上去拍拍他的肩膀。

“葛莱，你真聪明。”

她开了手提包，蓦地袖出一支黑色小型的自动手枪来，她向他指着。

葛莱立刻跳了起来，上前扭住那枪，同时在她脸上击了一拳。

“想来谋害老葛莱是吗？——好，亚博，出来吧，你已听得很多了。”

一扇边门开了，亚博，后面跟着三个人，冲了进来。

她哭着，又诅咒着葛莱，还用脚踢他，他把她的手枪放到自己衣袋中去，那三个人把她拉到外而去，葛莱听着她哭着走下了楼梯。

亚博笑着，只见葛莱开了抽屉，拿出酒瓶同杯子，他一点儿也没有醉。

亚博点点头说：“你看。我如果没有偷听你们的话，卫斯理小姐要倒霉了。”

葛莱倒了酒。

“我真想向那位小姐道歉，但我不得不让陪审官把嫌疑转到另一个人身上，卫斯理小姐最适合这条件，只有时间上不符合。你——”

他突然地张开了口，眼睛白了起来。

“怎么了？心脏病？”

“不——我的5千元钱啊！我不会拿到那笔钱了！”

凯蒂　译

天网恢恢

巴纳比·弗兰克

欧尔·哈奇迈着轻松的步伐，从楼梯上疾驰而下，他心中充满了莫名的愉快，因为这天晚上，他荣当了第四个婴儿的父亲。

欧尔自以为是个非常幸福的男人，他今年30岁，有壮健的体格，和一个进益颇丰的职业——保险推销员。尤其是夫妻俩的感情非常融洽，眼看着一个个可爱的结晶诞生，难怪他手舞足蹈，腿上似乎生了弹簧似的。

然而就在这一天晚上，他将要被人谋杀，自然他做梦也不曾想到死神的手册中，那晚已登录下他的大名。

他踏进了自备汽车，发动了引擎，口中还哼着轻快的歌曲，和车胎在路上辗转的节拍，调和成一种和谐的节奏。

汽车在夜间清静的街道上拐了弯，欧尔好容易在两边停满了汽车的街道上，找到了一个空档，走下汽车，欧尔走向一座新颖的建筑，它门前的霓虹灯显示了这是“寂静”夜总会，是罗安琪地方最高档的舞厅。

这舞厅的主人，是老医师梅汶·哈奇博士——欧尔·哈奇的父亲，当他将满60高寿的时候，决意结束治病的生涯，但是他好动的个性，使他“退休”后不能终日闷坐在家，他需要伴侣，他喜欢看年轻人跳舞，听年轻人歌唱，他认为任何年老的人，都需要这种喜剧性的活动，来调剂漫长苦闷的将终结的人生旅途，因此他创立了这个夜总会，来供他自己及其他共同志趣的人，来此愉快地消磨晚上的时光。

欧尔走进舞厅，见满场老的、少的、男的、女的个个兴高采烈，乐队正在演奏着，格外显得闹热，在入口四周，全是玻璃窗的服务台，那里坐着一个老妇人——他的母亲，他向她道了晚安，说在“寂静”里是不会再有人感到寂寞的！

“啊！多凉的夜啊！”老妇推了推她的玳瑁眼镜说，“幸好有你来接我，等我点好这些现钞，该是打烊的时候了，我们就可以回家了。”

“你仍准备带这些现款回家吗？”欧尔不安地说。

老妇的眼珠在眼镜后打了个转说：“不会有问题的，你尽可放心好了。”

“也许你是对的，”欧尔说，“但我总觉得把现款留在这里的铁箱中，比较安稳些，这样巨额现款，无疑的对歹徒是一种引诱。”

“好吧，”她笑着说，“为了使你安心起见，我同意自下星期起照你的办法做。”

“你真是个好孩子，”她整理好钱柜里的钞票，拍拍欧尔的肩膀说，“我们回家吧。”

这是4月8日夜11点1刻的时候，老医师在他精致幽静的住宅里，坐在靠椅上休息，他在煤气炉上为自己倒上一杯浓郁的红茶，期待着他的老妻和儿子的归来，他侧耳细听汽车的引擎声和他熟悉的喇叭声，渐渐地也同他儿子有了同样的感觉——每天深夜带钱回来，总有些使人操心呢。

水壶盖被沸腾的水蒸气推动得噗噗作响，使老医师忽略了门铃声，但是终于第二次铃响他听到了，这可能是谁呢？老医生在镜上照了照自己寥寥几根的白发，整了整领结，亲自去开门。

在暗淡的灯光下，真有好一会儿，他才察觉上门的不速之客，并非一个普通的客人。站在他面前是一个颀长结实的年轻男人，眼睛给戴得极低的帽边遮盖了一半，面上只是雪白的一团，原来他用手帕蒙着脸，再细看到他手中握着的那支手枪，正瞄准着自己，老医生不由抽了口冷气，倒退几步，几乎昏厥了。

这位不速之客，从容的夺门而入，他用胳膊肘关上了门。

“拉上窗帘，”他镇静地命令着，“不必慌，老伯伯，我决不做那些粗暴的举动，除非你自己迫使我这样做，我们彼此是很了解的，你的钱呢？”

“钱……”老医师半天才说出这么一个字，“但是你要的是什么钱呀。我委实不知道……”

“你自己当然明白的，别装蒜吧，那夜总会的收入！”

“那早存入银行了，你别以为我把这许多现款都放在家里。”

“我正是这么‘以为’着，我早就探知你的钱在存入银行之前是先带回家里来的。”那位不速之客把枪扬了扬说，“爽快些！你别当我是好耐性的。”

那老医师静静地在玩弄着领带，他几乎忘却了眼前的危险，他在为他的老妻及儿子忧虑着，他们将要来了，尤其危险的是欧尔这孩子，他决不肯让他母亲放弃这笔巨款，他曾参加过欧洲大战，他一定忽视这歹徒的枪，那就处于极危险的境地了。他又想到现在歹徒正相信家里有着钱，定然不能放过自己，要是向他直说吧，他等着他们回来，他这样年老的妻子受得了这种惊吓吗？他呆了半天才说：“我人格担保，这里确实没有钱，倘若有……”

“不必多说了！让我自己找吧！”他逼迫着66岁的老医师领他进入自己的卧室。又指着旁边一间盥洗室说：“你给我站在里面去，不准动！”

老哈奇服从了，他听见房门关上之后，又听见那水壶盖声，说：“请你把煤气炉熄了，水壶里的水快烧干了！”

“乐于遵命，”这个歹徒说，“可惜这种环境使我不能同你对座品上一两杯香茗！”

“好小伙！”老医生说，“你倒像是很受过一些教育的。为什么干这种事情呢……”

“住口！”他止住他往下说。

在这黑暗的浴室里，这白发斑斑的老人，开始发觉自己的脚在软下来，心脏在剧烈地跳动着，他知道这情形对自己的身体要比歹徒更可怕，他觉得一阵发晕，自己的腿好像再不能支持似的，脑子里只有一个印象——怎么办好呢？他只在为妻与子的安全担忧。

门开了，歹徒进来拿了一张椅给他坐。“啊，你上了年纪啦，不能叫你一直站着的。”他说时手掌里一样东西闪烁着，“这是一只很值钱的别针呢，我是从许多并不贵重的饰物中选出来的。”等老医师坐稳了他问。

“啊！请留下这个吧，”他突然脱口说了这么一句，“我妻子把它视同生命般的宝贵呢。”

“我的心肠真软到这步田地吗？你等着吧！”他说完了头也不回地走了，依旧把老医生关在浴室里。

哈奇独自坐在黑暗里，又觉得一阵昏厥侵袭着他的脑袋，他想到妻子和儿子立刻可能回家，那如何是好呢？啊！年老体弱的她，勇敢冒险的欧尔，还有钱，那笔全日舞场的收入，可观的数目……

在精神失常之下，这些忧虑都在不知不觉中，化成断断续续的自言自语，只听见外面歹徒突然说：“啊！你终于说话了。我知道今晚必然有好消息的。”

“但是我请求你照我的办法做，”老人略一思索这样建议说，“让我们把灯都熄了，那么欧尔这孩子当我睡了，不会进来，然后我们静听梵兰（哈奇太太）开了房门锁，然后让我慢慢地将一切情形说给她听，使她不致十分吃惊，你也可以拿了钱安然回去。”

“你知道她究竟带多少吗？老伯伯。”歹徒充满希望地追问了一句。

“好几百元呢，都是——”老医生忍不住加上一句，“心血换来的啊！”

歹徒只是点点头。“我对你的计划并不反对，你不妨熄了灯。”

差不多就在熄灯的同时，就听到汽车在寂静的夜街上行驶的声音，由远而近，最后是刹了车，哈奇太太的说话声，马上就传入暗室中两人的耳中。“谢谢你，我的好孩子，回去同你四个小宝贝说，奶奶下回来时将有好礼物带给他们呢，时候不早了，你爸大概也睡了，你可不必进去，赶紧去吧。”

“好的，我看你进了门就走啦！”

哈奇夫人的脚步声在石阶上响着，接着是以钥匙开门的声音。

“亲爱的，我以为你不回来了呢？”哈奇在里面柔声说。

“咦！我以为你睡了呢！”哈奇太太有些惊奇，忽然间，疑惑和恐怖侵袭着她，“啊！发生了什么啦。”她站在门口不敢进去。

“老太太！”一个陌生的声音在说，“把你的钱给我。”

立刻老太太叫喊起来，两手发抖，那满满的钱袋也掉在地上。

哈奇老医生听到儿子的脚步声，吓得面无人色，“回去！回去！”他失望地大声喊着，“别进来哟，他有着枪呀！”

但是这话已来不及发生效力，“咚”的一声，他的儿子倒在地上呻吟着，那时老医师将灯开了，只见那暴徒从石级上下去，向那欧尔望了望，似乎想再开一枪，“你安静地躺着吧！”他终于说了这么一句，钱也不要就走了，不久就听到一阵汽车的引擎声由近而远，渐渐在寂静的夜里消逝了。

回声在公园附近的住宅区响起，顿时热闹起来，警备车，救护车，都聚集在哈奇医生家门口，左邻右舍的人们都穿着睡衣关心地来探望。只见就在走廊的旁边欧尔倒卧着，他父亲的卧室中射出来暗淡的灯光照在脸上，越发显得他的面色似死人般的灰白，在外衣里面，可以窥见一条血渍在继续扩大开来，几乎湿润了整件衬衫。救护车的人员，简单地说了几句安慰的话，就把重伤的欧尔带走了。老医师早已为他施行了一切有效的急救措施，他的眼睛觉得花乱，手在发抖，拍着老妇人的肩膀说：“恐怕十分危险。”

汉密顿探警，望着这一对白发斑斑的泪人儿正想发问。

“要是我能镇静一点儿，我儿子也不致遭劫了，但是我慌张，我害了他。”老头儿万分懊丧地说。

“你能说出歹徒的特征来吗？”汉密顿问他说。

“他是个高而瘦的中年人，年约30岁，穿花呢的上袄，深色的裤子，用一方手帕遮住了面，帽子戴到眉下，是很难以辨别他的容貌的。”于是又把他在屋内的举动及对话述说了一遍。

“他既然逗留这么久，又讲过不少的话，你总能辨出他的声音吧？他的发音是高而尖锐呢？还是底而沉重？”探员德克问。

“啊！我的精神太紧张了，简直想不起他的语声音有什么特点，但是他说话倒是文绉绉的，大概也受过相当的教育吧。”

德克又沉思了一会儿说：“老医生，从你的故事中看来，这位歹徒也许是个熟人，否则为什么要以手帕遮了面孔而又知道你们的收入每天是带回家的，今天你独自先回，还以为你已带了钱回家了呢？”

汉密顿点点头表示同意，“很可能是‘寂静’舞厅中熟主顾！”他还补充了一句。

两位侦探向邻居们讯问，才知道凶手的汽车，竟公开地停在附近，一个邻居说："我亲眼看见他的汽车停在我们门前好一会儿，黑夜里，虽然看不清它的颜色，但是一定是新型的斯贝克汽车。"最遗憾的是，竟没有人注意它的车牌号。

专家在老医生卧室内外检验指纹，所有的橱柜抽屉，无不翻得凌乱不堪，连床上的垫子都撕碎了，可是每一个歹徒接触过的物品，都经过细心的揩抹，丝毫没有留下一丁点儿指纹痕迹，"这家伙，倒够仔细呢！但是为什么这样粗暴地开枪呢？"德克不禁吐出这么一句。

"唉！我宁愿把全部财产送给他，只要不开枪伤害我的欧尔。"老医生伤心地说。

然而一个罪犯总有一些破绽的，他们终于在浴室的门闩上发现两枚清晰的指纹——一个姆指和一个中指的，他们都仔细地拍了照。

医院里打电话来，称欧尔的生命危在旦夕，子弹是32分转轮式的枪弹，洞穿了腹部各主要脏腑，几乎从后背穿出，所以救治仅是尽人道而已。

两位探员见老夫妇的脸上挂满了泪水，但老妇人还是勉强振作精神答复着探员们的询问，她的回答正同她丈夫的差不多，没有多大价值，最后她说，他击伤儿子后所说的"你安静地躺着吧"那句话，是没齿不忘的，他的语气像受过相当教育的，他能记住他的声调。

"声调的辨别是靠不住的呢，我们决不能随意冤屈人啊。"德克温和地说。

"你们相信我吧！我做过好几年的小学教师，而且又研究过音乐，当我说他是杀我儿子的凶手时，我的耳朵决不会失职的！"老妇辩解着。

"好！有什么嫌疑犯时再来请教吧！我们虽仅仅有两枚指纹的依据，但相信终有使凶犯落网的一天！"汉密顿说完就同德克辞别了两位伤心的老人。在路上，他俩还在私议着："她真能辨别凶犯的声音吗？""他们二人都不曾看到凶手的相貌，要是凭一句话的音调能鉴别一个凶犯，那真是天意了。"

虽然医生尽了最大努力，欧尔第二天早晨还是长眠了，剩下了个漂亮的寡妇，和四个婴孩，最小的还不满一天呢。

汉密顿和德克，整理一下他所得的线索，以便着手侦查。第一凶手乘的是一辆斯贝克汽车，那是种极普遍的牌子，当然毫无价值。两个指纹呢？经专家检验，拇指的纹路没有多大价值，中指纹比较特殊些，可作佐证，但可怜两位侦探尚不能确定这指纹究竟是否是凶手印染上的！除此之外，他们唯有依赖老妇人音调的辨别，他们马上感觉到了着手侦查的困难。

自从凶案发生之后，“寂静”舞厅多了两位高贵嘉宾，都便是汉密顿同德克乔装的，此外，他们从女警察中选出善舞女郎，暂时充当警方的卧底，她们专和修长而消瘦的客人伴舞，当然这一切的一切，都是有着计划的，警局在猜疑这个以手帕蒙面而又知“寂静”每天账款带回家去的歹徒，也许是“寂静”舞厅的老主顾。

虽然这几位女警是扮演这种身份的老手，她们有过拘捕要犯的荣誉成绩，然而这回却是失败了。虽然好多次，老医生夫妇给兴奋地传去识别嫌疑犯，一次次终是摇头和失望。

最后他们不得不放弃这方面的计划，至于想从指纹部门得到一些线索，那指纹专家说：“单凭一枚指纹，如果以前不是有过刑事记录的话，是不容易有所发现的。”

于是这一桩凶案的卷宗，就被列入疑案档内。只有指纹部门的职员，在每一次新犯人的指印交来的时候，一一核对疑案的指纹，因为他们相信这凶案的动机，既是抢劫，那人决不会从此洗手不干的，那么以后终有被捕的一天，那就有清除这些疑案的机会了。

两年过去了，老医师为失了他唯一的儿子，郁郁寡欢，终于与世长辞了。奇怪的是60多岁的老寡妇，非但不消极，而且精神抖擞地说：“我不能死，我要看凶手受到法律的严惩，他杀了我唯一的骨肉，又气死我的丈夫，我得看他坐上电椅才甘心。”

第三个年头又不知不觉中过了。很多的罪案不断地在这大都市中发生，甚至有许多比我们所讲起的这桩惨案案情更重大的，老医师家的事件，早为一般人所忘怀了。

这是1940年6月25日，离欧尔·哈奇的被杀害已有三年二月零十七天，有一辆从贝宁到范尼的长途汽车被洗劫，当这辆汽车在公路上疾驰的时候，忽然有一辆汽车从背后赶上，同长途汽车并肩而驰，而一位站在汽车踏板的怪人，忽然跨到公共车汽上来，一支转轮枪指着司机，命令他开到比较冷静的杰克逊街，那里就嘱咐他停下，和汽车中的伙伴会合起来，很顺利洗劫了整车的百个旅客，得到二千余元的现款，从容乘原车逃去。

在这劫案发生后2分钟，东罗安琪的闹市之区，一辆黄色的出租汽车因速度过高，一时控制不住，竟和电车相撞，里面的两位乘客，开车的那一个为前面的玻璃碎片所伤，满脸是血，看热闹的人马上围拢起来，那个开车的，竟不顾创伤，在人群中逃去了，他的同伴（坐在后座的那一位）也想溜走，可是给一个眼明手快的警察一把抓住。

这肇事汽车的乘客是个身材矮小，棕色眼珠，浓眉毛的人。据他自称，名叫赛利诺斯，他说他的同伴是为了肇事胆怯才溜走。这种口供当然不能使负责调查这案件的罗梅洛探警满意，他追问那同伴住在何处，赛利诺斯确说这朋友是在酒店里偶然认识的，不知他住在什么地方，于是罗梅洛更觉形迹可疑。

因为这矮小的肇事者也受了一些微伤，所以送医院诊治，罗梅洛一面吩咐严密监视赛利诺斯，一面将他的手印在档案中查阅之下，发现他是一个盗窃的累犯，他在十年前就曾犯案而入狱。

另一个重要的发现，一是赛利诺斯的受伤同伴，竟在肇事地点的附近偷了一辆汽车逃遁，这使罗梅洛探警联想到长途汽车的劫案，也许同这两个肇事者有关，他们一高一矮不是同长途汽车报告的歹徒形容很符合吗？他立即打了个电话给公司，叮嘱那被劫汽车的司机，迅速赶到警局。

那司机被领入看守所，马上就指认刚从医院中押解来的汽车肇事者，就是抢劫他所驾驶的长途汽车的，他说这人就是抢劫时开着一辆福特汽车赶上来的，另一个持枪威胁他的人是个瘦高的家伙。

两天以后，那辆被劫长途汽车的劫匪所利用的福特汽车，在离出事地一里半的冷落街道被发现，无疑地劫匪们预先租了那辆黄汽车停在那里，然后再将福特汽车开到这里换车，这样万一有追赶的人，就可以借此闪避注意。

福特汽车的车牌照已经被摘去，自然劫匪为避免警察的注意，前面的车牌照就使警局查到车主是派克，当警局传派克，并告以事态时，他觉得十分惊异，他的汽车是借给朋友到圣伯纳德山去游玩，本来讲明是一星期后归还，借汽车的朋友名艾伯里，是蓝眼珠，瘦高，漂亮的23岁的男人，然而却讲不出这人的确切住址，不过他说时常在“苞蕾”公寓遇到他。

罗梅洛迅速地找到那“苞蕾”公寓，那是个十分幽静冷落、不大有人注意的公寓。为避免打草惊蛇，他并不讯问公寓中的任何人，却暗暗躲在无人注意的地方，暗观动静。

这公寓是座一层的花园洋房，正屋的后背却附建着一幢小屋，好像是用以堆置杂物的，罗梅洛躲着窥看了大半天，见一个老妇人，曾两次走进这小屋子，手里拿着东西，依她携拿的姿势看来，大概是食物，这样不适宜居住的小屋子里难道住着人？而且这人为什么不出来进餐而终日不敢露面的躲着这黑暗而潮湿的小屋里？这不免使罗梅洛怀疑屋里也许正藏匿着罪犯。

罗梅洛探警打了个电话到警局，不一会儿就来了好几个便衣警察，他们也不通知任何人，一拥而进入那间小屋。灰暗的小室内熟睡着一个人，他们突如其来的闯入，使这睡眼惺忪的人来不及反抗，他们顺利地将他逮捕，说来真是危险，在他枕下还搜出一支点四五式转轮枪，全部实弹，子弹上膛，警察们倒抽一口冷气，私下都庆幸着。

将艾伯里带回到警局，马上有被劫者证明正是拦劫长途车的劫匪。探员们不费力地就在疑案中发觉不少抢劫都是他干的，最后是查到欧尔的谋杀案所存下的中指手印正和他的吻合，自然他一定是杀死欧尔·哈奇的主犯，三四年前的悬案终于水落石出了。

但是探长说对这事还需要证据，因艾伯里同他的母亲——那个管公寓的老妇人，都是巧言善辩的人，他们可以否认这指纹照片是原底从哈奇卧室中拍摄下来的，也可以说他自己原是哈奇的朋友，在拜访哈奇时，无意留下的指纹。结果还是从前经手调查此案的汉密顿想到，只要请哈奇太太来辨别他的声音，要是真能从许多人中认出艾伯里的声音，未必不是个有力的证据。

虽然大家对一个六十余岁老妇人的耳朵大都不敢过于信任，但汉密顿仍不惜亲自去接这位老太太，以期望得到佐证的最后一线希望。

哈奇太太还相当健康，听见汉密顿说明了来意，兴奋得全身发抖。“啊！我为了这才活着的啊，他把我儿子断送了性命，使我丈夫忧郁而死，还有那可怜的孤儿寡母，如果我眼看他伏法，真是死也瞑目了。”

汉密顿劝她安静一点儿，请她坐上了警备车，直驶到警局里去。

她被带进一间漆黑的房间，面前遮着一幔黑布。“第一个人开始讲吧！”汉密顿命令幔后的人说。

“你安静地躺着吧！”一个沉重的声音从幔后发出，老妇人侧着耳朵，精神紧张地摇了摇头，气急地说：“不是他。”

第二个，第三个……这样挨着次序的重复表演着，老妇人始终是失望地摇着头。

到第十八个人说同样一句话时，哈奇夫人忽然说：“等下，我要请求他重复再说一遍。”

“再重复一遍！”汉密顿命令着。

当第二次再说完时。“正是他！”老妇人的声音颤抖着，“他想改变自己的音调，可是瞒不了我。”

汉密顿的心也在剧烈地跳动了。他唯恐哈奇太太认错了人，那不是前功尽弃了吗！

电灯亮了，布幔拉开——感谢上帝，后面一张是艾伯里灰白的脸。

为求多得些科学性的证据，侦探们把哈奇家里印过手印的门上木把柄拆了来，它虽已漆过，但是把漆刮去，可以看到上面留的指纹正和留下的影像完全一致，更奇怪的凶案发生后不久的凑巧新加上的漆竟把指印保存了下来，在化学品检查之下，还隐约可辨中指的纹路。

三年多前的疑案毕竟水落石出了，想不到凶手随意说了句话，却暗中布下自己日后正法的线索。

志鸿　译

逃税者之死

朱利叶斯·郎

我燃着一支纸烟，忧伤地喷着烟。我越来越为自己觉得悲哀，我不是一个为人所需要的家伙。我的房间面对着一条后街小巷，可是我不能离开这个房间。我是在躲匿着，既不是躲避警察，也不是躲避别的寻找我的人，我是躲避着我自己。

这情形已经继续了六个月之久，它将永远继续下去，或者直至我的钱袋空了的时候。幸而我还有几个钱，它能够维持相当长久，只要我常住在这条后街小巷，只要找便宜饭吃就可以了。等钱用完以后，我不知道应该如何是好。

我想我还是惊魂未定，总而言之，当事情的结果不错、而你突然发觉自己毫无着落的时候，这情形是有一点儿难受的，你放弃一切了。你想，第一次已经费了很长的一段时间，何必再试第二次呢？而事实上说来，做律师要业务发达，的确是需要一个很长的时期的。

在开始的时候，像兰道这一类人是不会找到你的，除非他们有一些小数目的账款要收。多数，一个年轻的律师只收些小款子，他乐于接受业务，每隔一个时期，他接到一个离婚案件，偶尔则审查一件契据。可是重大的案件，都到有地位的律师那里去了。我偶然替兰道收一笔小款子，当我带了一张支票到他办公室去的时候，他就提起了这种合伙的事。

我想他是要和人谈论这件事情——和任何人谈都行。他义愤填膺，他的确有义愤填膺的理由。派克的手段狠辣，我觉得这其中尚有对付的方法，因此我就解释给兰道听了。他雇用了我，结果的确于他有利。自此以后，他的事全由我办，这就带来了别的重要的当事人。它也使我多了一个仇人，这就是格林，他原是兰道的法律顾问。

可是对于这种事情，我倒并不担忧。两三年以后，我已经成为一个场面上的人物了。我把兰道看作我最好的朋友，也看作我的恩人一样。我们常在一起混，他使我成为他乡间俱乐部的会员，什么地方都带我去。和他的女儿卡拉也常常见面。

当你和税务局捣蛋的时候，你就是自寻麻烦。兰道一开始就不喜欢战争，甚至在珍珠港事件以后，他的态度还是不冷不热。可是心理与事实相反，他的许多企业却赚了不少的钱，超出了他的想象。“可是重重捐税又将我的钱都耗光了，”他叹息道，“我赚的钱还没有战前多。我喜欢战争！”

捐税也吸取我的钱，可是我觉得我并没有诉若的理由。我的编遣部将我编在第四远征队，因此我觉得如果我并不愿意被人射击，那么我就应该不吝付税。可是兰道却不愿这样看。我很有理由可以看出他是在想方法逃税，这罪恶的逃税，可是他自有他的主意，不愿意与我商量。

我所不知道的是他存心利用我做他的替死鬼。我觉得他的新组织很奇怪，尤其他从来不和他的雇员分红。我问他在干些什么，他说只要他自己知道就好。后来我发现他说得不错。

这就是他的妙计：兰道找来了六个傀儡合伙者，他们都是薪金很低的雇员，家中张口等待吃饭的人众多，因此任何事情都愿意参加，以来增加他们的收入，哪怕极微小的数目他们也要。在合伙的合同上面，规定每人都与兰道平均分享一切的利润。

事实上，他们却只拿一点微细的薪金，其余的都全数归兰道。在税例上说来，他们属于低微收入，而兰道则属于最高的收入，到一年的终了，兰道从所得税上因此省下了七万五千元！

这的确是太厉害了！税局的人员逮住兰道的一个所谓合伙者，经过一番威吓，他把所有的情形都招了出来。当他们去找兰道的时候，兰道假装惊骇的样子，宣称他根本不知道有这么一回事，他说他只是依照我所告诉他的话这么做着罢了，因此我的办公室，就是他们第二步访问的地方了。

我立即明白了真相。我也同样迅速地知道我已成了替罪的羔羊！兰道用周密的方法，让我代他制造这整个的荒唐计划，并且说我告诉他这个计划是完全合法的，他甚至于说在我替他省下的巨款里，他抽成给我，更说我坚持一定要拿现钱，并且拒绝出收条。

当然，我否认一切，税局的人员冷笑地听着，他们向兰道收税，包括他应缴的所得税，加上利息，再加上百分之五十的罚金。可是并不加罪于兰道，也不加罪于我。

但兰道并不放过我，他到律师公会的申冤补偿委员会去，说我怎样欺骗了他，甚至使他几乎被政府检举，又说我怎样用诡计欺骗了财政部，委员会还从财政部人员那里得到了证明。

曾经担任过兰道法律顾问的格林，现在又恢复了他的职务——检举我就是由他经手的。他胜利了！我也就被终身取消了律师的资格！

我掐熄了纸烟，虽然这支不过抽了四分之一，现在我觉得没有一件东西可口，连酒也失去了滋味。虽然在过去六个月中，由于它醉人的效果，我喝过不少，可是最近我放弃了。它的最大效果是使我愤怒，我恨兰道对我的侵害。我渐渐地不敢喝酒了。

我用双手掩住了我的脸，我知道在我清醒的时候，我永远不会去碰兰道。我一向知道我自己不是一个会杀人的人，可是有一个思想我却无法摆脱：我想要是我有一日能两手扼住兰道的咽喉，用力掐紧，掐得他的头颅软弱地倒垂下来，我将是多么地高兴！这个思想非常有力，几乎使我无法抑制，倘若这一刹那中兰道果真在我室内的话——

我的门上有敲门声，我站起身来，接连地摇着头，奇怪有什么人来访，我不相信我的房东太太有什么事情，因为这是她出去看电影的时候。所认识的人中，没有什么人知道我的住址，我与其他的同寓者也远远隔离。也许是同寓的一个来讨香烟抽吧？我想。我就去开门。

不料站在门外的正是兰道！

“哈啰，山姆。”他叫我的名字。

我睁大了眼睛。兰道走了进来，一声不响地，我将他身后的房门关上了。

我知道我在这过去的半年之中，变了样子，我的头发之中有了银丝，我瘦了，我吃不下多少饭。可是兰道的衣服在他的身上也打了几折地下垂着，他的面孔憔悴，没有血色，他倒在一把椅子里面，瞪着他恐怖的眼睛。

“你非得帮我一忙不可，山姆。”

我想哭出来。

“这话说得妙，兰道，我应该帮你的忙？”

“你一定要帮的我忙，我遇到了麻烦，可怕的麻烦。”

“原来你遇到了麻烦？逃避了更多的税吗？”

“不是的，山姆。比这严重多了，这是桩暗杀案！”

我仔细地观察他，他几乎已经不能走动，几乎立刻要倒了下去的样子。

“说下去，兰道。把这件事情告诉我，你暗杀了什么人？”

他摇摇头，以示抗议。

“我并没有真正暗杀他，山姆。”

“你继续说下去，兰道！把全部情形告诉我。”他满怀希望地抬头望着我，好像急于要向一个会同情地听着他的人诉说的样子。这使我又要笑出来——我，会同情兰道？

“他就是派克。你知道，自从我们击败他以后，他从此就没有翻过身，这事情他实在理屈，因此他格外恨我。他永远也不能原谅我，只要可能的时候，他会做一切捣蛋的事。有好几次，我真有理由报以拳脚。还有那些谎话！他曾向我所有的朋友说谎。今天晚上他打电话给我，他告诉我最好我立刻到他的地方去一趟。我说约他另一个地方，他也可以去。不料他就把我的女儿卡拉叫到他电话旁边。”

兰道细察他这句话的效果，我的反应没有使他失望。

“当然。”兰道接下去说道，“我奇怪卡拉不知在那边干什么，派克一定偶然发现一件事情，这是我以为没有人知道的秘密。他给卡拉看一张照片，是她的出生证。她原来的出生证——不是为了领养而修改过的出生证——不错，我是在卡拉还是一个婴儿的时候将她领养过来的。她的母亲和父亲死于一次火车事故，我的妻子在报上读到这孤苦伶仃的孩子的消息，便坚持将她领养过来。那时候我们住在西部，后来我们搬到此地，我以为一定没有人会发现关于领养的事。当然，我们也从没有告诉过卡拉。

“我不能想象派克怎么会发现这个秘密，可是他竟然找出来了。他更知道这是他最能伤害我的地方，他设法使她参加他的一个鸡尾酒会，然后叫她留下，因为他有一件重要的东西给她看。她的情人哈福德和她在一起，因此哈福德也留下了，于是派克将她领到他的书房里。

“卡拉在电话中和我说话的时候，几乎是歇斯底里的。她要我老实告诉她说这张出生证是假的。我叫她等一等，并且说我立刻就过来，可是她没有等。等到我去的时候，她已经走了，只有派克一个人在那里。他说卡拉发了疯，因此他就叫哈福德保护她走了。派克对于这个结局似乎非常高兴。

“我有生以来从来没有这样镇静过，我只是骂派克是一头恶犬，然后我转身就打算走。派克暴怒起来，他抓住我的肩膀，将我转过身来，他丢过一个打孔器来，打在我的脸上，现在虽看不出伤痕，过一会儿大概会发青。好吧，这就太过分了。

“我做了我几年来要做的事——他的头在桌子角上一撞，就倒了下去，我将他翻过身来一看，立刻知道他的头盖骨碎了，以后怎么样，我已记不大清楚。我想我大概驾着车子跑了好多里路，以清醒我的头脑。最后，我认为你是唯一能够帮助我的人。”他一口气说完了。

“好吧，一个法官能判你的最大的罪名就是一级谋杀！你并不是有心杀他的，你不会十分严重，尤其是有这样一个率直挑衅的故事，任何法官听了都会同情你的。”我这么安慰他说。

兰道流露出安心的神气。“我听了你的话，觉得很高兴。”

仔细观察他一番后，我说：“我所说的话能起什么作用呢？格林是你现在的法律顾问。我是被他替换下来了，这件事应该由他给你指示。”我觉得并没有说错。

兰道做了一个鬼脸。“我从来不希望让格林在法官面前说话。而且，他现在对于任何人都没有用处。”

“这从哪里说起，你有了他，不就同从前有了我一样吗？”

“格林的妻子是在‘金孔雀’夜总会里驻唱的。他们是在两星期以前结婚的。从此以后，他就被迷住了，他实际上就住在‘金孔雀’里。他曾经动手打过两个人，就因为他们和他的妻子说话。”

尽管这情形十分严重，我却在心里发笑。格林已经将近60岁了，他的样子看上去很像电影里的演员。要格林设法不让其他男人接近一个夜总会歌女，就像一个人拿了个扫把去扫海一样可笑。

“好吧，兰道，你去找另一个人替你帮忙吧，我祝你顺利！”

我真是这样想的，我替兰道悲哀，他是那么孤立无援的样子，于是他在房间里团团转，把我弄得头晕。

“你一定要接我这案子，山姆！哦，我知道你已被取消出庭的资格。可是这一点我能挽回，我要说出关于逃税的真相，你就会恢复律师资格了。”

他不再转了。于是我说道：“你是骗小孩。照你的办法，你会因偷税而在亚特兰大关上几年呢。”

“这个我知道，可是这究竟比终身监禁好一点儿呀！”

兰道来的时候，是将他的车子停在小巷的中段。我们现在向市区行驶。

“不要跑得这样快，”我说道，“我要思索一下，到现在为止，没有人知道你到过派克的家吧？”

“没有人。我想没有人看见我进去，也没有人看见我出来。”

“那张出生证你取来了没有？”

兰道低下头去，然后向马路上直视着。

“出生证仍在他的身上，或者说，我想总是在他的身上。我没有看，当时我唯一能够想到的就是走开。”

“现在让我们把事情弄明白些，兰道。如果你要做我的当事人，你就得对我开诚布公。你就得将每一件事情都告诉我。如果你只把真相的一半告诉我，那我是不能帮助你的。”

“是啦，我现在已经把每一件事情都告诉你，再没有别的什么话了。”

“真的吗？你或许告诉我，当你到那边去的时候，派克或者已经死去，而你是在保护卡拉吧？”

兰道惊跳一下，于是他猛烈地摇头。

“把这个猜想驱出你的头脑吧，山姆。派克是我杀死的。卡拉不会杀死他。如果你想一下，你就会明白。她和哈福德在一块，派克不是在电话中还告诉我他保护她走的。”

“哦，他带走的，是他带走的吗？带到什么地方去了？”

“我不知道，也许是回家去了。十分之九是他将她带到他住的地方去了，我希望如此，我要他俩结婚。我最怕的是他为了那张出生证看轻了她，抛弃了她，这就将毁了她的一生了。”

“这对你自己的一生也没有多少好处，尤其是检察官断定你走到派克寓所去的时候，就存心要暗杀他。”

“这就是我为什么要聘请你，并且照价付钱的原因了，山姆。”

“好吧，如果这样办——”我顿时住了口，兰道在向东转，“停下来，兰道，你要想把那张出生证从派克的寓所取出来，实在太冒险了，即使他的尸体还没有被发现，也是不妥当的。你应该到警察总所去自首。”

“当然，可是杀人罪是没有保释的，而我家里还有几件事情必须料理清楚，我只要15分钟就够了，这是非常私人的事，而且非常重要。”

我并不赞同这个主意，可是兰道有他的理由。像他这样事业纷繁的人，当然有些重要的项目，必须在被囚在铁窗之前立刻办妥。我毫不怀疑，他不免要尝到铁窗的滋味，因为他一定会被控杀人。

他在东区的住所是一座大厦，他将车开到驶道上，然后是说道：“请进来吧，山姆，我只需耽搁你一分钟。”他用一把钥匙打开了侧门进去，里面一片黑暗。他开亮几盏灯，这地方有一种荒凉的气氛，他解释道：“我不能雇帮手，山姆。有一个妇人每天到这里来，可是晚上就回去。这里大部分地方都是关起来的。你请自便吧——你知道酒在什么地方，我要在书房里工作一会儿。”

兰道有一个书房，里面藏满了书，有成千本的书籍连页数都没有裁开。为了这个缘故，他实在很有理由对于通俗的书籍表示轻蔑。多数时间他是把这书房当做办公室用的。我离开了他，在一个房间里找到了酒。这是这所大厦中一个舒适的房间，一间小小的起居室。倒出酒来而并不怀着恐惧的心理，实在是很有意思的。我不再有什么理由必须杀死兰道了，他只在活着的时候，对我才有好处。

如此你就可以知道，当我听到枪的时候，我是怎样的想法。枪声一共有四响，到第四响的时候，我已经走出了起居室。可是我有好几个转弯，因此在我看到兰道以前，任何人都能够走出他的书房了。当我走到的时候，那扇门敞开着，兰道从他的椅子里跌了下来。很明显地，他曾经坐在一张书桌面前。我走到他身边去，已经完了，一粒子弹将他的后脑的一部分打了出来。

这个表示当时用的是一支有力的手枪。我没有看见手枪，我看见兰道坐椅后面的书架上面的一只玻璃杯被打破了。有几本他的从未读过的书籍，也被打坏了。我数到三个枪洞，枪声却有四响。我猜那一粒打出他后脑的子弹，一定遇到什么而弹到别的地方去了。

我绕到书桌面前，在桌子右面，有两个空弹壳。我再往别处看，又找到两个。它们是超级点三八的子弹。我又回到兰道的尸体旁边，他朝左侧躺着。我将他拖起来看一看那枪，又将他放下，压在枪的上面，这正是一把超级点三八枪。不错，我还注意到别的几件事情：有一粒子弹，将兰道左耳的耳垂打了下来，这就造成了两个伤处，有两粒子弹完全没有打中，都打到书堆里面去了。

有好几张文件杂乱地躺在书桌上面，我花一点儿时间将它们看了一遍，它们都属于微小的生意，合起来看固然重要，可是没有一张特别重要。除此以外，就没有什么东西了。我当然能够把书桌抽屉都拉开，把全屋子都搜查一番，然而这时候还是赶快离开此地为上策。

我很小心，那些文件我只碰到纸边。现在我又回到起居室，将我所用过的威士忌杯子揩拭干净，连瓶也揩拭干净。我还想喝一口，可是我又害怕起来了——我真有杀死兰道的理由。

我确信没有人看见我到这里来，同时猜想起来，也没有人看见兰道去过我住的公寓。他的车子曾经开到小巷里面，可是车子将巷口封锁住了，这表示没有人会走过来。我应该做的事就是在任何人没到来以前，赶快离开这屋子。

我几乎没有走掉，差不多正当我走出侧门的时候，同时有灯光照耀到驶道上来，我迅速奔跑，躲到几棵灌丛后面去，这是哈福德的车子，或者说这一类的车子，这是他通常驾驶的那辆巨大的夜总会轿车，卡拉从车子里出来，立刻走到屋子里面去了。

哈福德继续开车，开出了甬道，好像很急忙的样子。我离开了我所藏身的地方，在第一个转弯角子上，有一个公共汽车站，可是我继续向前走，穿过五条马路，我才踏上一辆公共汽车，乘过了十几条马路，然后下车，又叫了一辆车子。

“圣格莱坊。”我对司机说，那是派克的地址，这是在市区的另一方面，是一个新的住宅区域，是派克在战争爆发以前建的。整个地段都没有建起来。那些住宅至少要花二万五千元，多数还不止这个数目。整个区域之中最豪华的就要算派克自己的地方，位于圣格莱坊进口的边角上。

我付了车钱让他开走。然后我走到派克的门前按门铃，没有人应门。我又按了一次，然后我试开那扇门，门锁着。我绕到后面去，屋后有一个车库和屋子连着，可是里面只有一辆汽车。车库的门是开着，我走进车库，推一推通进屋子的门，它立刻推开了。

我从来没有到过派克住的地方，屋子并不大，我找到书房走了进去，从心理上振作起来，准备面临我所将要看到的景象，不料这却并不需要。

地板上并没有人，没有一点儿东西可以表示室内有过打斗。我在室内唯一的桌子的四只角上寻找暴力的痕迹，也是一点儿都没有。这只桌子是用金檞木造的，金檞木随时都可碰伤，未必一定要一个人的后脑去撞一下才撞出伤印来。

可是我有一种感觉，觉得这整个的情节都是假的。兰道并没有杀死派克，卡拉也没有杀他，没有一个人杀死他。派克还活着。我确信他没有死，尤其是当我掉过头来的时候，看见派克站在门口，带着询问的神气。

他非常健康，过了50岁的人，而仍旧不失年轻人的气概，是一件不容易的事。他的头发灰白了，可是那没有什么关系，他还是那样一种男人，你总预料他的臂上必挎着一个26岁的姑娘。而这正是挎在他臂上的那个女人的年龄。

她将我仔细打量一下，深觉有趣地笑着，可是派克却并不，他生硬地说道：“我希望你在这里很随意。”

“为什么不？”

“当然，为什么不？”那女人欣快地答。她装作跟派克发脾气，“你不打算替我们介绍吗？”

派克依旧生硬地说道：“玛莎，这就是我常向你说起过的朋友——山姆。山姆，这位是玛莎·潘菲尔德。”

这个名字对我没什么意义。

“原来你们曾经谈起过我，派克，是吗？”我向玛莎·潘菲尔德做一个微笑，“他说了什么话？他说我破坏了他的骗人的计划，是罪有应得吗？”

这个女人觉得有点儿窘，向派克望着，他不在乎地皱着眉，她大笑起来，似乎太高兴了一点儿。

“正是如此。不过可笑的是，他却为你辩护呢。他说你并没有替兰道布置那逃税的计划。他说兰道欺骗你的方式，正和他欺骗他一样。”

这可轮到我发笑了。

“这话说得好！派克曾经安排妥当，满心以为可以从兰道那得到一万块钱，后来却被我找出一个击破的方法。这件事他告诉你了吗？”

“不，我没有告诉她，”派克说道，“因为事实并非如此。山姆，你的缺点是你太信任你的当事人。你以为你的当事人决不会做错事。殊不知像兰道这样的骗子，根本就做不出一件好事来。连你现在也明白了。闲话少说，你到我家里来有什么事情？”

我告诉了他，我一点儿也没有遗漏。玛莎·潘菲尔德眼睛睁大了着迷地听我叙述。可是派克却非常镇静，就像我在跟他说天气好坏一样，丝毫没有惊骇的神气。我说完以后，他说道：“我想我们不妨都喝一点酒，我们到厨房去吧。”

我们都进了厨房，这是一种多数妇人一定非常喜欢的地方，可是很明显地这里并没有妇女动过手。巨大的冰箱里只有啤酒和混合酒。

“我找不到人，”派克解释道，“因此我就在外面吃饭。你要什么，司谷趣或是别的什么东西？”

“别的东西吧，就喝波儿蓬好了。”

派克倒了三种酒在一只大杯子里，我并不反对。我喝了一大口，又是一小口，将它喝完。效果是立竿见影的。

派克仔细观察我，他和玛莎·潘菲尔德都拿着高脚杯，现在他将酒杯放下来了。

“山姆，我不了解，你为什么到这里来，这太冒险了。据你所知道的，你从兰道的家里出来，并没有被人看见，没有人知道你曾经到过那个地方，于是你直接跑到我的地方来，你以为可以看见我的尸体。那么，假如我果真躺在书房里呢？假如你当场被人捉住呢？我们过去不是朋友，山姆，这你就处于尴尬地位了。对吗？”

“一点不错。”

“当然。这样子你能说什么呢？你只能说兰道告诉你他杀死了我。于是警察就知道你和兰道谈过话。这样一来，你简直是从油锅里一下子跌到火里去了。对吗？”

“一点不错。”

“那么你为什么到这里来呢，山姆？”

“为了那一张出生证。兰道说他留在你的身上，并没有拿去。”

派克露出不明白的样子，玛莎·潘菲尔德也露出不明白的样子。

“我听不懂你的话，山姆。”

“是吗？连我自己也不敢说已经明白了。我当时想兰道的死真是糟透了，而他又是被暗杀，这使事情变得更糟糕。因此我不愿意他的名字再被另一件谋杀案——就是你的谋杀案——所污染。从我的立足点看，好像他与你的谋杀案之间唯一的关系，就是那一张出生证。我认为在警察发现你以前，来将它拿走，是一件值得冒险的事。”

派克大声说道：“啊，我明白了！是为了卡拉！”

玛莎·潘菲尔德看着他说：“你的意思是说他这样干是为了卡拉吗？他爱她吗？哈哈！”

她看出这正是答复，于是她转眼望着我。任何人都要以为我是一个极其多情的人了，我必须说几句话，因此我说我还要喝一点酒，派克倒了给我。

“我已经把一切都告诉你了，”我最后说道，“现在你可以向我说明几件事情，第一件，那张出生证究竟怎么样了？它在你手里吗？”

派克郑重地摇摇头。

“我从来没有看见过，也没有看见过它的副本。”

“可是你早已知道卡拉是一个养女吧？”

“当然啰！这是兰道自己告诉我的。那是我们还是朋友的时候，他经济状况不好。”

“这是不容易相信的事。我还要问你一句。你最后一次看见卡拉是在什么时候？”

派克迟疑了一下，说：“大约在一星期以前。是的，上星期四的下午，那是在戴希勒鸡尾酒吧里，我们当时并没有说话。”

“那么她今天下午不在这里吗？”

派克望了我一眼，那神气表示他认为我的问话不值得回答。

“可是，我想兰道的话总有一点什么做根据的。他为什么告诉我这样一个全然子虚乌有的谎话，凭空乱造呢？”

“为什么兰道要干那些他常干的事呢？我从来都看不透他。我想他所以喜欢说谎，就因为他爱这样干罢了。”

“可是我相信他一定不是说谎。第一点，他为什么说谎呢？为什么他到我这里来，一定要带着这样一个完全虚假的故事，说杀了你之类呢？还有，他为什么是那样的神气？我从来没有看见过一个人因恐惧而这样意志颓丧的。”

派克观察着我，他又为他自己倒了一杯酒。

“这是一件可笑的事，真是一件可笑的事。”

“对于这样一件事情，你打算怎么办呢？”

派克抬起他的眉毛说：“我打算怎么样办？我何必要办什么事情呢？”

“你一向是恨我的，这是你报复的机会了，你可以奔到警察局去。”

“听我说，山姆，我一直觉得你把我误解了，我从来不反对你，你不过为兰道做事罢了。我不喜欢他。如果你真的打死了他，我会觉得你帮了我一个忙。可是我并不认为是你打死了他。如果你打死了他，你何必还到这里呢？”

“是这样吗？”

“是的，我一直没有听见你说过一句有嫌疑的话，玛莎也没有听见。是吗，玛莎？”

玛莎点点头，表示她也没有听见。“我没有听到过一句话。”

派克观察着我，我并没有怎样安心的样子。“由它去吧，山姆，”他说道，“我们不会告发你，我劝你静静地不要宣扬，应该没有人会将你和兰道的谋杀案联系起来的。”

我并不相信他，好吧！总有人会告发我，而这个人准是派克。几年以前，我曾经打碎了他的如意算盘，他不是那种轻易忘记的人，我不相信人类有原谅他人的天性，尤其像派克这样的人。

“多谢你了。”我说道。我掉身走出他的屋子，我确信派克已经在打电话通知警察总局了。我搭上一辆驶往市区的公共汽车，然后又下来搭一辆穿过市区的车子，到我住的地方。一个黄昏，我将侦探的工作都做完了。要是我不到派克的家里去，至少在兰道的被杀案中，我可以绝对不受到牵累。

我打开我的侧门走进了我的房间，当我开着灯以后，卡拉说道：

“哈啰，山姆。”

“哈啰，卡拉。”

她一个人，即使我坐在电椅里面，我也会注意到她是多么的美丽。兰道一点儿也没有英俊的地方，而他的死了多年的妻子，也是一个面貌平庸的妇人。卡拉的母亲一定长得很可爱。

“这是你干的事吗，山姆？”她问。

“不是的。”我回答。我不要欺骗卡拉，而且，警察随时可以赶到。“我有许多理由不能杀死他，卡拉。他到这里来告诉我，倘若我能接他的案子，他就将逃税事件公诸于世，证明我并没有参加。他要是活着，对于我有许多的好处。死了以后，对于我一点儿价值也没有了。”

卡拉好奇地看着我说：“你说他要你接一个案子，什么案子？”

我将全盘的经过告诉了她，正如我告诉派克一样。她一面听着，一而渐渐愤怒起来。等我说完以后，她说道：“这简直是荒唐！我多年来早就知道兰道是我的养父！他从来不让我忘记这件事！”

这可轮到我睁大眼睛了。“那么，你真是愚弄了每一个人了，连我都觉得你们两人相处得很好呢。”

卡拉苦笑起来。“这是我们所玩的一个把戏。我被领养，跟任何人都没有关系，因此我看不出什么理由要将这件事对外公布。当我发现兰道不是我真正的生父的时候，我的确觉得非常高兴呢。”

“可是，他待你也着实不错了。他死了以后，可以使你成为一个有钱的继承者。”

卡拉又笑了起来。“请你去问格林吧！兰道所有的财产，都已交托格林，由他做保管人了。我得到两千块钱一年的一笔产业，其余的都成了些稀奇古怪的基金之类了。”

我想我的嘴一定张得很大，挂了下来。

“这个遗嘱他是什么时候写的呢？”

“大约四个月以前吧？他拿它在我面前炫耀，他喜欢折磨我。‘连两千块钱也已经超过你所能希望有的名分了，我毕竟教育了你，并且这些年来养着你。如果没有我，你至今还是一个孤儿。’他这么对我说。”

“原来他是这样一个人？”

“的的确确是这样一个人，你从来没有认识他，山姆。除了我以外，他对于每一个人都装起一副假面孔，这就是他的本事。我所以容忍他，完全是为了露易丝——也就是他的妻子，她给了我一切我所知道的慈爱，她要我答应。永远不要脱离家庭！我但愿离开那个祭室一样的地方！”

我将这个局势思索了一下。

“哈福德这孩子，他有钱哪。你为什么不跟他呢？”

卡拉脸红了起来。“我不打算这样对待哈福德，他是可爱的孩子。”

“好吧，你打算怎样对待我呢？”

“请你别问我这个问题吧，山姆。我到此地来看看我可以帮你什么忙，我知道兰道曾经给你一件麻烦的事，我……”

“怎么着？你知道吗？”

“我做过了一点业余的侦探。我在文件之中，找到一些东西，很明白地说明你和那逃税的计划丝毫没有关系。甚至还有一封信，从兰道的一个同伙那里寄来，说他对于这件事情不大放心，因为你一旦发现真相以后，你不会赞成这个计划。还有整个的计划书，说的都是法律上怎样作弊的话，我知道这不是你做的东西，因为你无论说话写字都不是这个样子。”

我气得发抖。“那些文件，你知道在什么地方？”

卡拉摇摇头。“父亲发现我知道了其中的秘密，他发了一顿脾气，并且告诉我说他已经毁灭了这些文件。我恐吓他，说要宣布他的罪行，他急得发疯，简直支持不住，他不能不坐下透一透气。”

我也不能不坐下来了，我总是这么逼近可以复仇的文件之类，我不能十分依赖卡拉的证明。兰道倘若没有将这些东西毁灭会更好！

“卡拉，你有没有报告你发现了你父亲——我意思是说兰道的尸体呢？”

“没有。我直接跑到这里来，我想我可以过一会儿再回去，然后假装发现了他。”

“还是快一点好。你第一次进屋没有发现尸体，会使人发生怀疑的。警察要问你为什么这样急于走开，并且要问你到什么地方去的，那时候你怎么说呢？”

“我跑出去过，不错。我在戴希勒鸡尾酒吧里放着一个包。等会儿我走过去拿回来，这就可以成为我急于离开屋子的动机了。”

“这主意很好。”

卡拉出去后，我走到屋后的车库，许多天以来，这是我一次开动我的车子。一个舌门太紧了，往市区走到半路，它只碰着四个汽缸。于是那舌门又松起来了，它碰着八个汽缸。我停在靠近“金孔雀”的路上，就走进去，看见楼下的歌唱会已经开始了。

那正在唱歌的歌手，很像价值百万元（连所得税也付清）的样子。可是你一听她怎样念那歌名上的一个字，就可以知道她的歌喉如何了。她把它念为“Toge-e-e-ther”，可是也没有人像在静听的样子，虽然有几个男人的头掉转向那个方向，我看见格林坐在前排桌子上。

他是独自一个人坐着，我便走过去，坐了下来。格林向我露出一种半诧异半带惊骇的神情。总而言之，他既是使我被取消出庭资格的人，他当然知道我没有理由喜欢他。

“哈啰，山姆，静一点好吗？伊赛儿在唱呢？”

原来这只金丝雀，他的新娘。我又向她望了一眼。你可以从她衣服各处望见她的皮肤。我又向格林看了一眼。

他并没有十分可看的地方，可是他生有这个世界上最狡猾的脸，而他的心和他的脸一样。在他一生之中，他大概已经支出过不下十次的赡养费，以应付像他这位新娘一样的女孩子。可是到了他这种年龄，却还是看不透，这真是一件不可思议的事。当然，最聪明的人也有可能会做出最愚笨的事来，可是我仍旧不明白格林怎么会和这样的一个女人结婚？他读“together”这个字，在第二个音节上有像什么东西在惊呼一样。

他两眼盯住她望着，好像她每时每刻都是美丽可爱的。同时，他的两眼有一种惊骇的神气。我觉得他无时无刻不在提心吊胆，生怕有人突然冲出来，将他的宝贝抢了去。我又觉得如果真有人不怕惹这种麻烦，那才是一个蠢货了。

伊赛儿唱完了她的歌，走到桌子旁边。格林替我们介绍一下，那口气仿佛是说：“当然，你现在要走了。”伊赛儿仔细望着我，好像一个保险公司的业务员观察着某种业务一般。她对我露齿微笑，并且说道：“你的名字我觉得很熟的。你不也是一位律师吗？”

“不是的，”我告诉她，“你的丈夫已经使我被取消出庭的资格了。”

她张大了嘴，格林皱起眉头。

“喂，山姆，我不知道你为什么这样闯进来，你当然知道你在此地并不受人欢迎，你为什么还不走呢？”

“我要走了，我要走了。我只是要告诉你我们的一个朋友，已经离开这个世界，到一个比较好的地方去了，那就是兰道。”

这一次是格林张大了嘴，从椅子上站起身来。

“这可怕的事什么时候发生的？他怎么死的？”

“死得很快，一粒子弹穿过他的鼻子。”

“天哪！这是谁干的事？”格林严厉地望着我，“我看这事情可能是你干的，山姆！你有充分的理由！”

我点点头说：“而且那时候我还在场呢。”

“那我就要举报你！”格林转过头去，好像他以为有一个穿着藏青制服的警察在“金孔雀”准备活动一般。他有生以来从来没有预料得那么准，真有两个警察，他们一直向桌子这边走过来，前面走着一个穿便服的人，我记得他是副警察长麦克·里雷。

原来派克到底要想法陷害我了！我心里觉得一松。我对于人性的怀疑毕竟被证实了，可是麦克·里雷却一直走到格林面前去。

“你跟我走一趟，格林先生。你的一个当事人被暗杀了，他的名字是——”

“我已经知道，”格林说道，“山姆刚才告诉我，他在场的，他的动机比任何人都要多！”

麦克·里雷向我转过脸来，说：“我想我认识你的，山姆先生。不错，我也奉命把你带去呢。我希望你愿意跟我走，不用我去拿逮捕证吧？”

“当然。”

麦克·里雷又回身过去对格林说：“我希望你明白，格林先生，就你的情形而论，我们要找你的唯一理由，是因为你比别人更知道兰道先生的事情。”

“当然。”格林严肃地说。他转身望着那睁大了眼睛的伊赛儿，“跟我一起去，亲爱的，今天晚上你可以离开这里了。”

“可是这个会——”

“管他什么会，这件事重要，我的最重要的当事人被人暗杀了。”

我愿意打赌说，在我们走出那个地方的时候，格林在仔细计算着他在清理兰道产业的时候，可以得到多少钱，连五十元以内的票据，他一定都计算在内。那座祭堂一样大的房子，可以卖去了支付委托基金，再加上其他所有的产业还有格林的保管费，以及律师费，一股脑儿算进去，可以使他得到一笔终身可靠的年金了。

当我们转弯开进主路的时候，那地方已经到处都是灯光了。我们一直就走进书房，斯科特大队长驻守着。我认识他，正如我认识金城其他的侦探一样，不过是偶尔见面罢了，因为我刑事方面的业务是很有限的。斯科特本领比一般侦探高，对于他的工作十分认真，因此各种警察学校，他都进去学习过。

他说话很有礼貌，却也很严厉。卡拉向我拼命地望了一眼，我知道她是要想办法使我知道她并没有把我报告进去。我看见派克的时候，就确信了这一点。他坐在一边，静静地抽着一枝雪茄。他望着我摇摇头，我苦笑起来，他耸耸肩膀。

“我要说句有利于派克的话，”我对斯科特说，“当时我早就想报告警察总局。格林可以证明我，我曾经告诉他暗杀发生的时候，我是在场的。”

“你这个蠢货！”卡拉说道，“你一点都没有嫌疑！他们还不知道啊！”

我睁大眼睛望着斯科特。“派克告诉你了，他没有吗？”

斯科特摇摇头。“没有，山姆先生，这是我第一次知道派克先生和这个案件有点关系。”

派克微笑起来，将他的手心向下一侧，表示洗净了我怀疑人性的推论。我不明白，依照我对于人类行为所研究出来的定律，他是应该向警察局报告我的，我不解其中的意义。

可是也没有别的事情可以帮我了解。我看着斯科特说：“如果不是派克使你派麦克·里雷来找我，又是什么人呢？”

斯科特用目示意，指着桌子后面兰道的尸体。

“他报告的。两个月以前，他第一次到我们这里来，报告一个故事，说常有神秘的电话，威胁他的生命。我们叫他把认为有一点理由要杀害他的人，都开成名单。你的名字排在第一。”

“电话？真有人威胁他吗？”

“这样说吧，我们在他的电话线上接一根线，想捉住那个人，可是电话从此不再打来了。于是有人开始跟踪他，有段时间我们也派一个人跟踪他。可是后来就放弃了，说来这是非常可耻的。”

我向派克点点头说：“他不见得不将派克放在嫌疑的行列之中，而且予以同样荣誉的地位吧？”

斯科特摇摇头说：“真是不见得不，他将派克排在第二。”

派克皱起眉头。“格林怎么样呢？”他问，“他也提到他吗？”

“当然，格林是第三号。”

格林义愤填膺地挺起胸脯说：“这真荒唐！兰道能说出什么动机使我要暗杀他呢？”

斯科特耸耸肩膀说：“兰道说不出来，可是他觉得电话里的声音更像你的，然而它是用什么东西遮掩住了，也许是一个女人的声音。”斯科特看着卡拉，“他甚至以为这也许就是你呢，卡拉小姐。看上去他认为你和他住在一块儿只是为了金钱。”

卡拉的脸变了色。她坚定地与斯科特对望着。斯科特转身向着我说：“当你刚进来的时候，你以为派克报告你了，这是什么缘故？”

我第三次将我的故事又说了一遍，只漏去了卡拉的访问。这一次我才看出我先将这件事情说出来，实在太不理智。如果我把我的大嘴紧紧闭住，没有人会把我带到这个地方来。我仍旧不明白为什么派克没有告发我，我对于人性的怀疑，起了极大的动摇。

当我说完的时候，斯科特说道："你不会以为有什么人会相信这种假话吧！"

"你是指兰道所说他杀了派克的故事呢？还是指我说的一段话？"

"两个都在内，因为它们都是你说出来的，为什么一个人并没有杀人都要自认杀了人呢？"

"我不知道。我起初以为他是为了保护卡拉，刚才叙述的时候我已经告诉你了。"

"这是不近情理的。你知道他对于她的感情怎么样。"

"现在我知道了。我现在相信，如果他认为她当真杀了人，他决不会保护她，甚至即使她杀了他所憎恨的派克，他也不会保护她。"

"那么听了你说兰道告诉你这样一个幻想的故事，叫我怎么能相信你呢？"

"我现在想不出什么好的理由，可是我正在想。"

每一个人都望着我，连格林新娶的妻子伊赛儿也望着我。我看得出她的眼光，她想把一个健全的男人关起来是多么可怜的事。

"派克和格林怎么样？"我问道，"他们能证明他们当时并不在场吗？"

"派克有证明，"斯科特说道，"他有很好的证明——你可以相信我的活。至于你，格林，我想你也能够说出你当时在什么地方吧？"

"我是和伊赛儿在一块儿，"格林泰然答道，"我们驾车在兜风。走出第五条街，开到勒非弗路，然后我们就到了'金丝雀'。"

斯科特淡然地向伊赛儿望了一眼，说："你能担保他所说的话吗？"

她点点头说："他每一分钟都跟我在一起。"

斯科特露出满意的神情，我知道他对于格林之有没有"在场"的证明，并不十分注意。格林没有暗杀兰道的明显理由。

我有一点绝望地转身向着斯科特。"你有没有想到兰道也许是自杀呢？他也许非常卑鄙，借此构成我杀人的罪名。"

"他为什么要自杀？"

“也许由于健康不佳。”

“说不通。我跟他的医生研究过，他的身体非常健康——而且，一共打了四枪。”

“有三枪可能是犹疑的射击，你知道一个自杀的人往往再三试验，然后他才鼓起勇气，瞄准了射击。”

“可是我知道曾经有人跟踪他，并且恐吓他的生命。不，自杀的说法我不能接受。”

门被打开，哈福德走了进来，他是由一个穿便衣的人带了进来。我想法猜测这个人的身份，可是猜不出来，他一点儿都不像一个警察。

“亲爱的！”哈福德叫着，向卡拉奔过来，“这是怎么回事！”

他们互相握住了手，我知道我该退到一边去了。

“现在我们都在这里了。”斯科特说道，“哈福德，我们所以要找你，是由于某种电话威胁兰道的生命。他提出你的名字，认为你可能是一个嫌疑犯，好像你对于他对待卡拉的态度，曾经十分关心。”

哈福德转身面向着斯科特。“不错，我告诉他这句话的时候，说得一点儿也不含糊。可是你不会真的相信我就为了这个原因把他杀了吧？”

“也许一时动怒，失去理智。”

“我离开屋子的时候，他们两人刚走进来。”我插话道。

“当然，他们可以互相给出不在场的证明。”

“她可是有很好的动机要暗杀他，”格林突然自动加进来，“几个月以前，兰道立下一个遗嘱，简直不将她放在里面，所有的钱都送给某种赠募的基金。如果他在一年内死亡，那么关于取消卡拉继承权的一项，就作为无效，哪怕她是一个领养的孩子，也是如此。我敢断定卡拉曾经请教过一个律师，发现了她所处的地位。”

她迟钝地点点头说：“当然，他告诉我的，他老是说着这件事情。可是你以为我要他的钱，你就大错特错了，我碰都不要碰它。”

斯科特深深地、怀疑地透了一口气。

“好吧，无论如何，我的理论是你不在其内。”他把脸转向着我，“还是招认的好，山姆先生，这样也可以救出你的生命。”

我有一种在水里往下沉的感觉，我迷失在矛盾的海洋之中。第一就是兰道说杀死了派克的故事，他为什么要编造出这一个故事来告诉我？其次，派克并不将我送到法律的手里，也是不可思议的。他为什么这样呢？

“好，不说话？”斯科特耸耸肩膀，“我要将你记下，当做是谋杀兰道的凶手。你是一个律师，我想你一定知道不会说不利于你的话。”

“我要求用硝酸盐检验我的手，”我绝望地说，“这就可以证明我并没有开过枪！”

斯科特摇摇头。“不需要，山姆先生，这种方法有时候很灵，好像指印一样，可是有方法可以击破它。而你，正和在场每一个人一样，都厉害得很，当然知道这种方法，我们把你记下以后，然后再检验你的手。”

他向我这边走过来。

门又开了，一男一女被领进来。那女的便是和派克一起在他屋子里的人。他一看见她，脸上变了色。

“珍妮！”他说道，“你来干什么？”

他曾经介绍为玛莎·潘菲尔德的女人摇摇头。“我不能袖手旁观，让你因谋杀嫌疑而被捕，派克，唯一的办法就是承认一切。”她演戏似的转身向着斯科特，“是你管这件案子吗？你不能逮捕派克先生，他整个黄昏都跟我在一起，我在他的屋子里，后来侦探来了，告诉他发生了什么事情，这个人可以告诉你。”她指着我。斯科特说：“这个其实并不需要，福达斯太太，派克先生说你能够为他证明他当时并不在场，我答应他暂不声张，以后再调查。”

那个陪着自称为玛莎·潘菲尔德的女人而来的男人，坚决地说道：“你倘若要告诉新闻界也不要紧，你可以告诉他们我决不会因此与我的妻子离婚。她来向我坦白的态度，是我非常引以为荣的。”

这一对夫妇走了出去，斯科特并没有阻挡他们。当我在派克屋子里的时候，我因为太紧张了，所以没有注意到那妇人手指上的结婚戒指。现在我明白他为什么不告发我了，他要我不提起她在他的屋里，因此他也不便提起我的事。

这一个恍然大悟对于我非常神妙。我对人性的怀疑，已经得到证明了。派克的行为，是一个人类当然的行为——他完全根据纯粹个人和自私的动机而行动。我开始恢复了自信，我现在确信所有其他的不相一致的事实，都可以有一种合理的解释，连兰道说他杀死派克的故事也在内。

“请你听我说，”我对斯科特说道，“你是否想到，兰道也许有一个完全合乎逻辑的理由，使他来告诉我一个虚伪的故事，并且要我为他辩护一件他并没有犯的杀人案。你可曾想到，他所说有电话恐吓他的生命，以及有人跟踪他等等，也和他告诉我的故事，一样的荒诞呢？”

斯科特听不进我的话。“我只知道他告诉我的话，可是我并不知道他告诉你的话。他为什么要对我说谎呢？”

“就为了他对我说谎的同样理由，他的谎言构成一种疯狂的典型。第一，是电话上的一个声音，其次是跟踪他的人影，最后，是为了他并没有犯的罪而将要逮捕他到警察局。你想，要是他走到警察总局来，声称他犯了杀人罪，而一查原来是纯粹的幻想，又将怎么办呢？当然，你要将他记下来，一点儿不错，然而不过是个形式罢了！”

“这个当然，”斯科特说道，“可是为什么他要装疯作癫呢？”

“疯狂是犯罪的一种有力的辩护，这是兰道的理由，他是在造成一种状态，用以辩护他的罪名。”

“他犯了什么罪呢？”

“一度曾经是所得税的逃避，我猜这一次还是这个罪名。兰道知道，第一次他辩称，不过听信他法律顾问而行事，总算让他逃过法网。第二次可逃不过了，如果第二次国税局查出他又在逃税，他们一定知道他完全认识他自己的行为，他不能假罪于他的法律顾问，这一次就是格林了。他必须装疯，如果凶手不一下子粉碎他布置周密的计划，他也许可以成功。”

斯科特摇摇头。“这完全是猜想，你怎么知道兰道跟税务局人员之间有问题呢？”

“卡拉告诉我的，她曾经发现是他陷害了我，她也曾威吓他说要暴露他的罪行。之前我没有提起这件事，现在我告诉你了。”

斯科特向卡拉问道：“真有这事吗？卡拉小姐。”

卡拉点点头说：“我也正要宣布呢，我不能袖手旁观山姆受到耻辱。”

斯科特开始以认真的态度听我的话了。“说下去，也许你能告诉我凶手究竟是谁。”

“也许吧。每一件不相干的事，尽管粗看如何互相矛盾，一定有一种合乎逻辑的解释。根据这个理论，让我们看一看这里的格林：他是一个熟识世情的人，他懂得女人，正如他懂得法律一样。可是两星期以前，他却娶了一个女人，这女人——好吧，你们自己都看得出。”

“格林！”伊赛儿尖叫道，“你站在旁边眼看着他侮辱我吗？”

“当然他站在旁边看，”我对她说道，“他的年龄太大，不愿打架了。他也老于世故，已经识透了像你这样的女人。他知道你只要有机会，就会和他离婚。因此他要得到一个‘不在场’的证明只需等候时机，捉住你和另外一个男人一同在外。那时候，他说你和他在一起，你就不敢否认。不多时候以前，他说你们驾车到勒非弗路，实际上他的确知道你在那边，一点儿不错，然而却是与另一个男人在一道。你知道他知道这件事。你不能不帮他证明他并不在场，为的是拯救你自己。如果你不这样做，那么，一旦你和你亲爱的丈夫闹翻了之后，你就得不到赡养费的支票。这话对吗？”

“你胡说！”格林咆哮起来，“你没有罪证可以加到我的身上！”

“看上去你真是没有，”斯科特说道，“格林为什么要杀兰道呢？你没有说出什么动机来。”

我忍不住笑出声来了！我知道我的推测完全是对的。

于是，我清晰地分析这一件事：

“他的动机和我一样，他知道兰道存心要他为他的逃税计划受罪，正和以前兰道使我替他受罪一样。因此他在兰道没有布置成功以前，就将他杀死。不是为了这逃税计划，兰道为什么到我这里来要我为他辩护一个想象的杀人罪名？格林立刻可以看得出来，很明显地，他已经知道卡拉要暴露逃税的真相，因此他不能不灭兰道的口。

“他娶了一个‘不在场’来。他只需等候，等到他发现他的妻子处于一种有碍名誉的境地，等到他发现兰道一个人在着，两件事情必须同时发生。可怜的是要把他的妻子也拖累进去。她将在他死于电椅的同一晚上，也死于电椅上面。”

“不，我不要死在电椅上！”伊赛儿尖声叫道，“我不愿为他而冒生命的危险！一点儿不错，我在勒非弗路上散步！我不知道他在什么地方，你们上前去，把他送到电椅上去，我希望他烧起来！”

格林睁大眼睛望着伊赛儿，他不说什么话，没有人说什么话。

格林伸手到他的衣袋里，摸出一支短筒的轮转枪，对伊赛儿连开四枪。

“这并不使他多损失，”后来斯科特说，“你只能叫人上一次电椅，而格林杀了兰道，当然要上电椅的。”

“你倒不叫我上电椅！”我讥刺地答话道，“你刚才急于要把罪名钉在我的身上呢。”

“为什么不？”斯科特问。

我们这时都在起居室里，斯科特、卡拉、哈福德、我自己，和那穿便服的男人。斯科特介绍他为坎顿先生。

“你有一个好动机。倘若你杀死了毁灭你一生的这个人，当然连我也要同情于你。我当时的确看不出格林有什么动机，我怀疑卡拉在她养父身上所知的凭证，不足以使他或格林为了逃税而发生麻烦，这位坎顿先生也没有告诉我他在这件案子上的发展。”

我面向着坎顿问道：“你那边的情形，又是什么呢？”

“实在就是你这边的情形。你知道，从这件事情开始起，我就在幕后工作着。我从头就疑心兰道是要找替罪的羔羊。如果我没有疑心，我们早就检举你了。至于兰道，我们没有检举他的原因，是因为我们还没有完成所有的手续。

“我们任其所为，他又想出了一种诡计，这一次我们找到了他的证据。可是他也比从前更聪明了，格林也知道事情将要揭穿。我们怀疑那假合伙的组织以及这次的新计划，都是他想出来的，可是我们找不到他的证据，除非兰道自己说出来。格林明白这一点，所以他设法使兰道不会说话。”

我把这些情形，思索了一遍，说：“可是，他们在取消我出庭资格的时候，你们的人员不是曾经证实我有罪吗？”

坎顿耸耸肩膀，说：“他们不得不如此啊。格林要他们作证，他们当时已怀疑格林是真正的罪犯，可是他们必须保持沉默。他们现在极愿为你作证，当然，你就可恢复律师的资格了。”

因此我觉得事情的展开，对于我十分有利，甚至卡拉爱上哈德福，我也不觉得什么。她是一个可爱的女孩，可是我却不免注意到她，她正在发生一种倾向，再隔十年，她一定要胖得腰大几圈了；而我却喜欢身材苗条的女孩。

张亚府　译

大侦探落圈套

索毕

纽瓦克城警察局侦探科的侦探们以前是并没有自备汽车的。直到有一次，当局几乎把一个杀人犯漏网，这才配备了汽车给侦探们使用。

那是关于夜总会败类克莱曼被杀的案件。警察局一接到报告立刻出动侦探。他们所坐惯的一辆汽车是史密斯的，这时史密斯又照例把他的车子停在警察局对面的空地上。侦探们一看到他在那里，立刻相继跳上了他的车子，于是侦探中的一个对史密斯说："黎明夜总会老板克莱曼被杀死，凶手是布朗，当场就被捕获了。"

"哦！"史密斯听了，不觉惊呼。

"怎么？你——"

"哦，没有什么。"开车人喃喃着说，他所在着急的，并不是关于克莱曼遭暗杀，却是因为凶手布朗是他自己的朋友。

布朗自然否认他是凶手。他解释说，在黝暗的街灯光下，他看见一个人从胡同穿出来，向他的朋友克莱曼连开了两枪，便拔脚就逃，他也便拔脚就向他追赶，这时路警也闻声而来，看到他在奔跑，便以为他就是企图逃走的凶手，就这样把他拘捕住了。

可是这种声辩显得很是勉强，尤其在接着听到了嫌疑犯的说明以后，侦探们更难于相信他的无辜了。因为他说，他和克莱曼正从一家餐厅里一起吃了晚饭出来，走到了黎明夜总会附近，就发生了这桩事情。

在其后的两天中，侦探们到各处去侦查，以便搜集布朗犯这谋杀罪的证据。他们所乘坐的，自然一直是史密斯的车子，因为在两天以后，还是无法结案，大侦探就指派了拉马丁侦探，来负责解决这桩案件。

拉马丁是看出史密斯很为他的朋友布朗担心的，他便宽慰地对他说：“我看你的朋友并不是凶手，我来设法把他放出来，同时，你也得要帮我一点忙。”

拉马丁先去盘问布朗的妻子，得知她的丈夫从来没有手枪。拉马丁接着回到局里来翻查旧案卷，他查出克莱曼在生前犯案累累。

克莱曼也涉在内的最后一桩案件是关于偷运白兰地的事情。他因为暂时被牵涉的证据不充分，庭上他做了一千块钱的保释，暂时把他释放。他便把一个叫做帕杜拉的找了来，做他的担保人。可是到再次开庭的时候，克莱曼却逃匿无踪了，帕杜拉便为他交出了一千块钱保金。

在法庭开过了以后不久，克莱曼却又出现了。帕杜拉自然要向他追索他所代付了的一千块钱保金。克莱曼便答应一个星期后归还他，那谋杀案发生的一天，正是那约言到期的一天。

拉马丁在侦查到了这些事实以后，他对史密斯说：“我看凶手一定是帕杜拉，你知道他在什么地方吗？”

史密斯听到了，心里一松，就说：“我的车子就是你的。”他喜气洋洋地对拉马丁说：“你要我到哪里去，就到哪里去，可是要找到帕杜拉却不容易。”

史密斯知道在附近的几个城市中，如吉斯脱，新洛基以及纽约等，都有帕杜拉的亲戚住在那里。侦探拉马丁听了史密斯的提议，他们尽是在公路上疾驰着，到每一个城市去访问。可是没有一个亲戚知道帕杜拉究竟是在什么地方。

有一天，拉马丁正预备坐史密斯的车子，可是却找不到他。他想：史密斯去接别的主顾去了吗？他不是答应在侦查这桩谋杀案期间，决不再去接其他的生意的？这使侦探有些不解，所以他到史密斯的寓所去。一个和他同住的亲戚回答侦探说，史密斯一早就来了一个客人，不知道要他把他送到哪里去了。

没有办法，拉马丁只有留言说，等史密斯一回来，就开到警察局门前去。

可是等到傍晚，还不见史密斯前来。

又是三天过去了，拉马丁对于这桩谋杀案还是一点新的发展都没有，这天他在局里碰到了新从假期回来的詹姆斯。

“你的假期过得很不错吧？”拉马丁问，“你碰到了什么熟人没有？”

那原本是一句随口的应酬话，想不到他得到了一个可作为意外收获的回答，因为詹姆斯所回答他的是：

“是的，我碰到了一个熟人。你猜是谁？原来就是我们的出租汽车司机史密斯，在新洛基，他的车子里坐着两个男人。”

詹姆斯说那车子里的两个客人，因为只一闪而过，看不清楚，随后看到了他们，也不会认得出来。可是拉马丁却已猜到他们了。

他把这情形报告了大侦探，拉马丁被派到了两个助手，这三个侦探连夜上了新洛基。

他们出了火车站，正想先去找一家旅馆，他们却就在一家旅馆的门前，看到了一件他们很熟识的东西——史密斯的车子。

他们便躲过在一旁，等那车主出来。等了有一个多钟头以上，他们才等到了，却并不是从旅馆里出来，而是从外面向旅馆里走进去。而且除史密斯本人以外，还有另一个男人。

不等他们进入旅馆的大门，三个侦探随即快步走到了他们的前面拦阻着。这使史密斯大吃一惊。

“你……！”拉马丁怒吼，“你做得好戏！”

史密斯吓得苍白的面色已渐渐缓过了一些来。他对于拉马丁的斥责好像显得并不在乎的样子。他先伸起手来捏了捏侦探的臂膀，然后说：“你完全错怪了我。让我来把真实情形告诉你。先从我离开纽瓦克那天说起。那天一早，有一个老主顾到我的家里来，要我把他送新洛基。我就想到你还要用我的车子，所以我抱歉着拒绝了他。可是他坚持要我送。我想他究竟是我的老主顾，不能太决绝地拒绝他，而且你那里，也并没有预定要用，我终于就这样答应了他。

“到了这里新洛基，我的客人下车走了，我碰见对街有一家小酒店，我就到那里去喝一杯酒。可是正在我穿过马路的时候，你想我在马路当中看到了什么人？”

“你意思要由我来说出，那自然是帕杜拉？”拉马丁反诘。

史密斯的面孔上即显露出了一副光荣样子。“你猜得一点儿也不错，他正是派拉拉。我于是立刻想起，这个人正是你在到处寻找的，现在我在无意中这样碰到了他，应该设法通知你才对。

“于是我啤酒也忘掉了，即邀了帕杜拉上了我的车子，直开到这家旅馆门前，进去开好了一个房间，只在等机会，打了一个长途电话给你。”

“等了三天，这个机会最终也没有等到？”

“这是……因为……”

看到史密斯那种讷讷地说不下去的窘迫样子，三个侦探都不觉笑了出来。

“这并不是什么有趣的事情，没有什么好笑的，”帕杜拉也开始插话了，“是的，我老实告诉你们，克莱曼是被我打死的，这只怪他自寻死路。”

拉马丁心里在想，他并不能证明史密斯触犯了任何一条的法律。可是就让他那样逍遥而去，他心里实在有些不甘。好，终于给他想出一个办法。史密斯是一个很重要的人证，怕随后一时找不到他，还不如把他带到局里，暂时耽搁几天。这样，到这个案子审讯，判决，不是要好几个星期，这不就是等于给他吃了好几个星期官司吗？

后来，拉马丁所答应史密斯，设法把他的朋友布朗放出来，这一点他是已经办到了的。

自此，纽瓦克警务当局不敢再信任出租汽车司机，只有开始自备汽车了。

死里逃生

詹姆斯·韦尔奇

从路易斯维尔来的火车，长鸣一声，喷出最后的蒸气，从慢行至完全停止了。

吉姆，一个瘦长而有一头红色美发的纽约侦探，走出车厢来，望见冷清清的车站，阴沉昏暗，毫无生气，不禁叹了口气。这就是肯塔基州的梅斯维尔。他走下台阶，因为坐了太久，肌肉有些僵硬和酸麻，像一根锈了的琴弦一样。

吉姆的心回忆到千里路外的纽约，两天以前，他接到一个神秘的电话，是一个陌生人，语调是带有恐吓性的、毫无感情的，那电话说：“假如我是你的话，吉姆，我决不愿意受理一件离开本市的案件。你将要睡在一只松木的盒子内，给别人抬回来！”然而他现在毕竟到了这里。

他刚踏到地上，一个服饰华丽、身材高大的人，走过他身边，他不留神失去了重心，给自己的旅行袋绊倒了，坐在地上。刚才落了一场小雨，地上积了不少污水，而吉姆在困乏不舒适之余，发现自己恰巧坐在水洼中央。

“倒霉！”他自言自语地咒骂着，抬起头来，看见又有一个人，比刚才那个擦身而过的人稍矮，扶着一个老妇人，赶向火车，火车又慢慢地在爬动了。

这个人的脚步摇摆不稳，跨开大步，溅起不少污水，大侦探吉姆还嗅到一阵浓烈的酒精味，扑鼻而来。

大侦探拂去脸上溅着的水，怒气冲冲地向四周望望，忽然听见背后传来一阵笑声。一个肤色略带棕黑的女人，乌黑的眼珠现出喜气洋洋的神情，正在取笑他窘迫的困境。她穿了一套黑色的衣裤，露出细长的踝骨，吉姆注视她那女性腿的美丽曲线，她全身几乎没有一处不被他欣赏到，竟把刚才的怒气全消失了。

“每个人都有遇到这样困境的可能呀！”吉姆忸怩地说。

“快起来吧！”她对他说，她的语调是甜蜜而抑扬顿挫的，“你是吉姆先生吗？”

他正在擦去长裤上的水渍，立刻停止了，奇怪地问：“你怎么会知道的？”

“我是勒琴郡长——蓓蒂·勒琴，你拍电报告诉我父亲说你要到这里来。可是你不知道，他在两年前已经退休了，现在由我继续他的职位。”她笑说。

一阵汽车声传来，是一辆马力很大的轿车，大侦探看见就是刚才送两个男人上火车的老妇人在驾驶。她那多皱纹的脸，披向后面的灰发，样式古怪的黑色衬衫垂至脚踝，都是大侦探所不易忘掉的。他不禁惊呼一声，她驾驶那辆大轿车，竟像一个粗鲁的大学生一般。

“那是安克兰，她是来送她两个孩子出门，他们是去从军了。老实说，我很高兴看他们离开这里，”她乌黑的眼珠眨了一下，“这两个家伙都是酒鬼，都不是好人，然而父亲和我都抓不到他们的把柄。”

她愉快地搀了他的手说：“喔！父亲等着呢，他急待要看见你！我们走吧。”

这座小而雅致的洋房是坐落在宁静的俄亥俄河边，大侦探和前郡长勒琴坐在走廊前面，两边是美丽的花卉。老郡长的女儿在屋内忙着调饮料，招待这位纽约来的贵宾。

吉姆和这位动作迟缓而思维敏捷的郡长在东部曾经合作过一件盗案，同饮了几杯浓烈的威士忌酒，友谊已非常好了。他的朋友并不曾改变，也许他的头发稍为白了些，然而凸起在脸部的敏锐眼珠仍是生动灵活，不改往昔。

“吉姆，什么好风带你到这里来呀？”高大的老人懒懒地问。这种肯塔基的乡音，灌进大侦探的耳朵，像甜美的蔗糖浆铺在烘热的薄饼上一般。

大侦探全身陷在舒适的沙发垫子内，回答说：“一个富商请我去探查梅斯维尔附近的产业，他名字叫杰克逊，是一个袜厂老板，他在纽约有好几家厂呢，我知道他是出生在梅斯维尔的。”

勒琴摇摇头，表示他不记得那名字了。

“总之，杰克逊在几年前买了这些产业，准备将来退隐乡下，造些房子，过安闲的晚年，同时他又租了几间房屋，经手人是威廉姆·特伦。”

“我认识特伦的，他算是这里的大人物呢。”勒琴点头说。

蓓蒂听见了，她说：“特伦是一个可靠的市民，他几乎经营着本郡的全部产业贸易，大家都知道他很有钱，而且名誉也很好呢。”

“大约在一星期以前，”大侦探继续说，“一个专放高利贷的流氓斯通到杰克逊处来，愿出非常高的价格收买他的产业，实在这价钱太好了，引起了杰克逊的猜疑，所以让我来探究其原因。其中一定有特别情形，因此我还需要你帮助！”

“吉姆，那块地在什么地方？”

“离开这里到路易斯维尔的公路，约有十里路，在俄亥俄的河边。”

蓓蒂皱着眉说：“那地方吗？我常常猜疑他们有欺诈的行为，的确值得研究。”

勒琴懒散地说：“你应了一件困难的事了，我对于这里很熟悉，那里有两间空着的房子，还有一所汽车站，四五个运货车的驾驶员在路过时，住在那里。这些居民都守口如瓶，至死不肯透露一句话的。”

“那个送他孩子出去从军的老妇人，安克兰在那里开客栈的吗？”

“我不知道，她是住在船上的，最近我必须去一次，看看近来怎样了。”蓓蒂回答。

“我帮你省却这些麻烦吧！我决定明天早晨亲自去一次。”大侦探微笑着说，竭力模仿她那种慢而懒散的音调。

第二天清晨，大侦探走过清洁的街道，直向地产交易巨子威廉姆·特伦的办公室走去。清晨的空气非常新鲜，不是纽约所能比拟的。乡镇上的市民微笑着欢迎他，表现出小市镇上好客之风。大侦探觉得精神愉快。

特伦的办公室在银行大厦内，他坐在一张精致光滑的办公桌后，全身陷在旋转椅内。一双锐利的眼睛直注在吉姆丰满的脸上。

“麦唐纳先生，欢迎你光临。”他只伸一下手，并不站起身来。

“是吉姆先生，我代表纽约的杰克逊先生，这是他的信，我知道你是代管他在这附近的产业。”

特伦把这封信谨慎地接过来，看过一遍，点点头说：“吉姆先生，不错，很对。杰克逊先生近来怎样呀？他真是个精明能干的人，我最佩服像他那样能干的人。”

“特伦先生，近来有什么新的变化，足以影响地产的价格吗？”大侦探开门见山地问。

特伦皱起眉来，一手撑住他的下颏，不悦地考虑了一会儿，然后缓慢地说：“吉姆先生，没有变化。我并不知道有什么变化，这些房屋都是破旧的，必须立刻修理一番了。杰克逊先生想出卖这些产业吗？也许我能设法卖个较好的价钱。”

大侦探失望地站起来，他知道从这胖家伙口中，探不出消息来。

“不，特伦先生，他并不准备出卖，不过是例常的调查而已，杰克逊的眼光放得很远大呢！”

特伦的头立刻低了下说：“杰克逊……嗯……不满意我的工作吗？”他这样的探问，语调已失去原有的愉快了。

“不，不，恰正相反，他对你很满意呢。假如可能的话，今天我准备去看一下那些产业。”

特伦两脚颤抖了一下，从椅中站起来，像一只牡蛎从壳中被拉出的声音。“现在我和你一同去吧。”他迅速地说。

他们乘了特伦的汽车向郊外驶去，特伦的谈话是好客而多礼的，他们说起俄亥俄的烟草田，在公路左边的俄亥俄河滩是泥泞不堪的，公路右面毗邻着山脚；特伦又说起本地的良马和美女，吉姆心中因为有着蓓蒂·勒琴，所以相当赞同特伦的话！

他们停在约离市镇十里路的地方，靠河边是一所很大的汽车站。路的另一旁，有一幢破旧的房屋，窗户狭小，油漆都已褪尽。四周新造成的矮房，约有五六间，不曾油漆过，风吹雨打已不成样子了。

“这就是杰克逊的产业，吉姆先生，你要去看看吗？”

“是的。”吉姆直爽地说，他的眼睛似乎是懒洋洋的，毫无精神，然而却不曾忽略任何小地方。

他们走进一家酒店，内部是不曾油漆过的，空气不怎么流通，充满着陈旧的啤酒气味和烟草味。特伦说：“本来有两个家伙主管这里，但是现在他们进了军队，是他们的母亲在管理。她现在大概是出去了。”

他们越过公路，向车站走去，特伦走路时，常常发出喘息，实在他太胖了，走路很是费力。一个身体很脏、衣衫油腻的人，坐在车站的办公室内。特伦向他介绍大侦探。“史披克，这位是纽约来的大侦探吉姆先生，他是代表农场主来视察的，现在我们可以去看一下吗？”

那人站起身来说：“好，去吧！”

吉姆经过一扇侧门，走进车间。他觉得这太愚笨了，这里看来，并不能有什么进展，也没有线索，斯通会出高价收买这些地产，必定另有用意。

他走过这些黑暗的房间，里面有三辆正待修理的运货车。他回头向特伦和那满身油腻的修理师问：“附近有油田吗？特伦先生。”他的脚突然踢着些纸片，他弯身拾起一张，看了一下，立刻塞进衣袋，他的目光注视着特伦严肃的脸。

特伦慢慢地向他逼近。

“吉姆，你刚才拾起来藏在衣袋里的是什么？”他尖声地问。他抓住大侦探的右手腕，吉姆痛得几乎叫出声来，特伦的手力竟如老虎钳一般。他用左手去抵抗特伦，但是还不曾把他打到。这胖家伙却用力把他右手一扭，吉姆不禁转过身去，特伦用他胖大的胸部抵住大侦探的肩，大侦探就像一个小孩子被大人戏弄似的，丝毫不能动弹。

“史披克，”特伦指挥着说，“搜搜他长裤的右袋。”

油腻的手伸进大侦探的裤袋。“在这里了，是一张从纽约到梅斯维尔的火车票。”

“好一个沉默的侦探！”特伦野蛮地喃喃说着。

特伦的手并没有放松，吉姆觉得冷汗在额上不住地流下，像被一只大熊抱住似的，简实无法透过气来。

特伦的声音又在他耳边响了，但是现在已镇静得多了。

“史披克，快把我的汽车开进来，别让别人看见。但是先用电梯送我们下去。吉姆先生今晚可以安然地和俄亥俄河同住了。”

他们乘电梯下去，下面是一间16尺宽，40尺长的地下室，大侦探估计大约离地面20尺，与俄亥俄河相距不远。他知道留在这河底的深处，命运是多么可怕。

这间水泥的地下室与车库差不多大，潮气很重，而且有一股浓烈的酒精味，吉姆猜测大约是从两旁的许多木箱中发出来的。墙的一壁停着一辆运货车，里面很冷，然而沮丧的大侦探脸上仍是流着汗。靠河的一边墙上，是两扇巨门，由钢板包着。他一望便知，外面是澎湃的水了。

大侦探自知厄运当头，特伦决不会放过他。

这里是一个交通要点，河水从肯塔基山出发，一泻千里，可以直达俄亥俄河及密西西比河两岸的大都市，逆水上行，经过陆路，又可达到纽约。

三个人站在空的运货车旁，注视着他。其中一个两肩削瘦，脸容灰白，他脸上现着奸险的笑意，露出老鼠般的牙齿。

特伦突然放开了吉姆的手腕，对他狞笑着说：“大侦探，见见这一位也是从纽约来的客人——菲斯。”

大侦探缓慢镇静地回答：“我认识菲斯，他是斯通的心腹之一。”他突然冲向前去，向那家伙的口边，猛的一拳。简直不让他有说话的机会，菲斯倒在地上，像一只瘫软的水老鼠一样。

然而他自己在耳根旁，也受了一下猛击，大侦探的膝屈了，轮到他自己昏倒在地上了。他麻木的听觉，听见特伦镇静的说话声遥遥传来。

“吉姆，在原则上讲，我非常同意你的动作。假如菲斯留神些，不会把火车票遗失在你所拾到的地方，你就不会疑心，同时也不会这样急切地了结你的生命。但我是他们的领袖，不能饶赦你殴击他们。”

他的声音提高了说：“来，你们两人，把他缚起来，等今晚的那艘船来。”

大侦探无法反抗，几乎没有知觉来顾及一切，只觉得手脚被绑了起来，一阵灰色的烟雾，从潮湿的地面升起，他正希望如此，看来要掩没他了，以后他就陷入昏迷状态，失去了知觉。

突然面颊上觉得一阵剧痛，他慢慢地恢复了知觉，首先感觉到的是头部的疼痛，然后正在疼痛的面颊，又是一下猛击。

“醒来！下贱的畜生！”一阵尖锐的叱喝声，直刺进他的耳朵，这是菲斯的声音。吉姆张开眼睛，恰好又是一下猛击，他急忙躲闪一下，避去一记重拳。

他是坐在地上，后面背靠着运货车的前轮。前面站的是菲斯，他那邪恶的脸上现出杀气腾腾的神情。特伦和两个驾驶卡车的汽车司机，站在数步之外，面无表情地看着。

通地面的天花板下，一扇暗门通向车库，满身油腻的机械师史披克冲下楼梯来。“嗨，老板！”他竭力地叫道，“快来！上面起大火了。”

特伦立刻转过身去说：“失火？什么地方？你快说！”

“大路两旁的平房都烧起来啦，有人放火呢！”

特伦圆圆的脸上，并不露出惊骇的神情，再说，他面颊垂着厚肉，即使情绪有所表现，也看不出来。他蹒跚地跑进电梯，“史披克，把电梯开上去，你们两人跟我来，爬在运货车下，假装在修理汽车。史披克，你把我汽车内的引火物拆去，然后再修理。”电梯渐渐升高了，他又对吉姆说：“毫无疑惑，这是你干的好事。现在让你留着，任凭你的好菲斯来处置你。”

大侦探将自己绑着的脚，突然伸出，向菲斯突击。菲斯跳后一步，带着胜利得意的口吻说：“现在，蠢货，你的报应来了。待我处置你后，他们可以将你喂小鱼了。”

这个瘦小而险恶的家伙，谨慎地走上前来，举起他的手枪。毫无疑问地，他准备一下直敲碎吉姆的头骨。吉姆挺直身体，静待他击下来。

突然菲斯的身体软了下去，两声枪响在潮湿的地下室内，发出很大的回响。吉姆立刻抬头，向楼梯望去。

“蓓蒂！”他又惊又喜地叫出来了，女郡长站在那里，后面是那个老妇人安克兰。蓓蒂手中握着一柄冒烟的手枪。她立刻奔向前来，怒容满面地说：“太卑鄙了！”

“你射击很准确呢！”当她解除他身上的绑缚时，吉姆嬉笑地说，“真是个模范的女侦探，竟解救了大侦探，是你放的火吗？”

她温和的眼光偶然和他相对，她一面松他的绑缚，一面说：“是的，靠了安克兰的帮助，依照我昨晚的诺言，我应该到这里来走一趟。我在公路上遇见安克兰驾车回镇。她告诉我特伦捉住你，就领我到这里来，于是就放了火，分散他们的注意力。”

老妇人的眼光表现出她巾帼的气魄。她弯身对吉姆说话，长而脏的衣裳擦着她的膝盖：“我并不知道我的孩子干这些卑鄙的事，直到他们离开以后，才知道他们做这种不人道的行为，终于被我发现了这些，请原谅。”

大侦探站起身来，擦擦他的手腕。老妇人突然握住了他的手臂。“电梯里的……他们听见枪声了！”

“快！”吉姆说，“躲在运货车的后面。”她毫不迟疑地将枪递给他，他摸着这柄微热的手枪，觉得很合胃口。不自觉地，他的手摸着她的肩，同时蹲伏在车后。

电梯降下来了，里面堆了许多笨重的木箱，作为防御物。特伦的声音从后面传出：“吉姆，我们在外面发现勒琴郡长的汽车。你只有一支枪来对付我们的三支枪，况且好男不和女斗。吉姆，扔掉你的武器，我让女人自由出去。”电梯降到地面了。

大侦探还没有来得及正式答复，在他们身旁的运货车的引擎已开始怒吼了。他向四面寻找安克兰，她已在车内的驾驶座上了。

这辆巨型的运货车冲向前去，像炮弹爆发所发出的声音，直冲向电梯内的防御物。简直令人不敢相信，这样一个年老身弱的老妇人，驾驶一辆巨大的运货车，现出一付安闲的神情。吉姆立刻联想到她在火车站驾驶汽车的姿势。

运货车撞在防御物上，震天动地的一响，把他们直撞到水泥的墙壁旁。还有一声尖叫，以后一切就静寂了。

在汽车的前面，堆着许多破碎的木块。大侦探拉住蓓蒂急忙离开原来的位置，一枪恰好射中在他原来所站的位置。一个人突然从碎木堆中跳起来，在地上痛苦的滚动几下，就静静地不动了。

吉姆谨慎地走近那一堆破碎废物，把枪放进衣袋，不需用武器了。老妇人安闲地坐在车内，汽车的前左轮下，横着一个人，车胎恰辗在他的胸部，他已死了。特伦终于遇到他所不能控制的事了，被撞在水泥的墙壁上。死状很可怕，两手伸展着，想抓住汽车前保险杠。

吉姆走上前去，扶老妇人下汽车，她从窗中伸出头来，叫道："这辈狐群狗党，本来就不该再留在这世界上了。"

蓓蒂站在大侦探身旁，释轻负担似的叹一口气，望着残余的血迹，略有些颤抖地说："多么可怕呀！"

他拍拍她的肩头说："一切都过去了，我们还是外面去吧，你的脸色不好看呢！"

"你得知道，我从来不曾开枪，杀过人呢。"她逐渐恢复神态地说，"吉姆，你怎么知道这些事的呀？父亲与我注意了几年，还赶不上你一天的成就。"

他笑笑，摸摸还在疼痛的头说："特伦是一个有头脑的人，我就给他一个运用思想的机会。我不曾告诉你，我在纽约是一个引人注意的人，我知道一定有人跟踪着我，虽然我探察不出来是什么人。"

他继续说："当特伦领我去观察他的房间时，我找不出任何可疑之处。所以我用一个计策，我把自己的车票，丢在地上，再装做寻找的样子，我想特伦和史披克不会知道其中之诈，不会注意车票的。假如他们与案子有牵涉，一定会以为这是跟着我的那人所留下的车票。我找着票时，有意装做找着有价值的线索一般，他们果然中了我的计。可是我没有料到这只大熊动作竟是这么快。"

他扶了她走上楼梯，虽然她的脚步已是很稳健了，另一手扶着老妇人安克兰。

"多好啊！案件真相大白了，我们在肯泰基可以拘捕其他的漏网之鱼，同时可以把在纽约的斯通，一网打尽了。"

乔治松　译

神秘的爆炸

蒂特马斯

小女孩的尸体靠在坍倒的墙壁上，它看来像一具已被毁坏了的小洋娃娃，这自然是发生了一桩惨事的结果。

墙壁的那边躺着女孩母亲的尸体。她是培根太太，她的丈夫培根在著名的克里普尔克里克的矿场工作，同时还是代表特勒和巴索出席科罗拉多第十八区分会的会员。

在邻居们听到炸弹的爆裂声，而赶到这出地事点来的时候，孩子已经死了，那一声爆裂在4月的清晨，震破了科罗拉多克里普尔克里克金矿四围的沉寂，邻居们小心地，轻轻地把这小身体从烟雾弥漫的余焰未熄的地板上，移到了一个安全的地方。

培根太太比这小女孩迟死几分钟，是断气在她丈夫的怀抱中的。临死，她还在喊着她的女儿约瑟芬的名字。现在，培根也失去了知觉，是躺在他妻子的身体旁边。

直到母女的尸体被搬运到了验尸所以后，培根才赶到了医院里去，警察局局长亨利和警务主任波纳到了这时才能够对这件惨案开始侦查。

那所因爆炸而失火的房子，只烧剩了一扇门，它们一边一个地就站在那门框的两边，在凝视着被烧剩的破碎物品。这所房子是完全倒塌了，东面的那垛墙壁被震到了4尺以外的地方去，整个后半部屋子已烧毁得不像样子。在餐室与厨房之间的地方，也已辨认不清，就只门框还笔直地站在那里。

碗碟等物已从碗橱里倒落在地板上，火炉、木头以及破碎的家具等也都零乱不堪，母女两个尸体也就是从那些零乱的东西中拖了出来的。孩子坐着的那张椅子，它的碎块也弄得满地都是。

那一声爆裂显然是从炉子中炸了出来的，不是火炉，就是厨房中的炉灶，那震荡的力量一定非常强烈。在地板上有像火炉一样大小的一个洞，洞口很是整齐，好像是用一柄锯子锯出来的样子。

亨利向上望望，看见火炉的钢板是连接在顶楼的椽子上，他把它指给了波纳看。他们一起抬起了几片火炉的烟囱，它们很是平伏，好像是由机器滚轴滚过的样子。这显然只有炸药或者硝化甘油才能造成这样强烈的爆炸。

关于这惨案的消息传播得很迅速，不到两个小时，总有两千个人来看这火场了，他们看了，各人都有着各自的意见。警察局局长也就从这些各执一词的纷纭传说中，才第一次听到了关于“黑手”的故事——那是一个凶恶的盗党，他们最近寄过恐吓信给培根和他的妻子。

这两个老练的警务长官很关心地听着这些述说。多年的警务工作，使他们已得到了这种经验：就是最随意的说话，最细微的线索，往往会使他们就根据了这一点，破获了最不容易破的案件。

培根是亨利和波纳的多年老朋友，他也是社会上很受到尊敬的知名人士。培根还有一个很亲近的朋友是警察局辩护士奈·维特，他现在也在协助亨利侦查这桩案件。他们一致决定了，对于他们最要好的朋友的妻子，和她前夫的七岁的女儿约瑟芬的惨死，以及他们朋友遭受的重伤，他们非代为报仇不可。

他们不久就查出了最先来到这惨案发生地点的四个人——他们都是从米勒家里来的，住得离那没隔几户人家，是弗里曼，斯威夫特和格兰斯曼，最后是送牛奶的人。在轰然一声爆炸的时候，他们正开始向那所屋子走去。要是迟爆炸，或者他们早到一两分钟的话，也许他们也会被加进被害人的名单中去了。

关于那件事他们所讲的过程是，先是一声非常响的炸裂，接着，因为屋顶已被炸开了，是向上冲起了满天空的浓烟。他们就一起赶去把火焰扑灭，在火堆中搜寻培根家里的人，因为他们知道在这样早的清晨，他们是一定在屋子里的，一定埋藏在尚未全熄的余烬中。于是他们听到有什么人在呻吟，并在呼救。

他们先找到了培根太太，是埋在一堆木头和破碎的家具下面。他们赶快很小心地把那些东西移开了，就把这个已烧得发黑的女人救了出来。可是她伤势太重了，在她吐出最后一口气以后，只勉强喊出了一声她女儿的名字。

培根在爆炸以前的几分钟，是站在后面的天井里，这时他也在挣扎着，向他的妻子爬过去。他总算用力爬到了他妻子的身边，便把她的头抱在他的两臂中。到这时，救了她出来的几个邻居都转过了头去。情形真凄惨，培根只穿着衬衫和睡裤，血从他的头和面孔上的伤口里流下来，直从他的面颊流到了他的脖颈里，使他的白衬衫的领子都变成红色的了。不仅如此，他别的地方也受着伤，因为在他的臂膀上、背心上也在开始显的出血红点子来了。

“她死了！”什么人这样喘息着说，培根便抬头向在他上面的一圈关切的面孔望了一眼，然后俯下去凝视着在他臂膀中的这个女人的无生命的眼睛。她缓缓地倒在地板上了，抽搐地移动着她的嘴唇，想说一句什么话。可是她没有成功，而且不久，他也失去知觉了。

他直到过了48小时才醒过来。

警务当局从那些叙述中，没有听出什么线索来。它们对于他们可说一点都没有帮助。

亨利到医院里去过几次，希望培根会给他一些关于这桩惨案的头绪，可是他每一次去，总是培根还没有醒过来，而且医生不准有人同他讲话，要等他的病症好转一些才可以。他得知，有好几块火炉的金属碎片，从培根的头、脊背以及胸膛里取了出来。可是没有一处伤口是严重得会使他这样陷于继续的昏迷状态的，医生也就表明了，对于培根的病症有些弄不明白。自从出事以来，已过了30个小时，警察局局长见培根还是不醒，他不觉有些心慌，心想他千万可别死了，他那样也就无从去问关于这桩惨案的头绪了。

在等待培根回复知觉的时候，亨利和波纳在继续询问邻居们。亨利注意到培根的表是在7点37分停止的。7点30分，邻居们看见他抱了一捆木柴走进屋子中去。在这时的不多几分钟以前，人家看见他在喂鸽子。他的朋友们都确切说明，培根的表同矿场里的钟向来一分钟都不差的。所以，警务长官们由此可断定，爆炸的时间确凿是7点37分。

亨利从各方面所听得的报告，虽然都没有结论，可是有一点是大家都确定的——那是出于谋杀。

因为培根似乎并没有什么怨仇很深的仇人，朋友们就提议着说，培根在早年是同人家有过纠纷的，也许这次的血案就是由于那种结果也说不定。亨利把这事认为是一种可能性。也许在早年同培根有过纠纷的人，一直把怨恨记在的心头，一直在等机会，见到可下手的时候，他就把培根的全家都置于死命。似乎只有这样的一个合乎情理的解释。这当然是说，那是出于谋杀的话。亨利当然并不相信这是一件意外。

再进行询问与调查，由此发现了甚至更有趣、更不可相信的事情。

要好的朋友们说出，在过去的几个星期中，培根和他的妻子都很心神不定，而且在她死以前的两三天，培根太太似乎很不高兴，很是烦心。她甚至在打算要离开克里普尔克里克，而且已接洽好了，星期一同什么人会面了，要把他们的房子出售给他。在这次约定以前的星期六，她要把那屋子出售给两个不同的邻居。可是她对于为什么打算离开这里，却并没有说清楚。

就在培根太太想要把那屋子出售的同一个星期六。培根告诉他的朋友说，他怕他会发生一些什么事情。亨利听到了这个消息，好像他看了一颗炸弹的样子。培根显然已告诉过好几个朋友他在恐惧，他还说他收到过“黑手”的信，在恐吓着要伤害他的家庭和他自己的生命。然而，虽然亨利和波纳也都是他的最接近的朋友，他却从没有把他受到恐吓的话告诉过他们。他们以为，这是因为他并不像他的妻子一样，把这恐吓信看作正经的事情，否则要是他真相信他和他的家庭是在危险中的话，他一定会去请警察局长着手侦查的。

在培根并不把这些恐吓信，以及夜里屋子四周的神秘声音，看得认真的时候，他的妻子却显然很加以注意。她告诉过她最近的邻居——托马斯太太，说她在夜里时常听到神秘的声音，说好好关上了的门，不知道怎么会开了。有几次她自己安慰着说，也许是给风吹开的。在发生爆炸以前的两星期，她把她所有家里人的照片、信件、首饰以及纪念品等等，都收拾在一个箱子里，并对托马斯太太说，要是她有什么事发生的话，她该把它们怎样处理。

星期日的下午，她去参加了一个邻居的葬礼。她回来了，显得很是忧抑不乐的样子。她在回家的路上，告诉一个同车的人说，因为她近来很是恐惧，已有一个星期没有好好睡觉了。她说她只想能够迁移到别的地方去。她甚至说到，她死了，应该把她怎样安葬，并要求把她的女儿葬在她同一个墓穴里。到了门前，她向上望了望天空，说："我真不明白在天空里究竟有些什么？"她甚至送给了托马斯太太一张照片，以作她死后的纪念。

亨利警察局局长和波纳警务主任，一次又一次地到那出事地点去，希望能在那里获得一些可借此解决这桩神秘案件的线索。可是他们到现在为止，只确定了在那次爆炸中所应用的是硝化甘油，因为要是用了炸药的话，是总有为炸药所炸裂的迹象可寻到的，现在从附近的地方，这种迹象却一点儿都找寻不到。

他们最初以为是培根预先藏匿了一些炸药，是预备对付或者会来的仇人之用的，那天他却一不小心，把它误投进了火炉中去。可是随即证实，这并不可能，因为他们从培根的同事口中得知，他对于炸药很是惧怕，就是在矿里，他也不敢碰一碰它的。

既然他们什么头绪都无法得到，现在只有等培根醒了过来再说了。

在这样等待的期间，他们还偶尔得知了培根是常常同他的妻子争吵的，因为他在疑心她的不贞，说她同别的男人们太要好了。亨利还得知，培根为他的妻子和他的女儿保了七千元的寿险，要是她们死了，这笔赔偿费就归培根所得。

终于，在惨案发生后第三天的星期五早晨，亨利被通知培根已经能够讲话了，而且他也急欲讲讲那天爆炸的情形，他和波纳便急速赶到了医院里去。培根同他的朋友们讲了差不多有一个钟头。这真是一桩充满着惊惧与恐怖的故事，可是这些事情他们都已零零碎碎地听过，所以对于案件的破获也并没有多大的帮助。

有一件事亨利到现在可以确定了——那一定是谋杀。虽然培根并不能使他们多知道一些什么，却也有一件事使他们十分怀疑。

“在爆炸发生的时候，邻居们说你正捧了一些木柴走进屋子里去，怎么你又会在后天井里的呢？”亨利问。

培根在床上稍稍移动着他的身体，有一层红显现在他的面孔上。

“我第一次生了火，”他说，“它没有旺起来，所以我又到天井里去，再去拿一些木柴。这一次我在木柴的上面浇了一些火油，它就即时旺起来了。正在那时，我听到鸽子在后天井里鼓翅急飞，我想不要有什么狗在追逐它们，所以我出去看看。”

亨利扭扭嘴唇，点点头。这么讲来似乎还合乎情理。由此也可说明，为什么培根避免了受到重伤，或者甚至炸死的可能。

“约瑟芬奔到门口来，”他继续说，“看发生了什么事情，可是因为天很冷。我到了门外，手按在门旋上，是把门差不多完全关上了的。”他又说，在他走到门外去的时候。培根太太刚起身，在从卧室走到厨房里去。接着，他就受到了爆炸的非常强烈的震动，使他跌倒在地上，其余发生了些什么事情，他就什么都不记得了。

“你的妻子和孩子都死了，培根。”亨利不得已只有告诉他。他已等待了一些时间，看培根能听这个消息了，他才这样说的。

这受伤者于是用了呜咽与悲伤的声音，告诉了他的朋友们说，他在过去的两三个星期内，收到了“黑手”的几封警告信。

“那些信在什么地方呢，培根？”亨利问。

“我——我并没有把它们留下来——”培根讷讷着说，“我并没有想到——”

“为什么你不到我们那里来求助呢？”警察局局长逼紧着问，“我们已经是多年的老朋友了，培根，要是我们早知道了的话，这桩惨案也许就不至于发生了。”

“我但愿我已去告诉你们就好了。可是在当时，我以为写这些信来，是什么人同我开开玩笑的。我为免得使我妻子觉到心里不安，我一接到那样的信，就立即把它撕毁了。”

“它们都是由同一个人写的吗？”波纳问。

“是的，”培根点点头，“是的，我认定是这样。在每一封信上，都画上一只残暴的黑手。第一封我收到了，还觉得有些有趣。它写着：

‘要小心，培根，你和你的全家赶快离开这里！’

我以为总是什么人在同我寻开心。我想不起有什么仇人，也想不出为什么要有人不准我住在这个地方。隔了大约两个星期，我在大门口又拿到了一封信，它写着：

‘赶快滚吧，你和你的全家，你以前已受到过警告了。要是你再不走的话，你就要用一张担架抬出去了！’”

他还说，对于他早年有过仇人的传说，并不准确。除了他收到过恐吓信这一点加以证实以外，警务当局从培根那里一点新消息都没有得到。所以亨利觉得，他们对于那桩爆炸案，还是没有什么新的进展。

波纳对于培根的叙述，似乎得到了满足。亨利听到了培根所讲的，也产生了新的意见。可是这只是他的一种设想，还必须用事实来证明的。报纸上呢，它们已在第一版上详细描述着那桩爆炸案，并已确切地把罪名加在所谓“黑手”的身上。

自从爆炸发生以来，已经过了6天，警务当局对于这桩罪案的解决，还是像在发生的第一天一样，一点儿头绪都没有。至于医生们，虽然已经过了不短的时期，他们对于培根受到了并不怎样严重的伤，却会由此昏迷两天两夜之久，也还是无法明了其中的原因。而且在其后的几天内，他还是时而陷进半昏迷的状态中去，而且他对于什么事情，以及他周围的什么人都不记得，使得他一点都无法出庭去应答询问，因此开庭的时期已被拖延了两个星期。

在其间，约瑟芬的父亲——培根太太的离了婚的丈夫——大卫·德逊，已从盐湖城来到了这里，遇害者们的安葬也就此完成了。

每一个人都相信，这一桩罪案是由“黑手”所计划而造成的——每一个人，就只有亨利局长除外，他依旧在怀疑着。

他在他的写字台旁边坐了好久，显然在反复沉思着那桩案件的情形。

他的沉思有了结果，那就是培根的被捕。那差不多是像爆炸案本身一样惊人的消息。他会谋杀他的妻子和她的女儿，看来是那样地不可能，可是他是被捕了，不管他在社会上是怎样的一个有地位、看来一点儿出不像会谋杀人的人！

在他倾听了培根的叙述以后，不到一个星期，亨利就获得了一纸对于他的拘捕状，可是已延迟了10天才把它执行。他不能不把情形侦查得更确定一些。培根是处处非常留心的，所以亨利一点儿也不会怀疑到他的朋友。可是亨利一经确定，他就马上动手了。虽然他很希望做这件事的并不是培根，可是现在既然他已确知了是他犯了这桩罪，他也并没有因为他与培根之间的友谊就忽视他的责任。他在尽他的义务和责任以外，还在实现着一种正义，他要为这两个无辜的人受到这种残暴的谋杀而报仇。

培根遭到拘捕，是在他去参加他的妻子和她的女儿的葬礼以后。那拘捕其实更早一两天就可以实行的，亨利所以这样等待，就为要使那葬礼顺利安稳的完成。也为小心起见，他让助理侦探马林也去参加了那葬礼，以便随时可把培根看守好，免得他万一已起了疑心，而企图逃跑。然而，培根看到了马林同去，总以为是一种友谊的表示，因为他认识马林也已有好几年了。他还以为，要是亨利并不因为他公务太繁忙的话，他也会去参加那葬礼的。

到葬礼一完成，马林就已动过几次念头要把培根拘捕，可是他每一次想动手的时候，看到培根那样伤心，他都把手软了下来。直到火车已开进了克里普尔克里克的车站，他在下到月台上的时候，那张拘捕状还是藏在他的口袋里没有动。

在他们在月台上走的时候，亨利向马林和培根走了过去，他嘴里说不出，但用他的眼睛问："你还没有执行吗？"

马林懂得他的意思，便摇摇头。

"我下不了手。"他解释道，一边他把那拘捕状递给了他的上司。

"这是我有生以来所做过的最不容易做的一件事情，培根。"亨利说，接着他便向培根宣读着那拘捕状。从他的面色可显示出，在他的心里是怎样难过。

培根却泰然自若，在他的面孔上一点儿也看不出惊慌的神色。他听着宣读那拘捕状，他的肌肉也没有震一震，面孔也没有动一动。他先望望马林，再望望亨利，他的视线也并不想躲避。

他仅说了一句话，那是：“我可以步行到监狱里去吗？亨利。”

警察局局长摇摇头，便把培根推上了一辆等在那里的警务汽车。他们大家在一种局促的沉默中坐在车子里，彼此连望都不望一眼。

要是警察局局长亨利以及其他的警务人员，以为一把培根拘捕到，就把他谋杀他妻子和女儿的一切纠纷都已解决了的话，他们是会异常失望的，因为差不多培根一被关入了监狱以后，他就即时开始了绝食。

无论怎样想法要他吃东西，都没有用处。他坚决地拒绝着任何食物，甚至还不肯同任何一个警务人员讲一句话。他一声不响地、一动不动地坐在狱室里，只是向他对面空白的墙壁凝望着，或者横倒在床上，用他的衣裳盖没了他的头，也是一动都不动。他对于要怎样处置他，显得一点儿都不关心，甚至他并不请一个律师，也不通知他一个朋友。显然，他对于他们已失去了所有的信任。

医生被召了进来，在经过了仔细的检验以后，他对亨利说，他对于培根的这种奇怪行为，找不出什么原由，所以他觉得，这完全是他自己装出来的。亨利原来也并不认为那是培根的一种病态，所以医生的检验对于他也并没有什么用处。

每天两三次，狱警把食物端进去，可是到把它们拿出来，食物还都在那里，碰都没有被碰过。但是在90个小时以后，他突然解除了他的绝食。

在亨利听到了培根已把他的绝食解除了的消息时，他在他的心里感觉到一些宽松。他原想绝食究竟不是一件好受的事情，培根迟早总会把它放弃了的。

可是他的欢喜是短暂的，因为不久培根又开始了绝食，一天只接受一只橘子。

后来绝食到第十天上，培根说有些头眩，而且他在快速地瘦下去，亨利便很是担心，害怕他被饿死了，使他们对于那桩惨案，一句口供都无法得到。

正在警务人员想怎样搜集证据，使得能把培根判以死罪的时候，这犯人又做出了一桩惊天动地的事情。星期四早上，在狱卒惠斯·加勃来接班的时候，发觉他躺在血泊中，狱室的地板看来像一个屠宰房了。

“天哪，培根！”他喘息着说，“发生了什么事情呢？”

他飞快地把早饭盘放了下来，冲到了培根的狱床旁边。他知道他很快就会死去的，想趁他还能够讲话的时候，听到他说出几句经过来。

“发生了什么事情呢？”他重复问。

没有力气的培根把他的衣服撕开了，在他的肚皮上显出了几个洞。

“你看他们昨天夜里对待我多凶！”

“谁？”惠斯·加勃问。

培根一边喘息着，一边继续说：“詹森昨天夜里带了两个蒙面人到这里来，把我推在墙壁上，就把我弄到这样一步！”詹森是警察局局长亨利的兄弟，他是夜班的狱警。

惠斯·加勃赶快去把警察局局长和医生都叫了进来。医生赶快检验着培根的创伤。

培根火速被送进了医院，到了那里即开始了手术。医生知道他是没有获救的希望了。虽然他的伤十分严重，他却并没有失去知觉，在随后的几小时内，他已改变了几种说法，只是他决不肯承认是自杀，总是说是夜班的狱警把蒙面人带了进来，才把他弄成这样的。

在培根这样坚持着的时候，詹森却竭力否认，说一定是培根怕坐电椅，才这样自杀了的。

“刀，他从那里来的呢？”医生问。

“是我给他的。”惠斯·加勃说。

“你给他的？”亨利责问。

惠斯·加勃急得涨红了面孔，于是解释着说：

“医生关照我带培根出去走走，要是他没有什么举措不对的地方，我就好好待他，所以我就带他到园子里去走走。我们以为这样总可使他会不再绝食的，我们出去了没有多久，培根说：‘让我们回去吧。’所以我们就回进了狱室。我们从园子里回到了监狱里，他又问我有没有刀，因为他说他有一个指甲破裂了，他想把它修修齐整。我便把一把刀借给了他。我们稍谈了一会儿话，我就出来了。我已把刀的事情全然忘却了，直到早上我看到了培根这种情形，我才想起了它，我便到处寻找着，却总没有找到那把刀。我问培根他把它放在什么地方，他说放在柗子上，可是我到那里去看，它并不在那里。”

恐怕对于受伤人问了太多的话，会使他更加柔弱，以至加速他的死亡，所以警务人员和医生都暂时离开了他而到了狱室去，在那里做仔细的查看。在经过了仔细的搜索以后，他们找到了惠斯·加勃所给了培根的那把刀，是在培根狱室的便桶底下。

在对于惠斯·加勃和詹森的一再的询问以后，警务长官们差不多可确定培根企图自杀了，他却还编造出了蒙面人的谎言，好把罪推到别人身上去。

他们还在狱室里，医院里派了人来告知，培根病势已经到了最严重的阶段，看来不能支持多久了，他们想听他说什么话的，还是赶快过去，否则就怕要赶不上了。

培根因为失血过多，已显得毫无气力，可是在警务长官们询问他的时候，他还是挣扎着回答说，他实在是被蒙面人刺破了肚皮的，并坚决否认是他谋杀了他的妻子和她的女儿。

亨利走到了床边，紧握着这个做过他多年的老朋友的手。

“我已为你把神父们叫来了，培根，”他说，“你可从上帝那里得到平安了。现在，我有什么事情能够为你做的吗？”

培根无力地摇摇头，他望着亨利说：“在上帝和人的面前，我说我并没有炸毁我的房子，也没有犯自杀的罪！”

“你是不会说我的兄弟詹森，到狱室里来袭击你的吧，是不是，培根？”

培根摇摇头。他想说什么话，可是已没有力气说出来。他一眼不眨地凝望着亨利。“是的，”他挣扎着说，“是的，是我炸毁了我的房子，并用刀把我自己……”

蒋容新　译

勇妇历险复仇

阿瑟·迪克斯

当克利弗·史密斯和他的夫人的汽车驰进他们家的农场时，已是暮色朦胧之时了。2月的雪依然覆盖着科罗拉多州乡野的科林斯堡的土地。史密斯夫妇俩今天曾往惠灵顿镇观看一个礼拜堂的话剧，现在则于寒冷中驱车回来了。

史密斯和他的夫人——一个具有褐色的皮肤、黑色的头发和眼珠的丰富魅力的27岁妇人——将汽车放置在车库，关上了车库的门，开始向那屋子走去。

突然费罗拉·史密斯踌躇地停下了脚步。

“你看！”她说，“灯光露出屋外，门也开着。你猜，鲍佩会不会发生了什么事情？”

史密斯顺着他妻子的凝视的眼光望去。屋子的前门在冬季开着，这的确是有些奇怪的。当史密斯夫妻俩今天下午离开屋子时，他们曾经对那16岁的鲍佩——一个打杂的孩子——说过再会，那孩子是留在这屋子里面看守的。

“我不知道！”史密斯开始说了，“我……我说，狗在这儿。”

白罗尼，是史密斯的爱犬，已经缓慢地走出了那只有一层构造的住宅。它低垂着头，潜逃到了一边，站住了，静静地注视着史密斯。在往常，它总是用一种特有的犬的热情对它主人们跳跃欢迎，而今天却这般安静，它看上去，是受到了很大的恐吓。

史密斯夫人弯下身去，并且弹拨着她的手指。“这儿，白罗尼！”她叫喊，“到这儿来，孩子！”

这狗呜咽着，但并不动。史密斯夫人重又向那屋子望望。她丈夫提高了喉咙叫道："鲍佩！你在那儿吗？"但没有回答，一种死的沉寂笼罩着这栋房子。

史密斯先生，一个意志坚强而性情忠厚的人，他看了妻子一眼。"你先留在这儿，"他说，"我进去看看究竟这是怎么一回事。也许鲍佩这孩子刚走了出去而忘记将门关上，也说不定。"

他果断地大踏步走过了天井。他的妻子等待着，将那外衣拉得更贴紧她身子一点。那狗依然呆立在一边，并且开始发起抖来。史密斯走过了门槛，就隐没在那黑暗的屋内了。

"砰"的一声的枪响，几乎好像将屋子崩裂了开来。那位耳朵几乎被震聋了的妇人，不能确定她是听到了一个巨大可怖的爆炸声，还是两个较小的炸裂声。但是有一件事她可以确定，就是那"砰"的一声一定是枪声，而且她的丈夫走进那屋子去的时候，是赤手空拳的。

史密斯夫人听到了这炸裂声，不得已地，开始向前走去。于是一个人在门口出现了。这是一个男人的身影，虽有些面熟，但却并不是她的丈夫。恐怖扼住着她的心，史密斯夫人向黑暗中偷看去。只见那男人走下石阶，缓慢地前进，走过了天井而向着她走来。那狗狺狺作声而转身走开了。

那男人在他的富有筋肉的拳头里面，握住了一把点三二口径的手枪。他的双肩阔而倾斜，他高视阔步地走着。

"路易斯！"史密斯夫人说，"路易斯，这是你……你……"

她将她的手放在她的嘴上而停止说下去。原来，她呼唤路易斯，不啻表明了她已辨认出了对方是谁。这正是自寻死路，在她本人的"死之单据"上面签上了名啦！但现在话已出口，驷马难追，究竟将招致什么样可怕的结果呢?

路易斯，一个37岁的混血的墨西哥人，和他弟弟约翰，24岁，在前一季曾替史密斯做过长工，帮忙从事甜菜的收获。史密斯雇用他们兄弟俩时，他们俩曾因为抢劫的罪行，刚在佛罗里达州的改过局受过了十年的徒刑。这一点，史密斯并没有加以顾虑。

他们俩已经辛苦地工作了，拿了他们的报酬而离开史密斯家了。这兄弟俩一向是没有什么恶意的。但现在，路易斯却心血来潮，想起了一件事，怀着一颗谋杀的心情而走回来了。史密斯夫人知道他已经将房子搜索一遍，因为她在细微的光亮之下，辨认得出路易斯手拿的手枪，正是她丈夫一向放置在一只玻璃衣橱的抽屉里面的。

另外一种脚步声在门口响起了。那妇人不由得从路易斯方面移转视线而向这新的危险注视了。她预料中最坏的情况出现了。路易斯的弟弟正走出这屋子，手里拿着一支点二二口径的来福枪。

史密斯夫人清晰地看着这全部的场面。路易斯兄弟俩知道史密斯夫妇离家外出，于是便前来掳劫。但他们发现鲍佩留在屋中时，无疑是吃了一惊的。当那存心谋杀的残暴者找到了这孩子时，这孩子的命运究竟怎么样呢？史密斯夫人有些不敢想象。

也许这孩子的命运和她丈夫踏进这死的陷阱时所遭遇的命运一样吧！

约翰走到了他哥哥的身边，于是他们俩凝视着史密斯夫人而举起了他们的枪。史密斯夫人面对着这迫在眉睫的情形，试作孤注一掷的赌博。她伸着一只手要求：

“不要开……请不要开！”她说。

路易斯的残酷的嘴绞成了一种讥嘲的笑。

“请……”路易斯狞笑着说。

史密斯夫人已绝望了。突然她背转身来跪了下去。那兄弟俩就在这时向她开了枪。砰的一声，这子弹打中时的有如燃烧般的痛，那暂时的昏迷，合并成一幅可怖的不可思议的画面。

史密斯夫人说不出她昏迷了多久，但大约不到一分钟，她苏醒过来，发觉自己正扑倒在冰冷的地上。从她的眼梢，她可以看到约翰和路易斯俩依旧手握着各自的枪，向那条街道——史密斯农场前面的街道左顾右盼。

她在一种奇怪的麻木状态之下发觉到她没有被杀害。她想，也许她自己苏醒，只不过是暂时的回光返照吧！但她又想，也许那凶手在开枪时，由于心理上一种惊愕的幻想，心一动，手一松，于是子弹一滑，没有打中致命的位置了，但愿如此，那么她还有活命的希望。

她觉得，如果她并不流血至死，那么她可能活着而对这可怖的凶手复仇。正在几天之前，她曾在某报上读到一篇关于科罗拉多州卡农城的《煤气死室》的记述。这篇记述之中，指出在这死室里面有两把椅子，而两个杀人犯可以一起在这里面被处死。史密斯夫人确定她丈夫已经死了，而那鲍佩恐怕也同此命运了。

她希望活下去……她必须活下去。她是这场屠杀案中唯一的亲历者目击者！路易斯和约翰必然想不到他们的枪弹竟没有将她的生命毁灭掉。她千万动弹不得，呻吟不得，或叫喊出来。她务必要装作已死去的样子，但这太不容易，简直是一件需要超人的忍耐力的难事。她如果完成了这一艰难的伟业，那么这两个凶手纵然逃脱而仍有被逮捕的可能，而那死室里面的两把椅子也有缚住这两个凶手的可能。她是可能将他们俩放进这两把椅子上面去的。

她像死了一般静止的趴着。她的左眼张开了最最细的一条缝。路易斯低着头看她。他在她上面跨过并且试用脚踢她的身子的一边，活像一个人刺着一只畜生看究竟还有气没有。

“她是真的死了。”他对他弟弟说，“过来，帮我一忙。”

约翰握着一只手腕，路易斯握着一只脚踝，他们俩开始粗手粗脚地将她拉过天井，向屋子的方向走去。这是史密斯夫人最需要发挥出她非常的勇敢的时候了。这种非常的勇敢，是在平时任何环境之下所不需要的。

凭着一种毅力她让她的头发松弛地垂挂着，头便在那石子的天井上面碰撞得很痛。她抑制着那已跳到她唇吻之际的呻吟声。只要她自己不暴露出来，那么这凶手的兄弟俩是会节省他们的子弹的。

但是他们俩为什么要将她拖向屋子的那边去呢？是不是仅仅的为了要消灭他们俩行凶的证据，不使街上行人的视线看到呢？她竭力忍住了呼吸使自己不发出声音。

不知道什么事情使约翰生起了疑心，当他们将她拖过门口的时候。约翰在一声诅咒之下，将他方才用来握住她的手腕的手放掉了，拿起了那点二二口径的来福枪，在她头上猛叩一下。

不可思议的事情又发生了。经过了一个短暂的昏迷之后，她再度苏醒过来了。她发觉她正躺在厨房的地板上面，而还有别的人倒在离她不远的地方。

路易斯和约翰正一边在谈话，一边在那厨房的一端走动。她听到一声划火柴的声响，于是那黄色的火焰跳动起来。接着那光亮变成稳定的了，她知道他们是将那煤油灯点燃上了。

当他们俩停止讲话的时候，便有一刹那的深深的寂静。在这寂静中间，史密斯夫人听到了一种声息，这声息驱使她的心脏剧烈地颤动起来。一个倒在地板上的人正在呼吸着。自然也是那两个受害者之一，而现在却还在和死神挣扎着。这是不是她的丈夫呢？她暗自热切的祈祷着，不管那是她丈夫也好，不是她丈夫也好，总之但愿他死里逃生，好助她一臂之力，完成她所应该做的工作。

凶手们没能将枪弹射击她的头颅致她死命，这真是上帝保佑！也许他们俩缺乏子弹，也许他们俩的蠢笨的脑子确信她决不能在创伤和猛击之下再活下去。

突然她感觉到在她面前又有另一个可怕的磨难阻挡着。这另一个磨难较之她所逃过的那些磨难，更为可怖！

“好了！”她听到路易斯说，“这里的一切都已看过，将火油倒在他们身上。”

这位勇敢的妇人忍不住要尖声惊呼出来，而马上又咽了下去。她想，活活被烧死，固然是最可怖的命运；但一叫之后，泄漏了她还活着的秘密，那就死定了。还不如索性再耐心一下，也许另有机会，仍可死里逃生。

当约翰鲁莽地将另一只煤油灯的灯罩敲掉时，发出了爆裂般的声响，史密斯夫人一动不动地躺着。具有高度燃烧性的液体的点滴溅在她身上，那种气味充满了室内。在浑身痛苦的冷汗之下，她等待着。

约翰手中拿着的火柴在火柴盒的边上划着了。“将整盒都烧了！”路易斯说。

“或者还可以另有用处，”约翰说，“点一支就够了。”

当那渗渍着火油的地毯被烧时，发出嗞嗞声来。黑烟顿时开始弥漫于全室。史密斯夫人感觉到火的毒焰，心知她马上就要真的死去，再不是装死了。

“过来！”约翰高声叫着，“让我们离开这儿。”他们沉重的鞋子打击着地面，穿过了那屋子而踏上了天井。

史密斯夫人在他们俩跨过门槛之前，就偷偷移动了。凭着稀有的智慧的头脑，这位受伤了的妇人并不跳起来试欲奔跑，因为这样徒然助长那已经飞上她衣服上的火焰的势头。她审慎地在地上滚转，直到衣上火焰压熄，于是她痛苦地站起身来。

路易斯、约翰兄弟俩对于放火这把戏上，也并没做得十分到位。史密斯夫人从另一室中拿一块地毯将火焰扑灭，她知道情况迫切，一分一秒都不容缓。假如那凶手兄弟俩现在又返回，那么所产生的后果，必非她所能忍受。

于是她用膝跪地，验查两个受害者。其中离她较近的一个躯体是她丈夫的，但史密斯夫人立刻发觉他是已经死了。在他前额的正中有一个子弹洞，一定是他踏入房子的时候被射中的了。

她再查看另一个躯体，这是鲍佩，显然靠近心脏的位置受伤了，他昏迷而不规则地喘息着。她试着按压他的脉搏，却是衰弱而错乱。她不敢担保这孩子是否能活到有人赶到的时候。

这年轻妇人低了身子，走过了厨房而到储藏室，室中有一扇窗面向着街道。现在因为黑暗，所以看不十分清楚，但她注意到一辆汽车的前车灯。这辆汽车，停在大街上离这儿有一段距离。她不知道这是不是路易斯·约翰兄弟俩停在那儿的。

显然，史密斯夫人真像冥冥之中有东西保护着她，凶手最初对她背部的射击，仅仅致使了一些轻微的损伤。后来她头上所受约翰的枪的一记敲击，不过使她昏迷了一会儿，并没有受伤。而那火伤，尤其在她腿上的，固然是很疼痛，但她仍能忍痛行走或爬行。

这是可能的，如果她鼓起她最后一丝的气力，她可能走过那田原而到达另一户农家报警。

这位英雄的妇人出发了。虽然她要忍受痛楚，但她的头脑仍清醒地活动着。她虽然循着街路前进，却仍谨慎地回避着不走上大街，因为在那儿，她有被那残杀者发现的可能。

她躲避着不走大路实属幸运。当她拖着身子在十分钟之内艰辛地爬了约500米路程时，她看到了一辆汽车在街路上迎面而来。她一见这汽车，最初忽起一念，想加速赶到这大街的中心去挥手招呼车子停下来，好将这警讯向车中人报告。但老天照应她，她这最初一念起后，忽然心血来潮，第二念立刻将这初念打销，而如有神助般地将身子伏在地上。

她将第一个念头打消，真是天大的幸事。当那车子缓慢地前行时，她凭着车子前面的遮泥板的灯光，认出了路易斯的凶残的面孔。现在是一个人在车中。似乎这个凶残的家伙，现在正在对于他的疯狂的谋杀的暴行，试着种种可笑的善后处置。他现在显然是在折回到史密斯家中去。而其所以重又折回去，大概是他对于他的几个牺牲者的命运生出了疑虑之情，不能确定是否他们真的死了，决定回去看个究竟才觉安心。

她一想到这点，恐怖袭上心头，不觉浑身剧烈战抖，只见那汽车是继续开去。如果路易斯回到原处一看，发觉她已不在了，那么他惊骇之下，又将如何？当他看见那宅子并没有烧掉时，他的疑惧之念必将生出。那时他会不会追踪前来搜索她呢？

她踉跄蹒跚前进。现在，在她眼面前，有一个激励她从事最后努力的念头，就是一个农舍的窗户，那黄色的灯光正从那儿温情地呈现着。她到达了这农舍的天井附近，便看到在那亮着的室内里面有人影晃动。

于是，当到达厨房的石级时，那已久未发的高呼声就从这位不愿死去的妇人的嘴唇之中猛冲而出了。她的尖呼声惊动了那位农夫跑到门口来观看，后面跟着他的妻子。虽然在这个时候，这位秉性刚强的史密斯夫人仍不肯作无谓的哭泣，她是忍着眼泪叫出约翰和路易斯的名字，并且说出了他们的谋杀行为。

善良的夫妻俩温情地将这位被打击并被灼伤了受害者扶到床上去。那位主妇给予她以力所能及的帮助，并通知一位医士和科罗拉多州拉立默郡长桑特前来。

这位农夫即史密斯夫人此时的庇护者，为戒备起见，装好了他的双筒的猎枪，站着守卫，一直到郡长、地方律师佩格，以及多名探员赶到为止。

在医生用止痛药止住这位女人的痛楚之前，那几位官员先与她做简短的谈话。“赶快！”郡长桑特说，“路易斯和约翰俩人是可能依然在附近徘徊着的。”

郡长、地方律师佩格和探员们迅速地赶到了史密斯的农场。那盏为凶手点起的灯依然亮着——是死者室中的可怖的标识。那些带有武器的探员散开来向那屋子行进，但并没有找到任何人伏在地上。

“路易斯现在是已得知史密斯夫人脱逃了。”郡长桑特对佩格说，“他回来后所看到的，必然证实了他的怀疑。他也知道史密斯夫人定已辨认出了他和他的弟弟。”

“他恐怕已去劝告约翰，并试图一块儿逃走。我们必须赶快去追踪他们。但首先让我们看看这里有没有事情可以做。”

可惜他们来得太迟了。当史密斯夫人在前往近邻的农舍的途中，鲍佩已经吐出了他最后一口气。他身上受伤，血迹从厨房一直通到卧室。

“当路易斯、约翰兄弟俩走进来时，鲍佩是一定正是在睡觉而未将门锁上，”佩格这样推论，“也许他们俩初意，只在劫取屋中财物。但他们走进卧室，看到鲍佩在那儿，而鲍佩也醒了。

“以他们这种头脑，又处于这种境况，自然除了谋杀之外，没有别的念头了。他们自然觉得他们必须将这个目击者除去，他们定曾射击他，并将他拖到厨房中去，于是打定主意等候史密斯，一直等到很晚。”

佩格的推论，似乎包括了一切方面。经检验了克利弗·史密斯的尸体以后，发现一个奇异事实。原来他被射击两次，一次穿过前额，另一次穿过头颅的后面。那从他头颅后面射入的子弹，在这受害者的前额的子弹穴中发现。

他们准备将那两个尸体移往科林斯堡，并且严密计划展开范围广泛的犯人搜索网。路易斯、约翰兄弟俩是携带着武器的，他们既然杀害了两个人，明知被捕后有死无生，所以看到了前往逮捕的警察，必然将毫不犹豫地开枪。

两个人被杀害的消息，以及这位勇敢的史密斯夫人遭受的苦痛，像野火一般迅疾地在乡村四邻中传播开来。武装的牧场主人、掘矿者以及猎人们，从各个方向搜索附近地区。当那些新参加民兵队的队员被要求宣誓时，那些人一个个都义愤填膺，咬牙切齿地，决心必将杀人的恶魔绳之以法。

郡长桑特领导着这自愿效劳的队伍，出发追踪在逃的凶手，但他很坦白地诉说着他的烦恼：

“如果路易斯和约翰两人是被活捉到了，那么我们要在很长久的期间内保持他们不死，这非得费一番苦心不可。”桑特又对律师佩格说：“因为这些乡农们对于凶手，等不及法律的裁判，必将当场加以惩处。这一点我却要顾虑到，防止他们激情之下采取过激的行为。”

当夜晚渐渐沉静，乡农们捉到凶手后将他们当场处死的危险是愈发明了。于是郡长桑特计划在民兵队的每一团，派一特别可靠的为领头，并且指示他们如果可能的话，最好将犯人活捉为妙。

桑特本人也率领了一团，在午夜已过很久的时候，赶往路易斯、约翰兄弟俩的亲戚的家中去。凶手的一个表兄弟，因觉得官方对他无为难之意，决定告诉他们可以追踪凶手的线索。

他指向背后的乡野和那深邃的丛林。“约翰和路易斯是住在那儿的。”他说，“昨晚上他们回来得很早而且非常兴奋。”

据那亲戚述说，昨晚当路易斯回家之后再度乘着汽车赶出去时，约翰则独自留在家中。郡长于是推论，路易斯就在这时候折回史密斯家去，检验他们的暴行是否已收成效。

那亲戚又说，路易斯在不久之后又乘车赶回，比以前更紧张了。他大声告诉他的弟弟，他们必须逃跑，为了保住生命，因为那妇人没有死。他们将那可怖的事情简短地告诉了亲戚们，便急速地拿着他们的枪，沿着一条多石子的路向内地逃去了。

“乘着汽车向这方向前进，他们是决不能深入的。”佩格说，“他们非弃掉了车子而徒步继续行进，我们可能捉住他们。”

郡长和地方律师率领着的民兵队，在深夜之中，缓慢地向西推进。他们决不能轻率地只管向前挺进，因为这样子，那两个亡命之徒有在黑暗之中被漏过的可能。假使搜索者向那背后的乡野过于深入，反而会超过了两个被搜索者，那么这两个被搜索者便将会折回原路潜逃，想办法向墨西哥国境前进了。

最初的曙光，照着郡长一行通到后乡去的唯一道路。现在，这条道路已衰败了。树桩在渐渐长大起来，枝叶更丰茂了。忽然领头的郡长桑特举起警告的手来。

佩格从他后面过来问道：“发现了什么？”

“有一辆汽车在前面，”桑特答道，“看上去好像是碰撞在一根树桩上面。”

桑特的观察是对的，那日光闪耀在一辆轿车的篷顶上，这辆汽车停在道路中心略偏之处。不管从哪里看，都找不出有人潜伏在这车子的附近。

“这可能是圈套，”佩格说，“他们一定打算在我们将他们捉住之前，先将我们打死几个。”

“这话是对的，”桑特说，“但是我们却非向这车子行进不可。”

为看前面那辆车子有没有可疑，民兵们缓慢地逼进。当他们推进至距离车子大约20米时，桑特大声叫喊道：

“我们正追踪着你们！”他叫道，“假如你们还想活的话，赶快举着双手跑出来！”

民兵们从矮树林中猛冲至车子的四周，车门被猛地拉开，同时枪也瞄准了。但这些搜索者终于垂头丧气，他们发现这车子里空无一人。

桑特揭起车盖，试探发动机。“还很热呢，”他说，“他们遗弃这车子没有多久。不多远的地方有一个农场，也许他们会躲在那里吃早饭。让我们去找找看，也许那里的农夫曾看到什么人。”

民兵们迅速地逼进。那位农夫走出到门口，注意地倾听着他们所说的故事，但听完却摇着头。“今天早晨还没有什么人打这儿经过，”他说，“不过，这种人我可不盼望来——我倒不如前去会会他们。”

于是从屋子里拿了一支猎枪，这位农夫也勇敢地加入了搜索团。当他们刚离开那前廊，准备搜索农场时，那农夫忽然站住而紧握着桑特的臂胳。

郡长桑特跟着农夫所凝视的方向望去。

原来农夫正注视着一座草墩。这座草堆在朝阳照射之下，显示着黑色。

“我还记得那座草墩的样子，”农夫说，“昨晚上不是这样的。”

于是民兵队静悄悄包围这草墩，围成一大圆形，准备好了枪，他们从各方面逼进。那农夫指着草墩旁的新鲜稻草道：“那是新的，有人在那里面。”

桑特决计立刻正式动手，他对那草墩的顶上瞄准了双筒的霰弹枪，将两个扳机都扳紧了。它的爆发，致使晨间新鲜的空气和子弹穿过了草墩而发出啸声。

一种属于呜咽的叫声发出来，混合于射击的回声之中。两个男人从稻草之中蹒跚而出，他们都高举着双手，正和当初史密斯夫人曾对他们俩所说的一样，约翰和路易斯现在也要求道：“请不要开枪！”他们是被枪下留情了，不像当初他们并不理会史密斯夫人。

在不多几分钟之内，约翰和路易斯两人一同被带上了手铐而押在郡长桑特的车子后面。探员们带着他们俩曾经用过的来福枪和手枪。当郡长将这囚犯俩赶到了科林斯堡地方牢狱时，民兵队都赶到跟在他的后面。

路易斯、约翰兄弟俩谋杀克利弗·史密斯和鲍佩两人，是在1934年2月28日。而他们之被逮，就在第二天的早晨——3月1日。这一天的工夫，有几百名的示威群众包围着科林斯堡的牢狱，要警方交出两个囚犯。

郡长桑特见此情形，心中思量：“我必须将他们移到别处去。在这儿必死于群众之手，无法进行合法的审判。”

同几个可靠的助手一起，桑特设法将路易斯、约翰兄弟俩弄进了一辆坚牢的车子里，从牢狱前的空地驶出。在几分钟内，群众得知此事，便有一百五十多个带着武器的人驾车追赶。但毕竟郡长的车子速率快，冲到那些以“复仇者”自命的群众前面，而于当晚将那两名囚犯送到丹佛的牢狱中。

约翰和路易斯两人在法院开庭时，在陪审员面前，开始替自已辩护，企图免于一死。这一案件的审判，由地方裁判官奈尔主持，开庭日子是1934年5月29日。

判决并没有耽误时日。史密斯夫人，一个月后创伤已复原，对那两犯人提出抗辩，详细描述他们企图杀害她的毒辣手段。路易斯、约翰眼光垂地，头都不敢抬起来，当这位勇敢的妇人指认着他们时，他们并没有辩驳的话。他们说，确实曾前往史密斯农场盗劫，当他们发现鲍佩那孩子在房子里时，曾吃了一惊。

他们述说，当史密斯夫妇的汽车开进天井时，那孩子鲍佩得知后，拼命冲往门口，意欲通知史密斯夫妻赶快报警。这使他们俩着急起来，才不得已而下此毒手，并不是最初即有杀害之意。

法官反驳这陈述，指出一点为反证，即鲍佩血迹，从他的卧床上一直通到厨房。由此一点，可以断定这孩子是睡在床上就被射击的。

陪审官判定路易斯、约翰兄弟俩有罪，裁判官克莱哈判他俩为科罗拉多州“煤气死室”第二号和第三号的死刑犯。这死室刚替代该州的绞架不久。

那兄弟俩一块儿因他们的罪行而死于1935年5月31号的晚上。路易斯走进那死室是在7点49分，于是被以皮带系缚在两只椅子中之一只的上面。约翰则后三分钟走进室中。他们俩都是在8点钟死去。

仲子　译

机密文件

约翰·狄克森·卡尔

戴蒙德的病经长期的休养，已快要痊愈，他一生之中从没有这样高兴过。

他向后倚在那椅子里，舒畅着筋骨，做了一下深呼吸。在他的俯瞰之下，法兰西与比利时之间的平坦原野尽在眼前，斜向河畔伸展过去。这是一个条水流迟缓的河道，两岸反映成深绿色。在半里以外，他能够看见市集的房屋。矿泉在秋天的阳光中冒出烟来。在他的背后——在凉棚的尽端，是一旅馆的后部，现在正将天幔拆去。

他们已经除下天幔，他们正将许多的卧室上锁。只有少数的旅客，还在平台上漫步。

他记得在这次出国休养以前，在英国时，他曾经告诉医生说："我现在怎么能够请假呢？"

医生鼻中哼唧道："休假吗？你把这称为休假吗？你的病全是因为工作过度所致，这是近来我们不常见到的一种病症。你怎样不休养呢？眼下你还缺乏决心，是不是？"

"不是的，那倒并不是因为缺少决心。"

医生很郑重地说："你责任心太重了。"

戴蒙德很坦白地说："不对。那并不是为了责任。我是无药可救的，因为我一离开工作，我便会担心，直到回去工作为止。我是生来如此，我无法休养。"

医生低声咕噜着："你谈过恋爱吗？"

“我到19岁的时候就开始懂得男女间的事情，但是，无论如何，这并不能当它是一盒药丸似地吞下去，用来疗治精神上的不安。至少，我没有这能耐。”

医生估量着他说：“嗯，我知道除非你离开这里，像你这样头角峥嵘的律师，是难得有空闲的机会。现在忠告你。你在这星期得上欧洲大陆去，那里有一处我所熟悉的圣伽琳矿泉，泉水不致有害于你。那里的高尔夫球也能使你受益不少。”

医生是戴蒙德的老朋友，他说到这里，格格地笑了起来。

他接下去说：“你所需要的是冒险，大规模的冒险。我听说现在圣伽琳附近，有一处禁地，那里什么都有，跳舞场中也许全是，配着玉耳环的美丽的间谍。忘记你自己是一个老古董，拣上一个漂亮的间谍，跟她难解难分，这对于你的好处，至高无上。”

戴蒙德独自在旅馆后面的草地上，高声大笑。就某种观点看来，老傅琪的话很不错，他遇到好几个女人，他已经堕入情网了。

圣伽琳是一处富足可爱与人口密集的地方，戴蒙德在矿泉四周一看——这里是泉水下泻之处，看见人们站在体重机上，十分关切地称着自己，他对于老傅琪的说法很觉奇怪。他精神固然很舒坦，很逍遥自在。自行车的铃声，在粉饰过的屋宇下的街道上，叮当发响。到了晚上，可以酌上一杯淡酒。听着乐队在树林间的灯光下吹奏，俱乐部中轮盘赌的柔和的转动声，刺激地传入人们的耳鼓。

戴蒙德在到达圣伽琳后的早晨初次遇见漂亮的间谍贝蒂·韦伯。那是在早餐时分，旅馆中没有多少客人：仅有一个肥胖的荷兰人吃着乳酪，两个英国人，一位外国使节，和一对瘦弱的法国夫妇。当然还有一个壮健的女人，她独自坐在窗畔的桌上晒着太阳。

戴蒙德因为旅途劳顿，心神不安。他最初看见她时，他觉得有一些刺眼，他觉得是对于她一望而知的健康怀有妒嫉心。健美的姿态向他投射过来。他的印象中，有一张可爱的嘴，太阳晒黑的肤色，似乎是个富有热情、甚至是天真烂漫的女人。他顿时觉得心神缭乱。他不断向她看了又看，虽然他不懂得究竟为了什么。

那一日，他打了一场令人发火的高尔夫球。

第二天早晨，他又看见她。他们同时在收款的柜台上付账，彼此淡淡一笑，戴蒙德脸红了。他开始在注意她，甚至记得她的头发是淡棕色的。那天下午，他的高尔夫球，打得更恶劣，那真奇怪，他的年纪才35岁，竟会像贴在墙上的一张旧纸一般的陈腐没有生气，他是一个抑制自己情绪的傻瓜，他实在惦记着她。

再过一天，他们到了互道早安的地步。第四天，他坐到她隔壁的餐桌上。

他听见，她半含嬉笑地说："我点不好菜。"

这句话给他一个开口的机会，他是个不多和女人往来的男人，对于自己的行动，已自认为十分大胆了。但是他觉察到他们之间的关系，是彼此非常不安而略有警惕，他抬起头来，发现她的眼珠盯住他。

他很快地问道："点什么？"

她答道："想点大陆式的早餐。"仿佛他们已是老朋友，而在讨论一个互有关系的重要问题似的。"你知道我不应该开口的，但是我每天只知点腌肉与鸡蛋。"

之后，他们熟悉的程度，急转直上。

她的名字是贝蒂·韦伯，她28岁。她当过女教员，但是她继承了一小笔遗产，依她所说，正在动用其中的一部分。他从未遇见这样一个女人，她的言语和行动，以及她对于任何问题的答复，似乎绝对准确。

那一天下午，他们上市集中去吃腊肠卷，坐在木马上，跟了电动钢琴的短促音乐转了又转。那一夜，他们打扮整齐，上俱乐部去。戴蒙德数着轮盘赌的筹码，尝尽一个经验有限的放浪子弟的滋味，他的心中，有一些震动，惊悟道："天呀，我活过来了。"

贝蒂·韦伯在旅馆中的人缘很好。旅馆主人高恩先生跟她很熟悉，很喜欢她。甚至雪尔伐尼亚使馆中的费登博士不论何时见她走过时，也报以嘶哑的赞叹声。她并不是没有她的难处，据说她的护照有问题，她上警察厅去过好几次——每次她总是脸色通红的出来，仿佛很生气似的。

至于戴蒙德呢，他因为有了爱情，那使他懒洋洋的在蒙着薄幕的秋天下午的5点半钟，兴高采烈地坐在旅馆后面草地上的茶座中，守候贝蒂·韦伯前来。草地上散满小桌子，他是孤单的，吃剩的茶和三明治堆在一张盘上。戴蒙德很洋洋自得。没有外来的警报打扰圣伽琳城。也没有可怖的标志投下阴影。

这是在他受到有生以来最大一次的刺激以前。

贝蒂·韦伯忽从凉棚出来说："喂！对不起，我来晚了。"脸上显出透不过气来的微笑，在她情绪激动时，往往如此的。她很快地向草地四周看了一眼。除了一个肥胖的女侍应生在收拾面包屑外，别无一人。戴蒙德站了起来说：

"你没有来迟，但是你同我约定要上市集喝茶去。所以我先来了。"他猜忌地看着她说："你去过吗？"

"我做什么？"

"喝茶。"

"当然喝过了。"

戴蒙德为了他某种不能分析的理由，心上陡然不安。他的梦魇病治愈了。但是仿佛梦魇病的底子，又发作起来。为什么呢？只因为气氛突然似乎不正常，因为她的眼珠的神色不对。他替她拖出一把椅子来。

"你不愿再喝一杯茶，或吃一块三明治吗？"

"嗯——"

现在他再想把一件大事看作小事，那才正是一个傻瓜，情形看来很严重。他吩咐女侍应生，她将茶盘移去。待侍女走进凉棚不见了，贝蒂·韦伯已经从她的手提袋中取出一支香烟，但是在他想替她点燃时，香烟已从她的手指间跌了下来，滚到桌上。

她低声道："哦，真要命。"现在他在一个短距离内，看着她的眼珠。它们似乎是一个年龄较大、比较伶俐的女人的眼珠，眼珠是栗褐色的，眼白在一张太阳晒黑的脸上，显得非常清澈，可爱的双眼皮却眨个不停。

戴蒙德说："我要知道出了什么乱子？"

贝蒂·韦伯摇摇头说："没有出什么乱子，只是——我要跟你谈一谈。我恐怕我得离开这里了。"

"什么时候？"

"今天晚上。"

戴蒙德在椅中坐直，他似乎觉得斜刺里坐着一个陌生人，他的全部计划发生动摇了。

他说："假如你一定要走，当然得由你走，但是我在下星期初，自己也要动身。我想，我们就一起走吧。"

她语气很紧张地说："我们不能一起走，我希望在极短期间我能向你解释我是什么样的人，现在我能够告诉你的只是：我在这里，并不安全。"

"不安全吗？在这里吗？"

贝蒂·韦伯没有在听他的话，她穿着白色衣服，携了一只白色手提袋。她把手提袋打开，她急匆匆地在找一样东西。

她说："戴蒙德，你看没看见我的一份聘书，你见过没有？便是白象牙色缚着红带的一份。"她四周一看，"我以前打开手提袋时，没有掉下吗？"

"没有，我想来没有。我没有看见。"

"我一定留在我的屋子中了。对不起，我立刻就回来。"

她站起来时，将手提袋的揿钮捏好。

戴蒙德也站了起来。说他火冒三丈，也许用字不切，他是一个举止温文的人，他难得感情冲动。但是在过去的数分钟内，他觉得他所不能理解的另一个世界的门，已经打开。

他说："贝蒂·韦伯，听我说，我不明白你遇到了什么麻烦，但是我一定得打听清楚。如果有任何谬误的事，就告诉我，我们来把它纠正。假使——"

她叫他放心说："我马上就回来。"

她不顾他伸出的手，匆匆地回去，穿过凉棚。

戴蒙德沉闷地坐了下来，在她的背后看着。蒙着薄云的太阳，已使天空转成灰色。草地上小桌子的台布，也黯然无光。台布在微风中轻轻飘动。

他打量着凉棚，这是一种极特别的凉棚。苏嘉旅馆主人高恩先生是仿意大利式造成的，十分引以为荣。凉棚延长到旅馆背后的平台，足足有20码。它成为一道走廊，里面，纠缠一起的坚韧的葛藤，在夏天开满密层层的紫红与淡红色的花。葛藤旁排了一长列桌子，灯光自上面照下。到了晚上，在凉棚内从顶上挂了中国式的灯笼，这是旅馆中饶有浪漫特征的一隅。但是在那时——又凌乱，又没有点灯，长满茂盛的树叶——成了一条阴沉沉令人害怕的走廊。贝蒂·韦伯曾说它是一处杀人的好地方。

戴蒙德能够听见他的表的走动声，他希望她会回来。

他点了一支烟，吸剩了一个烟蒂头，但是她仍未回来。他站了起来，踏在有寒意的青草地上，他第一次隔着桌子去看贝蒂的空座位，那是一张柳条椅。同时看得很分明，在座位上放着一份白象牙色，缚着红带子的聘书。

就是这一份！她当时却没有注意这聘书，也许她仍旧在屋子中寻找它。

他拾起聘书去找她。

在凉棚内天几乎黑了，但是，一丝微光从交叉的葛藤间透过来指点给他看一条拱形的走廊，约有10尺高。地上是结实的泥土。里面有一股花木萎谢的气味，他在模糊中发现蚊虫螫人的凉棚内，空荡荡的，颇觉宽慰。他一路走去，直到尽端的光线通明的地方，在一座红砖的平台上出现。那里在窗下安放着更多的桌子。

一个柔和的声音说："戴蒙德先生，晚安。"

戴蒙德将走急的脚步站定。

他几乎撞在雪尔伐尼亚使馆的费登博士的身上。他正坐在靠近凉棚的地方，风度不凡地在吸雪茄烟，从厚玻璃的镜片中向他看。

费登博士并不为了什么理由，哈哈大笑道："哈哈哈！"这是他的习惯。

戴蒙德说："费登博士，晚安。"他的不安的神情已经消失了，他自觉隐瞒心事是傻瓜。"很对不起，将你撞成这样子。韦伯小姐还没有下来吗？"

费登博士喜欢炫他的英文，因此他重复道："下来吗？"松下他的眉毛，仿佛要解释。

"我说是从她的房间下来。"

费登说："年轻的小姐原来是跟你在一起。在15钟或20分钟以前我看见她上那边。"他指了一指凉棚。

"是的，我知道的。但是她回到这里来取一张合同。"

他将手放在耳后，着急地说："你说什么？"他的英文程度已不能胜任了。

"我说她回到这里来取一张合同，你知道的，"戴蒙德说，"她穿过凉棚走了回来。"

费登突然激动地说："我的朋友，我不知道我是否懂得你的意思，我坐在这里时，从未有人走回来。"

"但那是不可能的。"

"怎么说？"

戴蒙德在心里琢磨着他懂得这个解释："你并没有一直坐在这里吧？"

费登取出一枚表，摇了一摇说："我的朋友，我在这里坐了一个多小时——还不止呢！在我打扮以前，我常常坐在这里抽雪茄。不是吗？"

"博士，嗯？"

"是的。我已经看见这年轻女人从这里走过。但是我没有看见她回来。我没有看见任何人。在这段时间，我在这平台上所看见的唯一的人，便是女侍应生，她把收拾的茶盘，带回到这里来。"

平台常常在凉棚的阴影下，变得更暗了。

戴蒙德冷冷地高声说道："费登博士，听我说。"他发现费登的厚玻璃眼镜片，向他转动，有一种昏昏欲眠的感觉。"那不是我要打听的事。我记得女侍应生捧了盘子，穿过凉棚走回来。但是那时候贝蒂·韦伯小姐跟我在一起。我说是略迟片刻，略迟几分钟的事。大约在10分钟以前，你看见韦伯小姐从这里回来。你见过没有？"

"没有。"

"但是你一定看见她的，我在我的一边看见她走进凉棚，我的眼睛绝未离开过入口处。现在她不在凉棚内。你自己去看吧，她一定已从这里出来。"

费登用非常庄严的态度拍着桌子说："是怎么一回事！现在我对你说，我不知道你以为这年轻女人遭遇了什么事，也许妖怪将她掳去了。是不是？也许她分解成为一个电子，爆了开来，是不是？"他的脸上涨满了黑红的血。"现在我不要再听这些废话了。我来答复，我告诉你，"他突出他的粗脖子，平淡地说道，"没有一个人从这里的凉棚中走回来。"

那一晚的9点钟，恐怖的气氛，已经笼罩苏嘉旅馆。

一直到此刻为止，经理高恩先生还没有报警。起初，高恩先生以为大家在说笑话。在大家知道贝蒂·韦伯不在旅馆内也不在草地上的时候，他只是装腔作势从一个房间奔到另一房间去寻找。假使两方面证词都可信的话——戴蒙德与费登两人都不肯更动一字——那么贝蒂·韦伯只是走进凉棚，像一缕烟般的不见了。

当然她没有从葛藤间挤出去。葛藤自地上生长，绕在一起，仿佛一只铁丝笼，自地长起，绕住柱子，直达拱形的顶部，如果不将它割断，一定不能腾身从其中穿去。它们毫无被拨动的痕迹。同时也不像一个富于想象的小茶房所说，地下也许有隧道通出凉亭以外来。同样可以断言的，在戴蒙德穿过凉棚时，她没有躲在里面，其中并没有藏身之处。

等到暗绿色的走廊中，点起中国灯笼时，这一点显明了：高恩先生站在一张梯子上，猛力摇撼葛藤攀成的墙，半数的人唧唧喳喳地跟在他后面，这件寻找贝蒂·韦伯的工作，每个人都参加在内。

事实上，马亚丽是间接的重要人证，马亚丽便是那个肥胖的女侍应生。她在贝蒂·韦伯失踪前不满15分钟的时间内，答应送新鲜茶和三明治进去，但是她没有送去，因为她和厨子争执起来，忘却了5点钟喝茶的时刻。

除了戴蒙德以外，马亚丽是看见贝蒂·韦伯本人的最后一人。马亚丽曾经穿过凉棚，未损毫发。她指手画脚地告诉高恩先生，她怎样接受戴蒙德先生所点的茶与三明治。及说怎样捧起大盘子，怎样揭起一块布，盖在吃剩的东西上，她是一个两颊红润的黑发女人，穿了黑衬衫，围了围身，十分整洁，她又叙述怎样穿过凉棚，回到旅馆中去。

在这个时候，她看见费登博士没有？

她看见的。

他在什么地方？

坐在平台旁的一张小桌子上。他正在抽雪茄。用一块藏在袋中的磨刀石，正在磨一把牛角柄的大洋刀。

费登用极纯粹的法文插嘴说："这完全是谎话。"

在一长列的中国灯笼下面，凉棚内极温暖，费登倚墙而立。他说法文时，似乎比较流畅。但是他的前额上已经显出一小滴汗珠，停在太阳穴旁粗血管的上端。在厚玻璃片后面他的眼珠的神色，使戴蒙德的心冷了半截。

马亚丽转动她的黑眼珠尖声说："我告诉你们的是实话，我上厨房去时，我也告诉了我的姊妹嘉璐和纪娜及沃黛等人。他（指费登）一看见我，还连忙将刀放进衣袋——动作是这样的快！"

高恩先生急促而神经质地说："刀有许多用处。在这时候，也许应该打电话通知警局了。戴蒙德先生，你是一个见证人。你同意吗？"

戴蒙德表示同意。

他的神经已经很紧张。事实上，他觉得又得干他的老本行了，由他来主持一切。他的梦魇病并未复发，这一件实事却使他的心志很镇定。现在他对于疑难之点看得很清楚。在一队便衣人员之中，来的不是别人，而是大侦探雷必诺先生，这件事更明显了。

雷必诺先生检查凉棚以后，把他们一起唤到经理室去。他是一个瘦长而面容严肃的人，两颊陷入，钮孔上佩着荣誉军团的徽章。他的冷酷而神情不安的眼珠，向他们逼视着。

雷必诺说："你们懂得的，我们在这里似乎遇到了一件怪事。我是一个实事求是的人，我不相信怪事。"

戴蒙德留神地用法文，冷冷地说："这样很好。你也许有了一种解释了？"

雷必诺说："当然。"

冷酷而不安的眼珠转到戴蒙德的身上。

雷必诺说："在我们的检查之下。贝蒂·韦伯小姐当然没有从任何秘密通路离开凉棚。先生，你有一种说法。"他看着费登，"先生，你却是另一种说法。"他的目光又射向戴蒙德，"因此你们之中的一人，一定在说谎。"

费登用富有含蓄的神色，咆哮道："我提醒你，你们这样做是不应当的，我是雪尔伐尼亚首相的使节，我享有特权——"

雷必诺先生说："外交特权与我无关，我所关心的只是你有没有触犯刑法。"

费登的脸泛成紫色，说道："我没有犯法！我没有说谎！"

大侦探执住他的手。

他高声说："我也告诉你，你的证词，或者戴蒙德先生的话，二者之间，一定有一个人不准确。或者是这个年轻女人绝未走进凉棚，这样，戴蒙德先生说的是谎话。或者她真的走进去，为了某种理由，你否认你见她进去。在这种情形之下——"他又拉住他的手，"费登博士，我该警告你，韦伯伯小姐告诉我你也许会杀死她。"

屋子中，虽挤满了人，却寂静得能听到座钟的嘀嗒声。

费登说："杀人？"

"这正是我说的话。"

"但是我不熟悉她！"

雷必诺先生答道："她当然知道你的。"他的憔悴的脸上，显出苦恼的神情，他用手指摸弄纽扣间的一朵绢制蔷薇花。接着他走向前一步。"韦伯小姐到警局来过几次，她告诉我你过去的罪恶的活动。我不信她的话。这种责任太大了。责任！现在出了这种事，至少应该由我负责。假如你愿意的话，我再要问一个问题。你对于女侍应生说的牛角柄尖刀，有何话说？"

费登语气很暴躁地说："我绝没有过这样的尖刀。我绝没有看见过。我咒你这——"

大侦探说："用不着你来说完一切，相反，让我们来阐明究竟。"他一挥手，一个便衣人员，便拿了一个包在报纸中的物品，走进房间。

雷必诺先生接下去说："我们搜查凉棚，也许比高恩先生更周到。离开先生不远的地方，发现这件东西埋在泥土内。"

报纸中的发亮的刀片上，除了沙泥的厚斑点以外，还有别的痕迹。雷必诺先生将它们指出来。

他说："这是人血。"

到了11时，戴蒙德才能离开房间。

事后他们告诉他，他是一个出色的见证人，他的答词镇静，简捷而扼要。他甚至对于法律手续的详情，提出高明的建议，将英国的规定与这一国的规定，互相比较。

但是他自己对于这一点都不记得了。他只知道他一定得上空旷的地方去，不要再去想念贝蒂。

他站在旅馆前面的平台上，尽可能离开凉棚，越远越好，就在这凉棚的地下埋着尖刀。半里以外，镇上的大街，即法兰西大街上的灯光，闪耀着一片惨白色，一阵凉风吹过平台。

他们将费登带下前面的石级，拥入一辆汽车。费登的手腕间上了手铐。他的腿在抖动，因此他们不得不把他搀进汽车。车子驶了开去，喷出一股烟来——那是一氧化碳，可以致人死命的。只有大侦探留在那里搜查费登的房间，寻找某种线索，为什么一种突如其来、毫无意义的命案，在黄昏时刻，会在一家平常的旅馆附近发生。

戴蒙德独自站在那儿，紧紧地用手按住太阳穴。

他在平台上坐下。小圆桌上红色的桌面使他很不喜欢，但是他仍旧坐着。他要了白兰地酒，却不能辨出滋味来。白兰地是由想象凉棚中有隧道的茶房送来的。这茶房很热心，猜测谋命的动机，似乎要引起他的兴趣。戴蒙德将他驱走。

但是假使贝蒂·韦伯一定得"走"（这个"走"字用在这里实在很不恰当）她的用意何在？为了些什么？费登又可推定不是一个杀人的疯子。在戴蒙德心目中的一切合理的解释，都被这样一件笨拙的犯罪，弄得莫明其妙。假使费登是有罪的吧，为什么他一开始就坚持不必要的谎话，说贝蒂·韦伯绝对没有从凉棚出来呢？为什么他不乖乖走开，绝不要承认看见任何事情呢？为什么他要坐在入门处，让自己成了一个嫌疑犯呢？

戴蒙德所想不出的，是贝蒂·韦伯本人可能到哪里去。

不过，如果费登说的是实话呢？

胡说！费登没有说实话，一个人不能在有人看守着的走廊间，像肥皂泡般的影迹全无。

是半夜了，他们要将一处凉风习习而已无人声的平台间的灯光熄去。苏嘉旅馆原准备冬季休业，今夜各处的门关得非常早。在他的背后，尚有几个没有熄灯的窗口，那是会客室、吸烟室和餐室。就在这餐室中戴蒙德初次邂逅了贝蒂·韦伯。侍役领班，脚步声清晰的踏着硬木地板，先将餐室的灯光熄去，再熄会客室。戴蒙德只得回到楼上的房间去睡觉了。

他站了起来，走过铺着厚地毯的大厅，但是他不能控制住自己。他又向凉棚看了一眼。

现在凉棚十足成为一条地道，里面是一片黑影，20码以内，中国灯笼挂在屋顶下，发出微光。掘出尖刀的地方，泥土已经翻开。在小穴附近，靠墙倚着两柄铁铲，准备下一天早晨，再进行挖掘。戴蒙德察觉这些准备，知道它的用意时，他的心陡的一片漆黑，好像陷入了深渊似的。

他是这样的全神贯注望着那儿，起先他竟没有听到砖砌的平台上的脚步声。他转身一看，两个人已经向他走来。但是他们从不同的窗户间出现。他们猛然停住，彼此惊奇地瞠目而视，正像他们瞪视他一样。

其中的一人是大侦探雷必诺先生。

另一人却是贝蒂·韦伯。

雷必诺说："现在，小姐，你也许对于这件滑稽而不能自圆其说的把戏，愿意好好地解释一番了吧。"

雷必诺先生的颧骨显得更为可怖，正挟着一只公事包和一只手提包，他将它们都丢在地板上。

贝蒂·韦伯转向戴蒙德说道：“我不得不如此。亲爱的，我非如此不可。”

她没有向他微笑。戴蒙德觉得在这一瞬间，由于神经的松弛愉快，彼此可能高声大笑一阵。他只想她好好站在那里，他依然能够碰到她。

雷必诺说：“等一会儿。”他冷冷地插进来说：“戴蒙德先生，你可以解释这事吗？”

“但是，我解答不出，只要她——”

大侦探提高声调说：“关于这件事的解释，现在我是能够告诉你的。在事实上，我是下楼来告诉你韦伯小姐怎样来玩这把戏的。我所不明白的是，她为什么要这般做作。”

贝蒂·韦伯转身过来。

“你知道是如何扮演的？”

雷必诺接口道：“小姐，我知道你计划的这件傻玩意是借马亚丽之助得以演出。她居然在这件勾当中扮演了角色，该用鞭子在她的后背上重重地打她几下。我在10分钟以前发现马亚丽挥动着一叠千元的法郎，在她的房间内跳来跳去。她的行为似乎需要一种解释。”他脸含得意的微笑，“在刹那间，她招供出来。”

接着，他转身向着戴蒙德。

“让我将发生的事诉说出来，由你加以证实吧！韦伯小姐约定你在这里会面，甚至指定你所坐的桌子，说她喝过茶后就来看你吗？”

戴蒙德说：“不错。”

“她在5点半穿过凉棚。预先算好这是费登博士每天习惯地坐在平台上抽雪茄烟的时候。”

“我——正是。”

“韦伯小姐不是答应再喝一盏新鲜茶吗？”

“嗯，我要她喝的。”

“女侍应生马亚丽不是在这时候毫无显著的理由，在空桌子间走来走去吗？”

“是的。”

雷必诺先生正经地说：“你吩咐马亚丽，于是她捧起你的盘子——一只大盘子——取过一大块布，盖在碟子上面吗？正像我们后来见到她的样子吗？”

“我承认有这回事。”

“接着马亚丽从你这里走开，穿过凉棚。”这时雷必诺侧目而视，他扮了一个鬼脸说，“她走开时，韦伯小姐找火来点香烟，分散你的注意力。她将香烟失手掉下，并佯装一种她没有感受到的痛苦，使你一心注意她。”

戴蒙德瞥了贝蒂·韦伯一眼，不知这是怎么一回事。但是这绝不是恶作剧，也不是笑话，现在贝蒂·韦伯的脸色很苍白。

雷必诺说：“韦伯小姐吸引住你的注意力。这样一来，马亚丽神不知鬼不觉地从凉亭溜出去。马亚丽没有真的从凉棚出去！她捧着盘子，绕了凉棚的外圈，从另一条路走回旅馆，没有给人看见。”

“接着韦伯小姐便来扮演喜剧中余下的情节。她发觉失去她的一张聘书，她走进了凉棚。在半途上的黑暗角落里放着一套她们早已放在那里的化妆用具。这是另一只盘子——像马亚丽拿去的一只一样，盖着一块布。但是这块布盖的不是碟子。它盖的是——”

雷必诺先生戛然而止，他的模样很狼狈，头发很凌乱，但他灵活的眼珠中，露出一丝赞美的光辉。

“戴蒙德先生，我告诉你一件心理学上的事实。世界上某一种人，大家都不会记得她的特征，认得出她。这种人便是普通的女侍应生。你在近距离的地方看见她，但是她视若无睹。你假使不相信这一点，下次上伦敦去时，你走进一家里昂或ABC饭店，匆促之中，喝了茶付了账单，看看你是否辨认得出侍候你喝茶的哪一个女人。我深知这一层原理，韦伯小姐亦然。”

“原来她在白外套下面，已经穿了一套黑色的薄衣服。凉棚内的盘中，放着其他用具，一个淡发女人借此变成黑发女人，白色鞋袜变成黑色，同时将太阳晒黑的肤色搽成鲜明的绯红色。这是最简单的一种化妆，简单得无以复加了。费登博士绝不向一个围着围巾、戴帽的女侍应生看上两眼。她正捧了一只盘子从凉棚走出来。他没有察觉到她的假头发、假的肤色，他什么都没有发觉。他的心上只想到——一个女侍应生走过去了，别的他都不在意。因此韦伯小姐，装成马亚丽的样子，固然不算高明，却能借凉棚投在平台上的阴影，安然脱身。前面捧着一只盘子，蒙着的白布很整齐的将卸下的白衣服和鞋袜掩藏起来。”

大侦探吹着口哨，深深地吸了一口气说：“十分精彩的表演！但我希望知道的是：为了什么？”

贝蒂·韦伯问道：“你还不明白吗？”

雷必诺说：“如果我愚鲁无知，则该谨致最深的歉意。但我确实不明白。想来你总不至于割伤了自己，在你埋藏的尖刀上，涂上真的人血。但你为什么竟要如此干呢？费登博士没有犯罪，玩这一套鬼把戏干什么？”

贝蒂简单地说：“因为他是外交使节。”

“小姐，嗯？”

贝蒂说：“他享有外交特权，政府不能够搜索他，甚至不能够触他毫发。所以，你明白的，我不得不借助警局之力把他拘捕起来，这样才能搜索他的文件。”

她转身向着戴蒙德。

她接下去说：“载蒙德先生，我很抱歉，我确实很抱歉。我并不是什么女教师——像我所假冒的那种样子。但是我就愿意这么着，我要觅取享乐。我有生以来，在上一月中第一次心神愉快。我的原意是要和足下在一起。所以现在正要将这种间谍的鬼把戏丢开……”

雷必诺先生柔声诅咒。他呆立不动，稍停拾起丢下的公事包和手提包。两者都用灰绿色的皮制成，印着雪尔伐尼亚皇国的烫金国徽。

贝蒂·韦伯几乎接近谎诞地说：“当然，这家伙的姓名，并不是费登博士。他正和我一样，并非中立国人士。他备妥假造的证件冒充他职。他借此得以安全无事。所以我不得不告诉大侦探我猜疑他是杀人暴徒。他的真姓名是卡尔·亨立冯亚罕，在乔奇爵士——雷必诺先生你总知道我指的是谁——吩咐我监视他的时候——”

雷必诺先生不能将公事皮包的锁打开，所以他取出一把他自己的怪模样的刀，将皮包划开，因此，他发现了秘密。

他说："英国人的能耐真不差。"他赞颂贝蒂·韦伯说，一面挥动洋刀，在窗中射出来的灯光下，闪闪发光，"我想，费登博士不致再从警局中出来了。"他向贝蒂·韦伯深深鞠躬，接口说："这是地下防务的全部图像，攻下炮垒，便可击破此处的全部防线。"

许靖孚　译

良心的谴责

撒迦利亚·查尔兹

星期日的午餐，在玛丽的寄宿公寓里是一星期中最最欢乐的一顿饭。二十八位房客把这寄宿公寓视为自己的家一般，他们会沿着桌子的边缘，毫不拘谨地坐下来，尽情狂欢一番。今天，他们又有油炸鸡可吃，而且男主人多明戈还把地窖里的好酒拿出来款待他们，规定两人合饮一瓶。

快12点钟，玛丽把胸前的围裙解掉，持着饭铃，走到楼梯下去摇了几下，楼上立时起了一阵骚动。木梳子穿过了乱蓬的头发，鞋子套上了赤裸的脚，衬衣的纽扣扣上了，每扇房门都开了。二十八个鼻子同时嗅着楼下饭厅里飘上来的令人垂涎欲滴的香味。

玛丽注视着楼上，看这一群饿狼，冲出房门，嘻嘻哈哈地说笑。从狭窄的楼梯上挤下来，拥进饭厅，把一张长长的餐桌团团围了起来。

餐桌中央是和餐桌一样长的一排盘子，每个盘子里躺着一只嫩鸡。一碗碗的豌豆和玉米，满得几乎要滚出碗边了。于是一阵满意的赞美，从餐桌的四周响起来。他们把椅子拉开，一屁股坐下去，大家准备大嚼。

二十八双手同时动作，似乎从一个机器里发出来的力量，打盘子里割下块儿鸡肉——当然越大越好——手法熟练，好像在用力叉死一条可恶的鲸鱼。豌豆和玉米被一铲铲地铲起来，如同铲煤屑一样，堆进自己的盆子里，堆得比咖啡杯还高。顷刻之间，盘子里的东西一扫而空，仿佛被一阵飓风卷得干干净净。一个小女孩在厨房和餐厅之间往返忙碌，把一盆盆热腾腾的菜，从厨房里搬出来。

面包蘸着汤，嘴唇咂着辨别味道，刀叉刮着瓷盆，造成各种各样的声音——但除了这“吃”的声音之外，几十张嘴都不空闲，没有工夫来谈天了。玛丽坐在长桌的尽头，用不愉快的眼光望着她的宾客，心里暗暗想：“馋嘴，贪吃，真像一群猪猡。”不过，她虽如此咒骂，宾客们却从来不拖欠账款。玛丽也从来不肯放账的。

坐在她左首桌角上的年轻男人把脸凑过来和她搭讪，她没有回答，只把肩膀耸了耸。

“我们的玛丽不对我们说西班牙语的，”康嘉凡对那年轻男人说，“不过，她很擅长这种语言，玛丽，对吗？你要对………”康嘉凡说着，对他的朋友扮个鬼脸。

“哈——”餐室里泛起一阵笑声。

“闭上你的狗嘴！”玛丽微愠地说。

这时，最后一道菜也已吃光。每个盆子旁边有一个用鸡骨堆成的小小金字塔，菜盆里好像用舌头舐过了似的，酒杯里也呷得一滴不剩。空盆子撤了下去，最后，送进来的是咖啡和蛋糕，这场宴会，于是告终。有几个在闲谈，有几个在说笑。

“你的咖啡里有没有毒素会伤害我？”莱姆斯有意与女主人开开玩笑。

玛丽不理他，只给他一个大白眼代替回答。

“今天晚上，我和一个漂亮的女人有约会，”莱姆斯继续说下去，“我一定不使她失望……”

“谁管你的闲事！”玛丽叱骂他，确实有些恼火了。

坐在她左边的年轻男人又玩起新花样来，他把手伸到桌子底下，轻轻放在她的大腿上，拍拍它。

“玛丽，你觉得怎么样？”他说。

那妇人咬着嘴唇，从发结上拔下一根针，刺得那家伙怪叫起来。

“玛丽，这家伙还是星期五刚来的呢。”弗南茨正经地说，“他还不知道你是个规矩女人呀！”

餐室里又泛起一阵狂笑。

二十八位房客之中有几个只会说西班牙语，不过，他们对于这顿饭都吃得心满意足，很是畅快。桌子的另一端，多明戈被二十八位房客和自己的妻子分隔开来，他对于这阵戏弄笑谑，并不感兴趣，所以玛丽被人调侃，倒用不着他来帮忙对付。

餐桌上的酒瓶早已空了，几个酒鬼还不过瘾，各自从衣袋里掏出小小的酒瓶，重新喝起来。他们又燃上雪茄吸着，把裤子的最上一颗钮子解开，使胀鼓鼓的胃舒服些。酒醉饭饱之后，大家都吃得舐嘴咂舌。

玛丽站起来，把椅子挪开些，走到厨房里去了。

房客们也一个个走上楼去。这边房间里聚集着几个人在赌钱。那边，踢去鞋子，倒下身去睡午觉。只有一个人在玩手风琴。

多明戈独个儿在冷静的餐厅里记账本。写了一会儿，走出去了。玛丽站在窗前，望着街上，听到前门“碰”的一声被带上，看见多明戈——她的丈夫跨下阶沿，向街的那一边走去。

她默默地站着，这一天似乎特别漫长，她怀疑白天会不会有结束的时候，黑夜到底会不会来临。她恨星期日，星期日反把她缚牢在家里，她不能再往下想，她恨，一赌气奔上楼去。

第二天凌晨2点钟，夜的静寂被一阵刺耳的呼喊震破，安宁的寄宿公寓里顿时骚动起来。1917年9月的夜晚，还是很热。一个个睡眼蒙胧的人，穿着内衣，赤着脚，揉着眼睛，从自己的房间里冲出来探看。那是一个女人的声音在叫喊，这声音更易钻入他们昏睡的心坎，因为寄宿公寓里仅有一个女的，那就是女房主玛丽。

当他们拥上三楼时，从房间里照出来的光线，映在她的身上，虽很暗淡，但清楚地看见她的睡衣上洒满着血渍。

“他死了呀！他死了呀！”那女人哭喊着。

一个男人首先跑进三楼后落的一间房间里，他看见床上空空的，床的那边地上，灯光下，只见有一堆黑影，他走过去一看，原来是多明戈的尸体蜷作一团，睡衣上满是鲜血，他的喉咙，被人勒开一条深阔的裂口。

玛丽镇静一下神经，把经过告诉大家。

她和多明戈头朝一侧睡着，忽然被呻吟的声音惊醒，这声音似乎是被人扼住了喉咙而发出的。她和他说话，但没有回答，伸手摸摸，摸得一手湿漉漉的，她连忙跳下床来，点上灯，回过头去看，只见多明戈爬在她的枕头上，双手用力抓扒着，从床这边滚到那边，似乎要想说话，看他用尽力气，终于没有说出一个字来。他又滚到床那边去，滚下了床，跌在床与墙壁之间的地板上。

“他永远也不能再和我说话了，”她发疯似的狂叫，“他死了呀！我的多明戈死了！”

弗南茨——就是第一个跑进房去看的那男人，跑回来对大家说：

“要不要我去叫警察来，或者请个医生来？玛丽，你说怎么样？”

但是，那妇人只是哀号着，不理他。

弗南茨回过头去对一个房客说：

“来，跟我走，去打电话给警察局去。”他等那人穿好外衣和鞋子，两人就跑下楼去了。

“你看！前门大开着，凶手一定从这里逃出去了。”

他知道这门夜间一直是上锁的，他在门边迟疑一会儿，觉得总应该先去叫警察来，于是两人就跑了出去。

那一带是住宅区，没有一家店铺，他们就跑到马凯特大街去。弗南茨推推一家小商店的门，那门锁着，他在门上用力敲，又大声喊，可是睡在店后的老板却没有被叫出来。他们只得又转到墨尔培大街，总算在一家专售烟酒的店铺里，打了一个电话给警察局。

他们打好电话，回到康墨斯大街的寄宿公寓时，警局的车子已停在门口，大侦探麦格雅、洛托伯、金奈，同医生莫汉都来了。

弗南茨抢着把经过约略述说给麦格雅听，这时全寄宿公寓的人都围拢来看热闹，自大门以至三层楼的扶梯上，一簇簇地站满穿短裤的、赤脚的、着睡衣的人，窃窃私语讨论着这惨剧。

“这些是什么人？”麦格雅奇怪地问。弗南茨告诉他都是玛丽寄宿公寓的房客。

“金奈，你监视这些人！洛托伯，你到楼下去查看一下！”麦格雅命令二人。

医生莫汉走进玛丽的卧室，麦格雅听玛丽述说经过情形，几分钟之后，麦格雅也走进那妇人的卧室去。他走到房门口迟疑了一下，莫汉喊他道：

“就在这里，在床那边的地板上。”

“多明戈死得很快，当他熟睡时，被一个手劲很强的人用锐利的小刀或剃刀，在他喉咙一割而致死。”这是莫汉医生的报告。

死者睡的是一张铜床，放在离墙二尺的地位，这位置差不多已居小室的中央。

麦格雅从床这边绕到床那边去察看尸体，不留神被床边地上一样什么东西绊了一下，他一看，是一个垫褥。

“这垫褥放在这里做什么？”他问。

“这是我的。”一个小声音从房门传过来。

“你是谁？”麦格雅回过头去注视着一个近十岁的女孩问道。

“我的名字叫琴妮，玛丽的妹妹，夜里睡在这里地板上的。”

“昨夜，你听到什么吗？”大侦探问。

那女孩摇摇头，她是被玛丽的哭喊惊醒的。她和玛丽一同看完多明戈悲惨的挣扎，然后再一同跑出房门。

房间里的光线太微弱，不能检查，麦格雅决定缓缓再说。如今第一步要做的，是把寄宿公寓里所有的房客带到警察局去盘问。

玛丽悲哀得不能多谈话，麦格雅从弗南茨口中知道了这对夫妇——多明戈和玛丽在去年2月间刚从纽约迁到纽瓦克来开设这家寄宿公寓。这是一座三层楼屋子，地面一层是餐室和厨房，第二层出租给房客，三人或四人合住一室。他们被玛丽惊醒时都在熟睡中。而其中只有弗南茨第一个从自己房里跑出来，第一个跑上三层去看究竟。

“看见有谁在扶梯上吗？”麦格雅问。

“没有。”年轻的弗南茨回答，“不过，我出去打电话时，看见大门是敞开着的。”

弗南茨知道自己昨夜回来最晚，那时大约12点钟，他走上二层楼房间里准备睡觉，但并没有立刻睡去。当玛丽哭喊前没有多久，他听见走廊中有脚步声，然而没有注意它。

“你的同室者或者别人看见或听见你进房间吗？”麦格雅问他。

弗南茨摇摇头，“他们都睡着了。”他答。

金奈从楼下上来。

“大门上没有可疑的地方，”他说，“门锁仍完整，未被损坏，就是窗户也都没有被撬过的痕迹。”

“最好把这些人都带到局里去。”麦格雅说，“金奈！你负责监视他们。”

“一共有二十八个男人呢，”金奈说，“要载两车才载得下——好，我去打电话让大车子来！”

洛托伯看着玛丽回到房里穿好衣服。那女孩也穿上衣服一起走。

二十八个嫌疑犯终于全部到了警察局。其中大部是西班牙人和葡萄牙人，非但不会说英语，就是听也还勉强。大侦探麦格雅和侦探洛托伯留在这里，他们重又走进玛丽的卧室去。

房间的一角，有一架洗脸盆，上面装着自来水龙头，再上面是个小箱子，打开来，洛托伯发现有两柄剃刀在里面，一柄已旧，刀口有些凹缺，而且生锈。另一柄差不多还是新的，一点损坏也没有。大侦探就把这两柄剃刀放进衣袋，带它回去。

两位侦探在昏暗的光线下，观察着房间里的情形，他们想起玛丽的话，就把她的描摹和房间里的情形核对一下。事实上，只有床上有血渍，而且大部分在多明戈睡的枕头上。没有好像经过反抗的痕迹。凶手进来时，显然毫无声息，他走近床边也没有惊醒床上的人，就很轻易地把熟睡中的被害者用力肆意一割。

洛托伯认为，凶手对于这房间内的情形必定很熟悉，才能如此容易达到目的。而且他还知道床的那一边睡着的是多明戈，因为在黑暗中，这两个人，他竟能分得很清楚。

为便于调查起见，麦格雅把煤气灯拧得亮些，否则，房间里几乎是漆黑的。

床的四周都留着空隙。多明戈睡在靠门的一边，不过当他在咽气时痛苦之中，已由这边滚到那边，而跌在床与墙之间的狭窄的空隙中了。

洛托伯仍留在这里，而麦格雅赶回警局去了，当他跨进办公室时，只见警长康奈尔正对着一大堆嫌疑犯发愁。

“二十八个嫌疑犯！”他咕哝着，“而且大多不会说英语的。”

“这案子据我看来，像是内部人干的。”麦格雅报告完毕之后，对康奈尔这样说。他又把从弗南茨那里听到的告诉康奈尔警长。

“这弗南茨是什么人？你相信他所说的大门开着的话？”警长问。

“这人到底如何，当然不能信任。”麦格雅答，“我想叫这人传话来盘问其余二十七个，最好把总局里的阿尔本请来，他可以用西班牙语和他们谈话。假如叫弗南茨翻译，我知道他们在说些什么？”

“很好！”康奈尔同意说。

二十八个嫌疑犯都进了看守所，玛丽和琴妮被送入女看守所，明天，女孩要改送少管所的。

第二天，阿尔本到达本区开始工作，帮助盘问这群嫌疑犯。

“他们必然回答你什么也不知道，你只要盘查他们关于弗南茨的为人如何，因为这人的嫌疑最大。”警长指示阿尔本。

不久，阿尔本就来报告：

“除了弗南茨之外，大家异口同声说，玛丽哭喊前都在熟睡，所以，什么也没有看见，什么也没有听见。”

“其中谁最是形迹可疑？”康奈尔问。

形迹可疑的人是有的。虽然阿尔本把他们隔离开来，个别审问，但是大部分人所说的完全一致。他们一致指出，弗南茨的话并不真实。

“举个例子吧。”康奈尔警长说。

“第一，弗南茨的同室房客肯定弗南茨那晚没有睡在房里。不但如此，另一人确实看见他曾从三层楼靠近楼梯的一个房间里走出来。”

“那么，弗南茨的话看来完全靠不住了！”康奈尔说。

玛丽又被康奈尔叫来盘问。这次，她所说的比上次增添了一些。她是美国人，能说一点儿西班牙语。她和丈夫感情很融洽，她认为没有人恨她丈夫，竟至于要置他于死地。不过，最近有一批走私犯要她丈夫加入他们的集团。

“你丈夫加入了他们的集团没有？”康奈尔问。

“这我不知道。”她回答得爽快，“但，从此之后，他就缄口不谈这事，他即使加入了也不会告诉我的。”

康奈尔告诉她，已把琴妮送入少管所，她听了非常赞成。她说，她应该被送进那种地方去的。

玛丽走后，阿尔本说：

“我终究不满意这女人，她把九岁的妹妹留在家里，当使女看待，不让她上学，夜间睡地板，每天要整理十五张至二十张床的被褥，这是她的不是，我不满意她。”然而康奈尔和麦格雅对于玛丽的供词都无异议。

第二天早晨，麦格雅和洛托伯偕同指纹专家霍斯再到凶案发生地点——康墨斯大街那所屋子里去。

两位侦探先检查房客的房间，房间里塞满着床铺，有几间除两张大床之外，更有一张小床。只有几间有厕所，他们的衣服都藏在床底下的箱子里，或者挂在衣架上。

麦格雅认为凶手身上必溅着多明戈的血渍。昨天，侦探到达这里之后，房客们就遭监视，不准他们再回各自的房间里去，他想在这几间房间之中，必能搜出染着血污的衣服来的。

但结果并不使他满意。墙上挂满了宗教的画片，床底下有许多空酒瓶，发出松子酒之类的味儿，可是找不到一件染了血污的衣服。

“也许凶手赤了膊，”洛托伯猜测说，“在我们未来前，他可以把身上的血渍从容洗掉。”

假如玛丽等他把身上血渍洗净，躺到床上装睡，然后再叫喊起来，这倒与凶手大有帮助，不过，照此推论，玛丽就是同谋犯，然而现在尚无充分的证据来证实此推测。

“或者我们能找到一柄涂着血渍的小刀或剃刀也好。”麦格雅说。

但是房客的房间中并没有这类东西发现。当麦格雅再走进玛丽的房间时，洛托伯到屋子的附近四周去搜查。

他先到屋后空地上，在沿窗一带搜寻，又到临邻的空地上去，但什么也没有找到。于是他又跑上大街去，那里搁着几桶垃圾，是星期日积下来，等待星期一清道夫来清除掉的。他用吸铁石插入垃圾中去试探，也没有结果，似乎凶器并不是藏在屋子里面什么地方的。

指纹专家霍斯在房间里用心工作，从每件家具上搜寻指纹。麦格雅对着铜床仔细查看，他推想：“假使凶手站在床头，从床栏间伸手过去，他能扼到死者喉部，而自己身上可以溅不着血渍。”

多明戈的尸体早已送入验尸所去做例行的检验。床上染血渍的褥单也已移去。麦格雅躺在垫褥上死者睡着的地方，试演凶手怎样行凶的情况。

“你以为床柱上也许留下凶手指纹吗？”洛托伯问他。于是霍斯就开始在床头的铜柱上寻找凶手的遗迹。

警察局的化验室有了报告，说明昨天找到的两柄剃刀都和凶案无关。

如果凶手是内部人，他怎样藏匿凶器？如果二十八个房客之一是凶手的内应，凶器一定还留在房子里。但他们的身上进警局后经过搜查的，并没有如剃刀之类可作凶器的东西搜出。他们的卧室和寄宿公寓的全部，几乎完全抄查过，也毫无结果。

“嗨！看呀！”洛托伯拉开一只衣柜的抽屉，突然喊起来，“这里有一个剃刀盒，空的。”

麦格雅深感兴趣，虽然是个空盒，但是一只塞满女人衬衣的衣柜抽屉内，却有男人用的空剃刀盒！

“把这盒子验一验。”他对正在铜床头上搜寻指纹的霍斯说。料想凶手曾站在玛丽睡的那一边，也许把手按过椅背或桌子，所以这些家具都收在霍斯搜寻目标的范围之内。

房间里没有什么有价值的发现，他们准备下楼来，在房间里映出来昏黄的灯光下，麦格雅忽然瞥见走廊中糊着纸的墙上有一块污渍，这污渍已在走廊的那一端，离开玛丽的房间很远。

那块污渍呈现红色，它的轮廓好像一只手，大概是一只肮脏的手所染下的，离地有肩膀那么高，推想起来，有谁在黑暗中挨着墙壁摸索着走，也许还蹑手蹑脚地不敢做出声音来，因此不经意地伸手向墙上一按，以此来稳定他不平衡的身子。

看起来，凶手行凶之后，并未一直就跑下楼梯去。也许他一时慌乱弄不清楼梯甬道的那一端。不过再有一种可能，就是凶手也许是从三层楼的前房里出来的。可惜墙上的手印太模糊，看不出指纹来。于是三人就一同走下楼来。

他们回到警察局，知道了阿尔本与房客们谈话的结果，有几个所说的把弗南茨的供词完全驳倒。

麦格雅把寻到一个空剃刀盒和墙上的血手印告诉大家。

“一个房客不是说过确实看见弗南茨从三层楼上的一个房间里出来的吗？”康奈尔提醒麦格雅。

阿尔本也认为凶手是个内部人。他说：

“刚才我听到一件事，这事我认为也很重要，上星期五以前，多明戈本睡在二层楼上的一个大房间里，这是寄宿公寓里最大的房间，他想这房间里可以放两张床，至少可以租给四个人住，因此自己就搬出来，睡到三层楼上的后房去了。”

凶手显然知道这个变化，假如是个外面的人，怎能知道内部的事呢？

“我想现在可以再和弗南茨谈谈。”康奈尔说了，就把那年轻男人叫了来。

“弗南茨！你有很大嫌疑，你对于这件凶案尚有隐情，只是你不肯直认罢了。”康奈尔警长盯住这瘦长黑皮肤的男人开始说。

“我把所知道的全说出来了。”弗南茨耸耸肩膀回答。

“譬如说，你说你睡在二层楼上的大房间里，”警长继续说下去，“但是有人否认这事。”

“他知道什么？我回房时他已睡熟，而我离开房间时，他的眼睛还没有睁开呐。”弗南茨反驳。

“那么，另外一人，住在三层楼上的，他眼见你从三层楼的靠近楼梯的房间跑出来，这，你又有什么解释？”

“他在黑暗中能看见东西吗？那时只有二层楼上一盏灯点着，走廊中是漆黑的，他能见到什么？他撒谎！编造出这些话来！”

弗南茨又说，而且当他到达三层楼时，他们还没有跑出房间来，三层楼走廊中只有多明戈太太和吓呆了的女孩在那里。

“但是那时他们看见你很整齐地穿着长裤，就是皮鞋也穿上了，而别人呢，还赤着脚，穿着内衣，这看来，似乎你在多明戈太太叫喊之前已经起床了。”

弗南茨呆住了，望着警长。

“这是你的想法，”他说，“然而并不属实，我躺在床上没有睡熟，一听见多明戈太太的叫喊，我就起来，我有充分时间来穿长裤和皮鞋，这时，别人刚在揉开眼睛呢——我说的那是实情。”

弗南茨重被带进看守所，康奈尔对他的同事愠怒地说：“这家伙倒总有答辩的！”

“不过，据我想来，”阿尔本接着说，“这人的话或许是真实的。”

“你不是亲口对我说过，有许多房客都咬定是他吗？”

“不错，”阿尔本承认这话，“但是我们不能跟着他们的见解跑啊！而且我们也不能在二十八个嫌疑犯之中打圈转儿，也许还有其他的可能呀。”

“臆测和偏见，往往会误事的。”麦格雅也同意这点。

“那么，我们必须减低对这二十八人的嫌疑，而另求线索。”洛托伯赞同地说。

“你们的话都很有意思，”康奈尔经过考虑后说，“不过，照目前的情形而论，弗南茨的嫌疑最重大，在释放他前，须命霍斯把他们的指纹都印下来，看空剃刀盒上或别地方的指纹，与他们的是否相同。”

霍斯带着在玛丽房间里寻到的指纹来报告。铜床的对角柱上的指纹仅仅几个，而且很模糊。他在床边桌子上发现两种不同的指纹，而空剃刀盒上另有两种。

霍斯没来警局前，先去把死者的指纹也印了来。桌子上的指纹之一种是多明戈的，空剃刀盒上的一种也是他的。有趣的是剃刀盒上有着另一种指纹罩在多明戈的上面，换句话说，就是多明戈最后一次拿它之后，另一人又拿过它。

“第二种指纹与桌子上的相同吗？”康奈尔问。

“不，并不相同。”霍斯答道。

他一共发现三种不同的指纹，第一种是多明戈的，在剃刀盒上，在桌子边上。第二种就是第二个人的，在剃刀盒上和别处。第三种，就是第三个人的，在椅背上和桌子上。

“最好马上把二十八个房客和多明戈太太的指纹都印下来，”康奈尔说，“我想那女孩可以免掉不印吧。”

当霍斯去印指纹的时候，阿尔本却带来了新的进展。

“他们之中，有些人知道一个故事，然而都不肯说出来。”他说。

什么故事？没人知道，这故事似乎对多明戈是一种诽谤，但也有人认为仅是一个笑柄而已。

这些人都守口如瓶，他们把警察局视同冤家一般，好像他们圈内有个规定，所以抵死不肯多说。

据阿尔本所知道的一点儿，这件故事发在几星期以前，一个名叫汤尼的和这故事有关。

“但房客之中，没有汤尼呐。”康奈尔把房客名单一瞥之后说。

“除弗南茨外，把三个能说英语的带进来！”警长命令。莱姆斯是第一个进来的。

“汤尼是谁？”警长突然问莱姆斯。

那家伙苦笑道：“我不知道这个名字。”

“他住过寄宿公寓里的。”

莱姆斯耸耸肩膀说：“如果确实住过，那么，我来之前，他已经离去。”

“他和多明戈发生过什么纠葛？”

“我完全不知道。”他答。

莱姆斯走出去，第二个进来。

“你的朋友告诉我，不久之前，你帮着汤尼和多明戈打架。有没有这事？”康奈尔试探德利洛。

这人涨红了面孔。“我？”他感到十分诧异地说，“我和多明戈只在餐桌上谈过话。问他为什么把汤尼撵出寄宿公寓，我根本不明白原因。”

“那么，汤尼是被多明戈撵出去的？”麦格雅与康奈尔交换一下会意的眼光。虽然德利洛没有说出原因，但从他那里已获得宝贵的资料了。

德利洛出去，第三个进来。

康嘉凡对警长的问题笑了起来。

“汤尼的见解，多明戈不赞成，”他说，“因此多明戈把他驱逐出去。”

“是不是汤尼恋上玛丽？”警长接下去问，“她也爱他吗？”

“这根本是单恋。”康嘉凡承认，“这事只不过供给我们许多笑料而已！”但为什么会被人作为笑料，他没有说。

“等嫌疑犯的指纹都印来之后，再把弗南茨的嫌疑解除。”康奈尔对阿尔本说，“我们要使他知道他的嫌疑，已洗刷干净。”

“这样，也许能使他说话没有顾忌些。”阿尔本说，“我确定他必定明了关于汤尼的事。”

当天下午，霍斯把搜集到的指纹全部带来。但玛丽房间里的指纹，没有一种与房客的相同。换句话说，就是房客们未曾进过玛丽的卧室而留下指纹。

“弗南茨的指纹竟然也没有吗？”康奈尔表示有些惊奇。

“没有。”霍斯毫不思索地回答，“空剃刀盒上第二种指纹是玛丽的。”

“这样说来，她的指纹罩在多明戈的上面？”康奈尔警长问。

“正是！”指纹专家答。

这意思说，多明戈拿这盒子后，她也拿过它。多明戈每天用盒子里的剃刀来刮胡子，这天星期日早晨，他用过它后放入盒内，玛丽必又拿过盒子的。

玛丽的指纹除了盒子上之外，床边桌子上以及其他家具上都有，这原本是意料中的。然而第三种指纹，就是在床边桌子上和椅背上的，并不属于房客之中任何一人。

那么，这指纹必是凶手遗留下的了。如果凶手不是弗南茨，是谁呢？一个住在寄宿公寓外，目前尚未找到他的踪迹，这人便是凶手。这是最合逻辑的答案。

现在，弗南茨所说，当他出去打电话时，前门大敞着的话，有了根据。这是凶手逃出去时，把它打开的。

“但是前门并非被凶手破坏了才进屋的。”康奈尔提醒麦格雅，“这人一定有一把前门的钥匙。”

是不是房客之一把钥匙借给他的？于是阿尔本又到看守所去调查。

不久后，阿尔本回来简略地报告：

“他们的钥匙都仍在身边，不少一把。只不过多明戈太太没有，她说她根本没有钥匙的。”

对于玛丽否认有前门钥匙这一点，康奈尔尚无显著的证据来驳斥她。现在他决计再逼一逼弗南茨的口供再说。

“尽我所知，已统统告诉了你们。”弗南茨不等盘问，先就这样说。

“弗南茨！现在我们确实调查出来，你与本案是无关的。”康奈尔开始说，“我们希望你给我们提供些帮助，你以为怎样？”

“我不明白怎样能帮助你们？”弗南茨回答。

“汤尼和多明戈之间到底有些什么笑柄？”

“这与谋杀案毫无关系的啊！”弗南茨答，“汤尼是个不会说话的人，而且还有些傻气。这人就是这样！”

“他会不会恨多明戈把他当做取笑的笑料？”

弗南茨摇摇头说：“我想不致于此，因为他明白这不关多明戈的事。”

于是他把这故事和盘托出：几月之前，汤尼向两个同事要一些东西来孝敬多明戈，什么东西？啊！是一种药。原来汤尼热恋着玛丽，他暗暗把这种药渗入多明戈的咖啡里，但他喝了之后，毫无反应，玛丽马上把这事报告汤尼。事实上，多明戈非但没有改变以往的对玛丽的态度，相反，待她更体贴更亲切了，这与汤尼期望的适得其反。

“她认为汤尼弄了假药来，”弗南茨说下去，“于是寄宿公寓里的房客就都把这事当做笑料来取笑汤尼。”

于是汤尼斥责那两个给他假药又取笑他的人，不料他们又把汤尼欺弄起来，他们说：“你给我们四块钱，就能给你真药吗？我们又不是傻子。汤尼！做你的梦吧！”说着，狂笑起来。

汤尼允许给他们八块钱，再买些好药，不过八块钱要等药性发作的时候再付。那两人没有照办，反而把汤尼的奸谋宣扬开来。谁知这事吹进了多明戈的耳朵里。

玛丽在她丈夫前赌咒说她不知道这事。

“多明戈相信她吗？”康奈尔问。

弗南茨耸耸肩膀。“这我不知道，”他答道，“不过，多明戈就把汤尼赶了出去，并且从此对玛丽冷淡起来。”

多明戈和汤尼是多年的朋友，一同从西班牙某处到美国。多明戈从纽约迁到纽瓦克后不久，汤尼也跟着来，那时他很落魄，多明戈就叫他搬进寄公寓里来住，不要他的房钱，一直等到他找到职业为止。然而汤尼对多明戈的报答委实太险恶了。多明戈对汤尼的愤恨，倒并非在引诱他的妻子，而是在他的忘恩负义上。

“你以为汤尼从此放弃玛丽了吗？”

“他自此没有到过寄宿公寓来。”

“但是他们可以在外边幽会的啊，是不是？”

“我怎会知道？”弗南茨答，“她不会告诉我这些事的呀！”

汤尼本名费里兹，他在纽瓦克的一家畜牧场里做工，弗南茨常常在一家售烟酒的店铺里遇见他。但不知道他住在什么地方。

搜捕费里兹的措置立刻付诸实施。二十四小时之后，在巴尔巴区镕炼公司内找到这么一个年清漂亮的男人。

承办侦探甘恩奉命不可立即逮捕，必须等他工作完毕后，追踪他的去处，看他住在什么地方。甘恩等费里兹下班出来，跟在他的后面。这真叫甘恩惊奇起来，他见费里兹往康墨斯大街走去，走到九十八号玛丽寄宿公寓门口停下来，但并没有走进寄宿公寓去，却走进了对面九十七号屋子里。

九十七号的房东太太告诉甘恩，这人搬来还没有多天，他和另外一人合租一间前房。

甘恩打了一个电话回去请示。

“把他带来，我来问他。”警长康奈尔指示他。

费里兹在警察局里极力否认知道关于多明戈遭暗杀的经过。他说：

“我在星期日晚上睡下后，直到次晨同室者听见街上的闹声，再叫醒我。我起来从窗里一看，见警察局的警备车停在那里。有人传说多明戈遭暗杀了，这，你可以问我的朋友，他名葛泰来。”

康奈尔就派甘恩去拘捕葛泰来，一面打电话给霍斯。

“我又找到一个人，请你来印指纹，马上就来，越快越好。”他在电话中对霍斯说。

半小时后，甘恩把葛泰来带来。那人能说流利的英语。

“费里兹的话是真实的，”年轻的葛泰来说，“他比我先睡，而次日早晨，我起来从窗中看街上时，他的确还睡着。”这供词给予费里兹有力的解说。

“你能在法庭上宣誓吗？”康奈尔提醒他。

“我能，”葛泰来骄傲地说，“我所说的全是实情。”

葛泰来走后，霍斯跑进警长的办公室。

“我们终究获得了收获。”霍斯高兴地说，“这是费里兹的指纹，小桌边上和椅背上的指纹都是他的。”

康奈尔有点糊里糊涂起来了。

“你对于这发现不感兴趣吗？”霍斯很感到奇怪。

“费里兹的人证，无法推翻的呢。”康奈尔深思着。

“你要不要告诉他，房间里的指纹是他的？”洛托伯问。

“我想先把那女人的口供再逼一逼，看她说些什么。”

玛丽又被带进了警长的办公室，她仍一味狡赖，把指纹给她看，才把她驳倒，无话可说，而却哭起来了。但仍百般辩说，凶手绝不是费里兹。

“那天下午，他到我房里来过的。”她说，“是我叫他来的。”

“你叫他到你房里来，你丈夫知道了，将感觉怎样呢？”

“我丈夫出去了。”她说，“我没有让别人知道他来过。”

康奈尔虽然知道多明戈果真在下午出去过，但他仍感到疑惑，假使玛丽在法庭上宣誓，证明费里兹在那天下午到她房中，这证据将会发生极大的力量的。

“姑且承认费里兹果真在那天下午到过你房中。”康奈尔说，“你怎能确定他半夜里必不再来？”

那女人显然被这问题难住了，她没有回答。

“你那失踪了的钥匙呢？”他继续下去，“你说没有前门钥匙，我始终不信。我想那天下午费里兹在你房中时，看见了这钥匙，就把它带走，于是用它在半夜进你的屋子，而杀了你的丈夫！”

“不，不，不！”她喊起来，“他绝不会是那种人！”

“你怎么能确定？”康奈尔驳她，“你屡屡声称，直到凶手离开之后才醒来，你说怎会知道一定不是他？”

玛丽愣了一愣。“我害怕……”她啜泣着。

后来，她承认被床后的声音惊醒，她转过身体来看，只见一个人戴着便帽，戴得很低，遮住了半个面孔，弯下身来，用手在她丈夫喉部一抹，就很快地奔出房门去了，她发现丈夫已被杀死，就喊起来。

“那人比费里兹高大，”她说，“所以绝不是他，这，我敢担保的。”

她仍被带回看守所后，麦格雅说：

“我不相信那天下午分来时，寄宿公寓中会没有人看见他。据房客们供述，那天午餐之后，大部人都回到自己房里，或者睡午觉，或者玩纸牌，而且多明戈的确出去了。那天气候很热，房客们的房门想来必然有开着的，那么，费里兹跑进来，走完三层楼扶梯，难道会不被一个人看见的吗？”

“现在只有那女孩——琴妮没有盘问过。”麦格雅说，“也许她知道什么能够给我们一些帮助。”

琴妮从少管所里被带进了警察局，她坐在康奈尔对面的椅子上。这女孩看来有些迷惘，但似乎并不害怕。

“你欢喜多明戈吗？”康奈尔问。

“他待我很好。”琴妮答，“他说我是好孩子，有时给我钱买糖果吃，有一次，他买了一个蓝绸结，给我戴在头发上。”

“你愿意帮助我们把那杀死他的人捉住吗？”

女孩点点头说：“但是我不知道什么呀？”她说着从椅子上滑下来。他们告诉她，你说不要紧的，她才重新坐到椅子上。

“近来你看见过费里兹吗？”康奈尔问。

“看见过的。”琴妮答。

“什么时候？”

“星期日早晨。”

“你是不是说星期日下午，在你家里？”

女孩摇摇头。

“那么，在什么地方呢？”康奈尔静静地问。

“星期日的早晨，在他的房间里，是玛丽让我去的。”

“有信交给他吗？”

“她叫我送去一把钥匙和一个小纸包。”

房间里所有人都静静地听着。

“那小纸包有多少大，琴妮？”

琴妮伸出手来，在空中比画出那小纸包的大小，大约有十寸长。

“她对你说些什么？”

“她说这是费里兹临走时忘下的。”

“还有些什么东西？”

“我回家时，她说不要告诉多明戈，因为他不欢喜费里兹的。”

事情很明显的了。假如纸包里装的，就是那柄失去的剃刀，那么，多明戈的喉咙就被他自己的剃刀所割裂。而这柄剃刀又是由自己的妻子送交就住在对街的情敌的。不必再盘问琴妮了，她重被送进了少管所去。

当康奈尔问玛丽星期日上午是否她确实送过一包东西给费里兹时，她的脸上闪起惊奇的光彩来。

“是的，”她嗫嚅着，“这又有什么意思呢！”

“是的，把这些东西送给费里兹究竟是什么意思呢？”

“那钥匙是他搬出去时忘记的。”

“纸包里什么东西？”

“我想，这我不必告诉你。”这女人说时，把衣襟整整，对静听中的警长一笑。

玛丽带走后，康奈尔命令说：

“把费里兹带进来！”

费里兹起初否认从玛丽那里收到什么东西，经过一番激辩之后，终于把这人说服，他终于承认收到一把钥匙，而纸包里，他坚决否认是剃刀。

“那么，这里面是什么东西呢？”

“几支铅笔和一支自来水笔。”他迟疑了一会儿说。

不管怎样盘问，费里兹总不改变口供。

“这两个家伙都在撒谎，我敢确定。”麦格雅说，“然而我们用什么方法揭穿他们的谎话。”

“问问房客们有谁在星期日早晨看见那女孩走到对街去过，阿尔本。”康奈尔对西班牙籍侦探说。

“没有人看见她走去或回来。”阿尔本去了回来报告说。

康奈尔警长深感棘手。

“你们有什么意见？”他问大家。

“我想试试费里兹，”阿尔本说，“但我必须先从寄宿公寓里找一样东西来。”

他把他的计划简略地宣布出来，于是他匆匆出去了。半小时之内，他就回来了，带来了一个大镜框，是多明戈的粉画肖像。

“这相片本挂在餐室里的。”他说，“你见那画家把它的眼睛画得好像老是在盯住你呢。”

这粉画中的人像，比真人还要大些。把它撑在桌子上，靠着墙壁。正对肖像，放一张桌子。

费里兹被带了进来，侦探做做手势，叫他坐在那正对肖像的椅子上。他还没有坐下，两眼就已注视着那肖像。

“你认识这人，当然毫无疑问。”康奈尔开始说，“他是你的朋友多明戈，你潦倒时，这位朋友拯救过你。他帮助你，然而你却杀了他！”

费里兹微微颤动一下，他把头扭转，斜着身子坐在椅子边上。

“把头旋过来，费里兹，你对你死了的朋友面孔上看呀！直到你认罪为止，就是这样，看吧！他决不会跳起来抓你的，孩子！”

费里兹默然无语，他把眼皮合拢起来，但却不能把它们闭上。他忽然举目四顾。

“看他吧！费里兹，他正对你微笑呢。”麦格雅站在他背后说，“这就是你没有杀死他前，常常对你微笑的神态，是不是？”

没有回答。

他似乎用尽了力气，但终于不能把视线直投到多明戈的肖像上。阿尔本突然走近他身边，袋里拿出一个镌着耶稣受难的十字架。

“把这十字架拿着吧，费里兹！”他说，“你注视多明戈的眼睛呀！没有杀他。你应该对他宣誓，告诉他，他一定愿意听你无辜的解释的。他在静听你啊！他的眼睛在看你啊！”

麦格雅、金奈和洛托伯走过去把费里兹围拢住。阿尔本想把十字架放进费里兹的手掌中，但那少年把拳头捏得紧紧地，这位侦探竟没有办法把它塞进他的手去。

“看多明戈哪！费里兹，”阿尔本说，“对他说你没有杀他，他在等你呢！”

费里兹把头慢慢旋过来，他的视线和肖像上的眼光相交。

“我没有杀你，多明戈，我没有……”

他哽咽地哭起来。

“我不能，我不能！”他忽然喊道，“我做了这事！她叫我这样做的！我不能宽恕自己……”

费里兹终于受不住良心的谴责，承认杀死多明戈。他把经过从头至尾讲述出来——

他在纽约时就迷恋着玛丽，因此跟随多明戈夫妇到纽瓦克，他曾劝她离开多明戈，但她不肯，她说除非多明戈死后，她才肯与他结婚，是非经过结婚手续不可的。

在纽瓦克，他们的幽会都是借偶然的机缘。他们计划到纽约去秘密幽会一次，但自这次幽会后，费里兹迷恋玛丽的热忱，更加炙热起来。

他又逼玛丽一同离开纽瓦克，但她拒绝了他。玛丽提醒他说，如果这样，他们将得不到幸福。假使多明戈死了，她可承继这所寄宿公寓的产权和营业权，不过，倘若费里兹就这么与她同居，难免不遭受邻居和房客的非议，所以她打算到那时把寄宿公寓卖掉，然后再和费里兹远走高飞。当时，她这样劝喻费里兹，或者也可以说，这样欺骗费里兹。

然而这是个水性杨花的女人，费里兹终于赢得了她的爱。星期日早晨，她交给他一柄剃刀和前门的钥匙，送这两件东西的用意是不言而喻的。那天下午，费里兹实在没有到过她的房中。

那天晚上，费里兹睡到床上和平时一样，他起初装假睡觉，听得同室的葛泰来打起鼾来，知道他已经睡熟，于是就偷偷爬下床，穿上长裤和鞋子，走出房门，穿过街心，用钥匙开开寄宿公寓的前门，蹑脚走上楼梯，挨进多明戈的卧室。

“房门没有锁上吗？”康奈尔插嘴问。

费里兹点点头说：“玛丽准备好的。”

他先走近玛丽的那面床边，弯下腰去吻她，她推开他。费里兹模糊记得他的确把手扶在床边的小桌上和椅背上。

“那时玛丽拉过单被把面孔遮起来，她不要看见我。”他接下去说。

多明戈的喉管被割断了。他急忙跑出房间，跑下扶梯，奔出前门，横穿过街心，回到房里。那时葛泰来仍睡得很熟。他爬上床，把眼睛闭着，直等到葛泰来叫醒他。

“那么，那柄剃刀你把它怎样处置的呢？”康奈尔问。

“第二天早晨，上工去时，我把它扔进半路上的水沼里去了。”

11月中旬，费里兹在纽瓦克法庭上受审。他的辩护律师为他辩道：“这件谋杀案，多明戈太太是教唆犯，被告不过受她利用而已。”这一论点，得到审判官的赞同。检察官莫托斯虽竭力争辩：这是一件险毒的预谋置人于死的案子，但审判官经过十六小时的深思熟虑之后，仍仅仅判了费里兹无期徒刑。同时玛丽亦被判同等的刑罚。

琴妮，她本来过着与奴隶相似的生活，现在已回到父母怀中，恢复她合理的童年生活。

二十八位房客，因为这案子被绊住了许多时候，如今仍回到纽瓦克的战时工厂工作。因多明戈被朋友谋杀，使他们警惕：“择友必须谨慎。”

方轶群　译

贩毒者

德怀特 · 斯温

天气很热，虽然悬挂在天花板下的电风扇在不停地旋转着，约翰 · 霍顿还是感觉热得难受。尤其有两个侦探在他的身边，正在对他进行这一句那一句的盘问，更使他觉到极端的烦躁。

自动留声机中的唱片在一张又一张地连转下去。尽是在那样敲打着，吹奏着各种的乐器，唱着各种忧郁以及兴奋的流行歌曲，使得他的头脑里，也像那电风扇一样地在急速旋转着。不管他的头脑里是怎样昏乱，那靠着冷饮柜坐着的两个侦探，他还是很清楚的。那个大个子，他知道是叫汤普森，好像对于他一开头就包含着一种恶意。那个子小一些的吉尔克，却要好得多，只对他做一种关于列行的盘问，显然并没有私人憎恨的意念存在他的心里。

霍顿知道，他在口袋里只有一支香烟了，尽管想把它的寿命延得长一些，可是终于熬不住了，只好把它取出来吸完了再说。

这好像又给了汤普森一个提醒。

“你难道真的一点儿也不知道这是什么吗？”那大个子侦探叫喊着，一边把他所捻着的一个已熄灭了的香烟头直伸到霍顿的面前。那香烟头上有着棕绿色的点子，并有一股很古怪的味道。“你仔细闻闻看——这味道是不是你以前的确从来没有闻到过？”

约翰 · 霍顿还是没有说话，只摇摇头。

“我告诉你，这里面有海洛因，你总听到了吧！”汤普森继续叫喊，“它已经害死了多少人，你也不知道？它一直在这样害人，你也不知道？”

吉尔克——那个小个子侦探，插嘴说：

“这个东西也实在古怪，它不但会害吸食者自己，甚至还会害到别人的身上去，因为你只要吸它两口，你就会觉得轻快的，就是把你的母亲杀死也毫不在乎了。”

“你的儿子就在这种轻快的情绪中，把汽车撞到了人行道上去！”汤普森的声音更加响亮了，“为什么他会有这种毫不在乎的情形呢？就因为他吸了这支香烟！这是他所吸剩的香烟头！”

约翰·霍顿还是什么话都没有说，因为他心里实在太难过了。他所钟爱的儿子，现在中学里读书，怎么竟会这样吸起海洛因来了？

汤普森又说了：

“你还记得吗？先生，我的女儿雅维丝也吸上了这个东西。于是她觉得她能够飞了，从十层楼的窗口跳了出去。可是你——你还记得你那次在青年会演说了些什么？虽然我并没有亲自听到你的演说，我却知道你是在神气活现地说：‘这完全是由于家庭放纵。’你意思说，我女儿吸海洛因，终至于跳楼身死，应当完全由我这做父亲的负责。想你还不至于已经完全忘却了吧？现在怎样？你的儿子……”

吉尔克打断了他的话，他伸过手去在那大个子侦探的肩膀上拍拍。

“耐心一些，汤普森。”接着，转向着霍顿，“你儿子今天夜里是到哪里去了，霍顿？”

约翰·霍顿的面孔在发热。他的喉咙里也很干，他真想喝一些可口可乐。可是他不敢喝，因为他怕他去把那杯子拿起来时，他的手会发抖。

“我知道莱昂（他的儿子）的学校里今天夜里开舞会，”他终于强打起精神回答，“他对我说，他是用汽车去接了女同学格伊·费烈克一起到学校里去的。”

汤普森听了，哈哈大笑。

“谁想得到他其实是去吸海洛因去的！”他咬紧牙齿说，“他还只有16岁，已经吸上了这个东西了！去年你是信口批评我，现在我不能不回敬你一句了：你这个教儿有方的好父亲！”

约翰·霍顿真觉到了说不出的难过。要是地上有洞，他会不顾失去他的尊严，急速地向里面钻了进去。他又想要发作几句，可是他随即想到，这不是可以让他发作的时候，所以他勉强忍耐着，用显得很平静的语气说：

“要是在警务方面能够处理得……”

“可是你那次在青年会怎么说的？你不是说‘这完全是由于家庭的放纵’吗？”

“耐心一些，汤普森。”吉尔克又说。

约翰·霍顿忽然觉得他很同情汤普森了。他已白白死掉了一个女儿，所以他想他应该说得更温顺一些了。

“说不定莱昂并不知道其中有海洛因的，他只当它是一种新牌子的香烟把它买了来……”

“哦，这个不可能，”吉尔克摇摇头，“海洛因并不是买来就在香烟里的。这在吸食者需要一种技巧，是他自己很巧妙地装进香烟里面去的。人一吸了这种香烟，他就觉得飘飘然了。于是他对于他所看到东西的远近，也捉摸不住了。想你儿子就因为这样才把他的汽车撞到了人行道上去的。”

“我不知道，我真一点儿都无法告诉你们。我有什么可说的呢？”

“他不知道他有什么可说的！”汤普森嘲笑着说，“吉尔克，你听见吗？他不知道有什么可说的！”

“耐心一些，汤普森，”接着，吉尔克转向着霍顿，“听我说，霍顿，我们并不是要到这里来硬逼你。我们只要知道，你的孩子是从什么人那里买了海洛因来的，我们这样问他，他却一句话都不肯回答，我们看他是在保护着什么人。为了要知道他所保护的是谁，我们已经把他释放了。我们想还是来问问你，这一带谁是贩卖海洛因的人，他把它买给学生们吸，你想这不是对那些孩子害处太大了吗？”

霍顿点点头。

“我也十分明白，我一定尽我的力量去做。”

汤普森用拳头在冷饮柜上猛击一下。这使站在那里呆望着的彼得——这冷饮店的老板，长得肥胖的身体——似乎吓了一跳。

“你一定尽你的力去做？”汤普森嘲笑着说，“我告诉你，那是不够的。你非使他说出来不可！他不说。你就骂他，你就打他，一定要等他说出了才停嘴，才停手。否则，要是他一定不肯说的话，那么不要怪我们，我们只有把他送进感化院里去了！”

那样说着，那大个子侦探站了起来，离开冷饮柜，向门外走出去了。

吉尔克也准备走了，他回头对霍顿说：

“汤普森的话，并不只是随便说说的，霍顿，要是你的孩子不肯把卖海洛因的人说出来，是只有把他送进感化院里去这一条路好走了。所以，我劝你回去，设法一定使他说出来才是。”

约翰·霍顿一个人坐在那里，时间在不觉中一分一秒过去。他的头脑里好像还是很昏沉，可是在昏沉中，明晰地跳跃着的是：“莱昂！莱昂！莱昂！”

彼得从冷饮柜的后面走了过来，把电风扇关了。“这里要打烊了，霍顿先生，真抱歉。”

约翰把垂着的头抬了起来。才注意到，那留声机，不知道在什么时候已经停止了，电灯也已被关闭得只剩冷饮柜上面的一盏了。在这店堂里，除出了他和彼得以外，再也找不到第三个人。

他只好了站起来。

“对不起，彼得。”他勉强笑了一笑。

在彼得肥腻的面孔上，显露出了一种同情。

“侦探一个都不是东西！”彼得说，“他们越看到你为难的样子，就越高兴。”

霍顿捏了捏可口可乐的杯子。里面的冰早已融化，再不是凉爽的液体。

他在迟疑地想着，那些孩子是时常到彼得店里来的，说不定他或者看见过……

可是他不能够问他，这是违禁的事情，叫他怎么能够问他呢！就算彼得碰巧看见过，也不应该就这样叫他把那个人告密出来。这是他自己的事情，或者他自己和莱昂的事情，不应该去陷别人于不义。

“侦探那种东西，碰到了，那你就倒定了霉。”彼得还是同情地说。

霍顿仍旧没有应答。

“没有什么事情，彼得，”他苦笑着说，在柜台上丢下了一个硬币，走向门外的黑暗中去了。

在晚上，像这样迟从冷饮店里出来，他以前已有过了多少次？一百次？一千次吧？他总是那样在白天做了一天事情，在晚上到那里去休息，好像他一整天的辛劳，都由此获得了放松似的。

可是他今天不但没有获得放松，却反而增加了沉重。

他走了没有几步，就因为沉思停住了他的脚步。

究竟应该怎么办呢？去盘问莱昂吧，可是他知道决不会问得出什么来的。那孩子太像自己了，是那样的固执，那样的倔强，那样的自傲。要是莱昂已经定下了要保护什么人的主意，他就决不肯说出什么来的，无论询问他的是侦探，或者是他的父亲。

他把手伸进他的口袋，要想取出一支香烟来抽，可是到他把手伸进去了后，就想起他已不再有香烟了。他的心实在太乱了，以致他在彼得那里的时候，竟忘记了添购一包。

他在逼着自己深深思虑着。他以为莱昂是去接格伊・费烈克，去赴他学校里跳舞会的，却想不到他去弄了海洛因来吸，以致吸得他头脑昏昏地翻了汽车。

那个格伊・费烈克，约翰・霍顿想起，虽然还只是一个中学生，却已经很懂得打扮，甚至已经在穿着高跟鞋了。而且她又很会讲话，不知道为什么，莱昂竟会那样喜欢她，他就不知道他究竟喜欢她的什么地方。

他心不在焉地走着，忽然听到了高跟鞋的声音，便又立即停下来。

在约翰・霍顿看来，高跟鞋和格伊・费烈克之间，好像很有连带的关系。

他不觉转回头去望望，那穿高跟鞋的，的确就是格伊・费烈克。她在这里干什么？在街灯下看见她迅速地向彼得的店走去。

他连忙返身跟了上去。她已听到后面的脚步声，便马上转过头来探视，她看清后面走着的是谁，嘴唇不觉有些颤动起来！

接着，她在明显的紧张神态中，面孔上显露出一种勉强的微笑。

“哦，是霍顿老先生！”她抑制住恐怖的内心安静地说，“我不知道你在我的后面，吓我一跳。”

约翰虽看出她有些慌张，可是他假装并没有觉察到，用平常沉静的声音问她道：

“你不是同莱昂约好，今天晚上一同到你们的学校里去吗？格伊。”

在她的眼睛里显现出很尴尬的样子，涂得很红的嘴唇在颤抖着：

“我……我是同莱昂约好了的，霍顿老先生。不过……莱昂……不知道怎么的……他……他的样子有些奇怪。他把我丢下了，就一个人走了。”

她一定是有蹊跷的，约翰·霍顿抱着侦探的决心，尽力设法不让他的心思露到面色上来。

“为了什么？格伊！你们好像发生了什么误会的样子，是不是？”

“我……我不知道，霍顿老先生！他……他……”说到这里，她的声音变得很歇斯底里了，“哦，我并不知道有什么误会的事情呀！你为什么要这样来问我呢？”

格伊的样子一向并不像这样，她现在并不是约翰·霍顿所熟知的格伊了，他试探地告诉她莱昂的事情。

“莱昂出了事情，格伊。他刚才开汽车，不知道怎样居然把汽车撞翻了，侦探说他在吸海洛因，他们要他招供出是从什么地方买来的，否则，他们要把他送进感化院里去了，你知道他是从什么地方买来的吗？格伊。”

她微微喘息了一声，她的身体摇摇欲倒的，最后，她才勉强镇定，可是没有说话，只摇了摇头。

他向她凝望着，试图用感情的言语去打动她。

“莱昂的事情你一点儿也不关心？格伊，他就是被送进感化院去，你也会毫不在乎的，这就是潮流的转变，连最亲近的朋友都是这个样子。”

她用力摇了摇头，好像要把所有的责任从此摇掉了似的。她用很响的声音回答：

“我所不知道的事情，我是无法告诉你的，是不是？霍顿老先生，我对你说我不知道。”

他忽然感觉到他自己愤怒了，他把拳头捏得那样的紧，以致指甲戳进了手掌的肉里去。汤普森嘲讽的神态，似乎在他的前面摇晃着，他为什么要这样粗暴的对付他，到这时他开始明白了过来。

他的愤怒再也不能压制在他自己的心里了，他在找寻发作的东西。

格伊打开了她的手包在一只扁的香烟盒里取出一支香烟，他早已想到要抽香烟了，可是他压制着他自己，没有向她要，她的手指抖得很厉害！

“我抱歉，霍顿老先生，我真正抱歉。我想那种东西一定就是这一个。”

“一定就是这一个？”霍顿迟疑地重复着，“你把这支香烟给我，格伊。”

她急速把手缩了回去，她的眼睛张得很大，她的声音完全是歇斯底里的爆发。

“我为什么要给你呢？你走你的吧，为什么非同我纠缠不清呢？”

他看她把那支香烟抽着，哦，那股味道！她所喷出来的那种古怪味道，同汤普森刚才所给他闻过的那个香烟头的味道是一模一样的。其中一定有奥妙！他伸手过去握住了她的手腕。

“把你的手包给我，格伊！”他的声音正是愤怒的爆发，“让我来检查你的香烟！”

她当然不肯把她的手包交给他，还在用力摇动她的手，想把他的手摔去。

他早知道她会这样的，所以早就准备着了他一只手捏紧了她的手腕，另一只手把她的手包夺了过来。他就用一只手把那手包打了开来，里面的东西都散落在人行道上。他俯身下去，拾起了那香烟夹，把它的盖按开了，向那里面的香烟凝视着。

他看到在那香烟夹里有两种香烟。一种是平常的，还有一种松松的，外面的纸头绉绉的，显然是已经被做过手脚的了。

他一句话都不说把香烟盒盖盖上了，把它塞进了他的口袋里去。

“跟我来，格伊。”霍顿命令着。

“放手呀！”她在呜咽着，并像一只猫那样地挣扎着，“你打算把我怎么样？”

霍顿停止了。真的，他打算把她怎么样呢？要是她也不肯讲，有什么办法呢？

他把他的念头暂时丢在一边。他把她拖到了彼得的店门口，在玻璃窗上敲敲。

彼得正俯首在冷饮柜的那边，听到了敲玻璃窗的声音，抬起头来一望，面孔上显出了一种诧异的神色。接着，他慢吞吞地走了过来，把门打开了。

“这里已经打烊啦，霍顿先生。今天晚上是没有什么可吃的了。”在他的语气里显然有一种不高兴的意味。

霍顿点点头。“对不起，彼得，我是来借打一个电话。是很重要的事情。”

他走了进去，向装着电话机的墙壁走过去，依旧用一只手捏紧着格伊的手腕。

彼得无可奈何地跟在后边。

“你有什么纠纷吗，霍顿先生？这里是干干净净的地方，我不愿意被牵涉进去，请你到别处去打电话吧，霍顿先生。”

“这不关你的事，彼得。侦探来了，格伊她自会来应答的。”约翰自己也觉得，他的话说得有些残暴。他管不了这许多，他举起了他的左手，把电话听筒取了下来。他听到了铃声，从他的口袋里取出了一个硬币。

“我决不讲！你是无法使我讲的！”格伊惊呼，“我决不讲！我决不讲！我决不讲！”

听到她这样说，霍顿的心里又在痛苦了。万一她真不肯讲呢？万一她也像莱昂一样倔强呢？

他忽然打定了主意，他说：“好的，你胜利了。”他拨了他自己家里的号码。

来听电话的是莱昂。

“我是在彼得的店里，孩子。格伊·费烈克也在这里。我要你到这里来把她送回去。”

“格伊也在那里？”莱昂一听到那个名字有些惊慌，“可是爸爸——”

约翰·霍顿已经把电话挂断了。

在等他儿子到这里来的几分钟内，他想起了许多事情。他在想到莱昂，想到已经死了的莱昂的母亲，想到吉尔克。可是他想到最多的是汤普森，以及汤普森的女儿。一个个的念头好像扭结在他的肚皮里。

门开了，莱昂走进来了，在他窘白的面孔上显出了疲倦与惊恐的神色。

“哎，爸爸。”他的话好像是被硬逼着，才被逼了出来的。

霍顿也用了好些力气，才使他自己说出了话。

“你刚才的事，我已经听到了，孩子。你不必担心，我在格伊的香烟盒子里找到了海洛因。”

“哦！”

“我打算把格伊交给侦探们，她是应当负责的。”

莱昂的上嘴唇上凝聚着许多汗珠。他嘴的四周有一道白圈。

“爸爸，你不能……”

“我很抱歉，莱昂。我不能不这么办。你不肯说出海洛因你是从哪里买来的，侦探们要知道那个贩卖的人，我除了把格伊交出以外没有别的办法。”

一时间谁也不说话，这屋子里觉到了寂静的沉重。霍顿又取起了电话的听筒。

“我很抱歉，莱昂。”

“等一等！”莱昂的喉咙口好像被扼住着似的。

那是这样凄切的一个请求。霍顿迅速转了过来。

“有什么事？孩子。”

“爸爸，你完全弄错了，并不是格伊给我的，是我给她的。”

“是你给她的？那么，你是从什么地方得来的呢？”

莱昂避开了他的凝视。

“从哪里来的？莱昂。”他紧握着这孩子的臂膀，“从哪里来的？”

莱昂的眼睛在游移，显得精神很不定的样子。

“我……我不能告诉你，爸爸。我实在不能够告诉你。”

这是要逼也无从逼起的事情。霍顿在空漠地凝视着，他的那种痛苦使人看到了也会觉得痛苦的。

莱昂痛苦地望了他的父亲一眼，又望了彼得一眼。他的嘴唇动了一动，像要说话，可是结果并没有说出来。

格伊更是一种精神无法安定下来的神态。

“霍顿老先生！”她终于说。

“哎？”霍顿还是那样漠然。

“让我来说出……”格伊像在鼓足着勇气。

可是她的话被彼得打断了，他抢着说：“你要说，啊？”

一边说着，他的一只手一边从后面伸进一只抽屉里面去。他在凶狠地凝望着格伊。

约翰突然从中醒悟了过来，他迅速向在场的其他三个人瞥视了一眼，于是他明白了。

“哦，是你！”从他的牙齿缝里逼出来的声音。

彼得伸进那只抽屉里的手突然抽了出来，在他的手里是一支手枪，枪口在向霍顿和那两个孩子移动着。

“是的，是我。”彼得用半嘲笑半申诉的口气说，“可是，霍顿先生，我告诉你，你是什么人都无法告诉的。你是什么事情都无法告诉人的！”

约翰·霍顿觉到像火一样的热，又像冰一样的冷。他的呼吸很急促。

他不知道应该说什么，所以他什么都没有说。

“有些人是太聪明了，”彼得说，“也许你也太聪明了，霍顿先生，什么地方不好打电话，你却偏偏要到这里来打？那究竟是为了什么呢？”

什么声音都没有。

“你们两个小鬼，你们把我出卖，我自然会一个个收拾你们，”那肥硕的冷饮店主说。他的那对黑眼睛，在他多肉的面颊上面，露着凶光。

霍顿在发抖，他不明白彼得是不是看得出。

“你打算把我们怎样呢，彼得？”他问得很老实。

“你意思说怎样掩埋你们三个，是不是，霍顿先生？”他的语气变成更讽刺的。

“你以为这是绝对没有问题的？”

“要成问题，我也不会把你们打死了。”

可是他并不拉起枪来就打，显然这是有问题的。毕竟是三个身体呢，要把它们掩藏，或者毁灭决不像要结束三条生命那样简单。

说来也有些奇怪，霍顿在想。他起初很是惊恐，差不多惊恐得要歇斯底里了。到这时他虽然还是有些惊恐，却同刚才的那种惊恐并不一样了。因为在这时，他已经是像一个上了战场的士兵，他的生或者死已经并不置放在他的思绪中了。于是他觉得，彼得要怎么办，他都不把它放在心上。

他便很迟缓地、很柔声地讲着话，而且他这一次讲话的声音也并不颤抖了。

“我想我还是提醒你一声的好，彼得。你记得刚才到这里来过的两个侦探吗？要是我明天失踪了，他们会想到这里来的。”

彼得的眼睛定了一定，显然它们的后面是有一个个的思绪飞过。

“怎么，你还在以为只有你一个人‘失踪’吗？霍顿先生。”

约翰不敢说什么，只向那两个吓得面色惨白的孩子偷偷瞥视了一眼。

“正如我刚才对你说过的，霍顿先生，侦探都不是东西，”彼得继续说，像在讲述一个故事似的，“是的，你明天‘失踪’了，那两个家伙一定会到这里来啰唆。我也不能不这样承认。可是，你知道霍顿先生，陪着你一同‘失踪’的，还有那两个不义的孩子呢。”他的枪口随着移向了那两个孩子。

霍顿又感觉到了像冰一样的冷，他的每一个汗毛孔都立刻像给冰冷的汗所凝结住了。

彼得述说下去：“明天那两个家伙来问，我几乎可以如实地回答他们，在他们走了以后，只剩你一个人在这里的时候，这两个孩子到这里来过的。”他又把他的枪口向他们扬了一扬，“我可以暗示着说，是你在贩卖这个鬼东西，这两个孩子就是你的推销员，现在，因为你在猜疑到他们已经知道这个事实了，所以你就吓得隐藏了起来，或者逃到了别的城市去。你为了更求安全起见，自然带了你的两个推销员一同逃走了。或者你还要随时做这生意呢。你也不能不把他们随带在身边。真的，我向你提议，霍顿先生，在你上了天堂以后，你也不妨来做做这种生意的。”说着他又是一阵讥讽的大笑。

霍顿也在暗暗佩服彼得设想的巧妙。

“所以，你看，霍顿先生，那两个家伙不但不会稍微怀疑到我的身上来，说不定还很感激我呢。现在，你也听明白了，我可以……”

正在彼得把他的枪稍向上一举，要开枪的时候，他听到从门口传来了一个声音。

“彼得！把枪放下！”

彼得手一松，枪就落到了地板上。

进来的是吉尔克，在他的手里握着一支点三八口径的手枪，那枪口正对着彼得的肚皮。

“我们是在……随便谈谈。”彼得喃喃说着。

“真是这样吗？”吉尔克的声音很是尖刻。接着，他转向约翰，“你怎么说，霍顿？我是尾随你的孩子到这里来的，他说你打电话去叫他到这里来。有什么事呢？”

“你说呀，霍顿先生。讲给他听。”彼得的语气里很有威胁性。

约翰·霍顿伸手到他的口袋里去，把格伊的香烟盒摸了出来。

“莱昂刚才是同他的女同学在一起。”他说，“所以你们问他，他什么都不肯回答了。这就是她的香烟盒，里面所装的香烟，有一半是有海洛因的。我从这里出去以后，我看见她向这里走过来。也许她已经在门口等了好些时候，一看到我走，她就过来了。她是来向彼得买海洛因的。你们所在寻找的贩卖人，现在就在这里了。”

彼得的面孔变成了灰白，他踏前了一步。

“你！”他叫道，“我要揍死你！你和你的这个小鬼！还有……”

吉尔克迅速过来，用他的枪柄用力地在他的后脑壳上一击，彼得被击倒在地板上了。

“看住他，”吉尔克命令霍顿，“我要打一个电话呢。”

可是约翰·霍顿怎么敢看好彼得呢？所以，在侦探向那电话机走去的时候，他眼望着彼得臃肿的身体爬起来，他一动都不敢动，一响都不敢响。因为他想到彼得贩卖海洛因的罪名，至多只能判上三年五年的监禁。那不是不久就要期满的吗？他刚才的话是很有威胁性的。他所说的要揍死他自己，要揍死他的儿子，决不只是一种空洞的恐吓。在他出狱以后，是很可能实行的。

在霍顿那样想着，彼得已潜行到了门口。

这时，在打电话的侦探已经发觉了。他立刻叫喊：

“不要动！”

彼得还想向门外冲出去，吉尔克便砰砰地连开了四枪，一枪中在他的大腿上，一枪中在他的胸膛里，贩毒者就此丧命。要请别人上天堂，他自己反而先到天堂里去了。

唐华　译

死犯在临刑之前

昆汀·雷诺兹

我所以一见面就喜欢侦探麦克斯·斐烈德曼，就因为单单他的样子便是一个典型的侦探。他的个子很高，虽然举动比较迟缓，但他的思索力却十分迅速，警察局没有一个人不承认，他是全纽约最好的谋杀案侦探。他的脚很大，他穿着鞋底很厚的鞋子，即使他穿了便服，他还是全身都在显出一副警务人员的派头。他对于中国的瓷器毫不关心；他也并不需要一个花园；他对于文学或者雕刻也一点儿都没有好感；甚至谁做总统，他也绝不放在心上。也就只是一个侦探而已。

麦克斯是一个很沉静的人，他不喜欢讲话，却喜欢听别人讲。就是他讲话，也只讲讲他所知道得最清楚的事情——关于谋杀的问题。除了这一点以外，他是同平常人完全一样的。逢到休假的日子，他就去看看赛球，或者去看看赛马。他是巨人球队的热心观众之一，他也很喜欢恩派亚赛马场，因为那里场地很小，你能亲眼看到马在跑道上跑，像这样情形的赛马场，在全世界也只有不多的几个。他还喜欢看电影，说来也有些使人难以相信，他最喜欢看侦探片。警务人员喜欢看侦探片，实在是一桩奇怪的事情。

“我所以喜欢看侦探片，”他微笑着告诉我说，“就因为在那些片子里，罪犯或者谋杀者到最后总是被拘捕的。在实际上我们并不像这样。大部分的案件，结果都悬而未结，无法侦破，我们所要捕捉的那个家伙，也许正坐在墨西哥城里，得意地笑我们。”

“可是，麦克斯，”我抗议着说，“除了伦敦以外，纽约所有的关于谋杀案的记录，比全世界随便哪一个城市都要好。”

“也有许多人是至今还没有被拘捕到的，”他沉郁地说，“譬如，那个谋杀爱尔惠尔的家伙。还记得那桩案件吗？那个名字叫做约瑟·爱尔惠尔的在打桥牌的人？我们有过一千条线索，我们都依照着去侦查了，可是结果怎样呢？我们什么成就都没有。”

“那桩爱尔惠尔谋杀案？那是远在1922年的事情了。”

“是在1920年，”他纠正说，“可是不管它是在1920年或者1946年，谋杀总是谋杀。”

“你憎恨谋杀者，是不是？”

他稍微显示不明白的样子。“不，我对于他们什么反对都没有，我的职责是拘捕他们。要是我拘捕不到他们的话，意思就是我没有完成我的职责，可是我并不憎恨他们。”

“他们不是大半都被你拘捕到了吗？”

“哦，是的，”他随意回答，“自从我加入了谋杀侦查科以来，我已把他们好些人都送上了电椅。你今天要到恩派亚去吗？”

“我总是要到恩派亚去的，”我告诉他，接着就打电话到我的办公室，说这天下午我不到办公室去做事了。我是在为一个脾气很坏的本埠编辑做事情，他无论什么谎话都能看透。能欺蒙他的唯一事情就是真实。我告诉他我这天下午所以不去工作，是为了要到恩派亚去，这话很使他觉得诧异，他只有说了：“好的。第四趟赛马我也要买一张。我是要买射飞利。为我买五块钱。”

走出了这间在中央街的形式沉郁的大屋子，太阳立即照上了我们的面孔，觉到了一阵适意。我们上的是一辆警务车，这使我有些惊异。

“这次去是有任务的。”斐烈德曼微笑着说。

“你是到恩派亚赛马场去捉什么人的吗？”

“我希望这样。”

车子在从第四林荫路穿过去。是一个名字叫汉蒙特的人在开着车子，他已服务了好多年，他对于自己的驾驶技术非常得意，车子开得得心应手，似乎把开车当做一种乐趣。

“是件谋杀案中的一个嫌疑犯。”斐烈德曼说，“你一直在留意这一桩案件吗？”

“并不十分注意，我知道一个老家伙被手枪打死了，你们警务人员到各个地方去捕捉凶手。”

“正是这样，”斐烈德曼说，“全案的大概是：罗伯特·卢是一个很过得去的市民，他同他18岁的儿子住在格雷末赛广场的一个有五间屋子的公寓里。一个星期四的晚上，卢和他的儿子一起出去吃晚饭，随后一起去看戏。每星期四晚上，是他们厨师的休息日。他们回到公寓的门前，在卢正要把他的钥匙插进锁孔里去的时候，他注意到屋子的里面有灯开着，他记得他在同他的儿子出门以前，是把灯关了的。厨师并不住在里面，所以他知道她是不会来开灯的。卢是一个很谨慎的人。他关照他的儿子快点到楼下去叫一个警察来。那孩子立即奔了出去。在格雷末赛广场附近，一个警察都没有。他只好到了第三林荫路去。大约隔了十分钟样子，他才领了一个警察回来。他们一同上了楼，他们发现那位老先生横倒在地上，死了，枪弹是正在他两眼之间打进去的。显然是有什么人在那里盗窃了，到他出来，他正看到卢站在那里。也许卢想把他捉住，那凶手就开枪把他打死了。”

“你们没有找到那支手枪吗？”

“我们是找到了那支手枪的。只隔了几分钟，我就带了人到了出事地点。那天夜里很暖和，在广场附近有着不少的人。其中有两个说，他们看见有一个小个子，在格雷末赛公园的铁门上投掷着什么东西。我们所可用来作根据的，就只这一点：一个小个子。甚至在这支手枪上，连指印都没有一个。”

“我们已追查到了这支枪的来源。这是被一个名字叫做乔治·马奈的典当行所售出去的。他的主顾是一个衣裳穿得很漂亮的小个子。他有一张携带手枪的许可证，典当行的经理已把姓名和号头都登记了下来。这张许可证原来是属于一个珠宝商的，他的公寓大约在六个月以前遭到了一次盗窃。他到局里去报告过，他丢了那张手枪许可证。显然这两件窃案是由同一个人所做的。”

正在我们差不多被挤轧在一辆八吨重的啤酒运输车与一辆街车之间的时候，我不觉做了一个躲闪。“你所知道的还不多。”我说。

“并不多，”斐烈德曼承认，“可是那个典当行的经理还说了一些话。

那支手枪的价钱是十五块钱，在那主顾付钱的时候，他对典当行的经理说：‘要是你还想使它加多一些的话，你可把这注钱赌在今天贝尔蒙第四场比赛的法尔勃身上。’那天是贝尔蒙的赛马期。我问典当行的经理，他买了法尔勃的票子没有，他说他没有买。他告诉我，他为了这个缘故很是后悔，因为法尔勃跑胜了。分到四十二元……所以，关于那个人，我们至少也已知道了一些了。他是小个子，皮肤黝黑，很显然他是喜欢买赛马票的。

“总局里每一个著名犯人的案卷，我们都已查阅过，可是得不到多大的帮助。在我被调进谋杀科做侦探之前，我一向是在高楼盗窃科里做事。那个时期的窃贼我大半都认识。其中有好些人都已弃邪归正了，也有好些人还没有。我还对于其中有几个人给予过小好处。不管怎样，我已去叫他们几个人来过，问他们是否知道有一个皮肤黝黑的小个子，他爱赌赛马，善偷公寓的这样的一个人。我最后才确定了是杰克·里斯。

“这个里斯对于案卷的无论哪一点都适合，就只对于谋杀这一点配不上去。他绝对只是一个窃贼，同杀人的事件一点儿都没有关系。他们说他是一个最成功的赌赛马的人。他赢了很多的钱，然后就同哪一个少女在真正第一流的旅馆里住下来。他喜欢过一种好的生活。在他把钱都用尽了的时候，他就进入一个什么地方，去偷取了足够的珠宝或者现钞，使他作为赌本，再到赛马场去赌一次。”

“我们就要去把他捉出来？”

“我希望这样，”斐烈德曼说，“无论如何，恩派亚是唯一的赛马场。自然他也许并不是我们所要追踪的人。偷窃公寓的人是很少携带手枪的，而且也没有一个人提说这个杰克·里斯是做过‘打击家伙’的。”

“什么叫做打击家伙？”我问。

“在谋杀科里，我们把职业的谋杀犯叫做打击家伙。譬如维森·德科尔就是一个打击家伙。”

“我们要到快了，麦克斯，”我告诉他，“你告诉前面的那只猴子，不要尽按急行喇叭，否则会把那些马都吓死了的。”

这一天是赛马的好天气，恩派亚，在我看来，又是全世界最好的赛马场。我们先走进了餐室，去看乔治和哈立·斯蒂芬斯。谁都知道，他们两个人掌管这餐室，在赛马的日子，他们卖饭，在赛球的日子，他们却只卖热狗。我对乔治和斯蒂芬斯说："今天什么好，乔治？"

他向我望了一眼，才回答说："肝和咸肉。"

我说："我意思下注在什么马上好？"

"下注在肝和咸肉上好，"他嫌恶地说，"决不要下注在能够讲话的任何东西上。"

"马并不能够讲话。"我提醒他。

"骑马师能够的，"他说。斯蒂芬斯兄弟总是不相信赌博。他们以为在马身上下注，是在做一件最愚蠢的事情。我同意他们的意见，可是我也有不顾我自己的主张的勇气。

"你看见过一个名字叫做杰克·里斯的人常到这里来吗？"斐烈德曼问。

"里斯？一个黑皮肤的小个子？是的，他是每天都到这里来的。我所以记得他，因为只有他一个人，才到这里来要香槟酒的。我想他的情形很不差。你在俱乐部附近总可以找到他的。"

我们到了外面来，占据了一张桌子。恩派亚最好的地方，就是你能坐在桌子上，马会的确就在你的膝前跑过。你在恩派亚能真正看到它们跑。斐烈德曼在赛马场里认识许多的人。他认识暗通赛马消息的人，他也认识骑马师，那些拿了你的钱、而排列在窗口前排队为你买票的人，他也认识。他问他们中的每一个人，知不知道一个名字叫做杰克·里斯的人。做过三十年骑师的加利福尼亚·汤米，他说他骑里斯的马跑过，他自然认识他。一个很神气的家伙，是一个从不吝啬小费的人。他是总在什么地方的，现在是要开始第二里赛马了，我喜欢一只叫做凯兹普·刺德的马。

"他是什么希望都没有的。"斐烈德曼说。

"它也有四条腿，其余的马并不比它多长着一条。"我告诉他。

"是杰美·克立契敦在骑它啊，"斐烈德曼嘲笑着，"那个家伙对于马，是要他怎样就怎样的。我要买我所钟爱的。"

"勃流·格雷斯？除非在同钱作对！"我就最讨厌老向钟爱的马下注。

“你还能使你的钱有更靠得住的保证吗？”斐烈德曼这样说着，便取出了五块钱给加利福尼亚·汤米，要他去买勃流·格雷斯的票子。我是买凯兹普·刺德。它一开始是跑在前头，可是逐渐落后了。它是最后一匹跑到的，也许是它运气差，也许是骑马师把它硬扣住了。不用说，是勃流·格雷斯跑了第一。

斐烈德曼在第三趟赛中也买中了，接着在第四趟上，我为老板买了射飞利，并为想翻本起见，为我自己也下注了二十元。斐烈德曼也跟着买了射飞利。射飞利好像给它上了电似的，跑得迅速异常。他跑赢了，分到十二元四角。每一个人都十分快活。

“对了，”斐烈德曼叹息着说，“我们要工作了。”

加利福尼亚·汤米向我们指着一个皮肤黝黑的小个子，说他就是杰克·里斯。他是同一个很好看的金发女人在一起，就是置身在很强烈的太阳光中，也并不减低她的美色。有许多的少女是不肯到赛马场去的，给太阳光一照，她们面孔上的皱纹就都显露出来了。麦克斯向他们走了过去，并给里斯看了看他的证章。

“你肯跑一趟吗？”他柔和地说，“我们要你到总局里去谈几句话。”

里斯笑了出来。“同我谈几句话，侦探？买买跑马票也是犯法的吗？我只买买跑马票而已。”

“不被邀请而到人家的屋子里去，末了，还要带了一些东西走，是犯法的。”

“你弄错了人啦，侦探，”里斯说，还是显得很泰然自若的样子，“让我来拿一些东西给你看。”

他摸出了一只钱夹，我向它扫视了一眼。钱夹里满满的都是一百块的钞票，在那里面至少有三十张之多。

“我还有许多呢，”里斯说，“你可以去看看我银行里的存款。一个有着这么多钱的人，是会到人家去拿一些东西走的吗？”

“我们是可以弄错了的，”斐烈德曼沉郁地说，“可是万一我们弄错了，你是无需耽搁很长久时间的，跟我们走一趟吧。”

“你实在太蠢了，”金发女人恼火地说，“杰克是在保险公司工作的，我已认识他不知道多久了。”

“这‘不知道多久’是多久呢，小姐？”斐烈德曼柔和地问。

“对了……哦，两个月。”她说。

“亲爱的，我就依这个人所说的去跑一趟好了。”里斯很是潇洒，一点儿担心的样子都没有，“你把单子拿来，让我在其余的几趟比赛上，都做一个记号，你就为我在这些马上下一百块钱赌注。”

他在她的程序单上做了记号，然后才站了起来。我们一边走出赛马场，一边在谈论着马。我在心里想，里斯是不会有什么事情的，这一次斐烈德曼一定要翻一个跟头了。里斯微笑得很有样子，他对于到总局里去，显得一点儿都不在乎。

“究竟是怎么一回事呢？想必是你非做一些事情不可，”他对斐烈德曼说，“我是干净的。我没有什么要担心的地方。在我小时候，我承认，我有些滥弄的地方。有时候我会同小伙伴在一起，到一家店铺里去抢几支香烟，抢一些糖果的事情，是说不定会有的。可是那已经是好久以前的事情了。”

“你在哪一家保险公司工作？”斐烈德曼问。

“那是为要博得我那小女友高兴起见，我这样骗骗她的，”他笑着说，“我是在赛马上挣取我的生活费。你知道，要是你能精密计算的话，你就一定能从赛马赢到钱了。每逢什么赛马场有赛马的日期，我总是到那里去。可是我去并不是在把它当做我的一种享受，这实在已变成了我的一种职业。”

“你做得很好吗？”

“我做得很好。”里斯说。

我们到了总局里，斐烈德曼只是柔和地询问他，连一句粗暴的话都不用。罗伯特·卢是在三星期以前的一个星期四的晚上被谋杀的。

“那天晚上你在哪里？”斐烈德曼问里斯。

“我想不起，”里斯沉静地说，“你是在什么地方？你记得吗？”

“不，我不记得。”斐烈德曼承认，我从他的眼色中看到一种不能不表示佩服的意思。他明白这个人是很懂得该怎样回答的。

斐烈德曼是有耐心的。他接连询问了两个小时。里斯是有些疲倦了，到这时也有些激怒了。可是他对于每一句问语，都十分坦白地回答着。在其间，他们把那个典当行的经理也传了来。斐烈德曼把里斯带到了楼下去，已有好几个人在那里。斐烈德曼先给他穿上了一件淡色的衣服，并戴上了一顶垂边的帽子。那就是购买那支手枪的人当时所穿的服装。他把里斯排列进了等在那里的六个男人中间去——都是大个子，我注意到。接着把电灯开亮了。

斐烈德曼对典当行的经理说："在这些人当中，有什么人你以前看见过吗？"

"当然，当然，"典当行的经理激动地说，"我看见过那个人——那边上的一个。"

"什么？"斐烈德曼叫喊着说。

排在边上的那个人是侦探亚姆·斯特朗。亚姆·斯特朗几乎要昏倒了。

"当然，"典当行的经理说，"我在上星期看见过他的。他到我的店里来买了一只萨克斯管。"

"一只萨克斯管？"斐烈德曼咆哮。亚姆·斯特朗的面孔红了起来。

"你还看见过什么别的人吗？"斐烈德曼问。

典当行的经理在仔细地凝望着。"我想看见过的，那个身体长得很小的人。不错，他就是向我买了一支手枪的人。他就是向我透露了要我买法尔勃的那个人。是的，就是那个人，一点儿也不错。"

"没有什么了。"斐烈德曼说。于是他把里斯带到了楼上去，再向他询问着。他现在并不再像刚才那样毫不在乎的样子了。

"你在赛马场里的运气并不好，把你所有的钱都输掉了，"斐烈德曼说，"你需要下注的本钱，所以你溜进了格雷末赛广场的一个公寓里去。在你出来的时候，你碰到了一个住在那里的人。也许他想要把你捉住，他的手背上是擦破了一些皮的。你就把他杀了。这一把就是你所用的手枪。"

"你们是串通的，"里斯简短地说，汗珠在从他的额角上渗出来，他紧握着他的拳头，"你们是串通的。"他差不多在叫喊了。

斐烈德曼到这时问话来得快一些了，像简洁的榔头。他问了各种同谋杀一点关系都没有的话。里斯过去进的是什么学校？他在小时候是到哪一个礼拜堂去做礼拜的？他的父亲是靠什么为生的？里斯现在是疲惫了，他的视线从斐烈德曼紧紧的逼视下闪避了开去。这是一种很有力量的侦查。我以前也看见斐烈德曼这样做过。

“你打死了他。”斐烈德曼的声音冷得像冰一样。

“我没有。”里斯喊了出来。

“你做得实在不高明，你这笨蛋，”斐烈德曼逼紧着说，“你应该只做随手取一些东西的勾当的。你不应该用手枪。你不知道对于手枪应怎样处理。你甚至在那支枪上，留下了你的指纹。”

“我是戴了手套的。”里斯不自觉地这样叫了出来。询问至此可以终结了。在他领悟到他已说了什么话的时候，他的面孔上显露了恐怖的面色。

到这时无需再曲曲折折地询问了。里斯承认了，是他杀的人，可是他并没有想把老人打死的意思，他在出来的时候，看见罗伯特·卢等在那里，不觉吃了一惊，就向他扑了过去，他们便打斗了起来，枪弹不经意就在这时脱了膛。

“要说枪弹是不经意脱了膛，那一枪未免打得太准了，”斐烈德曼逼紧着说，“正打在他的两眼之间。把这个家伙带出去。”他接着说，他们便把现在已显得筋疲力尽的里斯拖到了监狱里去。

“你都把它记下来了？”斐烈德曼对一个在做速记的速记员说。他点点头。“有了供认就好得多了。随后的手续就不会怎样麻烦了。”

“他的律师会说是你逼他这样说的。”我说。

“这就是我为什么让你坐这里听的缘故，”斐烈德曼微笑着说，“你可以证明，我向他提问题的时候，是柔和得可在最高的社交界应用的。”

事情正是这样：里斯请了全城价钱最高的刑事律师，可是乖巧的辩护一点儿都没有用处。审问里斯的是华莱斯法官，而华莱斯是最憎恨窃贼带手枪的。华莱斯把他判了死刑。要是故事到此就完结了的话，是真没有值得什么讲的了。像麦克斯·斐烈德曼这样的人，在纽约是每个星期都在破获谋杀案的。这在他们是平淡无奇的工作，可是随后所发生的事情，却并不怎样平淡无奇了。

我在里斯处死刑前的一个星期，遇见了斐烈德曼。我们随便讲讲这件事，讲讲那件事，最后他讲到了里斯的事情。

“真有趣，”斐烈德曼沉思着说，“费烈特·奥尔森昨天打了电话给我——你认识奥尔森，新新监狱的狱长——他说，我能不能使里斯延期两个星期执行死刑。我问他是不是因为他已得到了什么新的证据，他却说并没有。他要我去见华莱斯法官，去设法使里斯多活几天。依照本州所订的法律，要是原判的法官要求政府对于一个死犯迟缓几天执行的话，是自然而然地会被许可的。奥尔森就想这样做，可是他总不肯说是出于什么原由，我自然只有不去理他。”

“那么到底他是什么缘由呢？”

“我不知道，”斐烈德曼说，“然而到了下星期，我就会知道了。我被派了去监视执行死刑。”

“你是喜欢看执行死刑的吗？”我好奇地问。

斐烈德曼耸了耸肩膀。

过了一个星期，我顺便去看看斐烈德曼。我要知道奥尔森为什么会有那样的一个请求。我问斐烈德曼究竟是怎么一回事。

“是愚蠢之极的事情，”斐烈德曼微笑着说，“我到那里正好是吃午饭的时间。我便同奥尔森一起吃饭。他把实在情形都讲给了我听。被判了死罪的人，好像比别种犯人更受到一些优待。譬如，要是他们付得出钱的话，他们是被许可购阅报纸的。且说里斯也每天购阅一份报纸。就只一份——《赛马新闻》。他每天总要研究了几个钟头，然后说出哪几匹马是会跑第一的。狱警们起初以为他只是随便瞎说而已，可是他们随后发觉，他所说出了的几匹马，是真的跑了第一。所以他们就依照他所选出来的马，下着赌注了。”

“奥尔森也听到了这消息，他便也依照里斯所选出来的马下赌注。可是等到奥尔森这样发觉，再过两个星期里斯就要被执行死刑了。像一切其他赌赛马的人一样，他也是贪得无厌的。所以他打电话给我，他想要是能让里斯多活几个星期的话，他就可发财了。后来我不照他的意思办到，他自然很不高兴。”

“你在里斯执行死刑的以前，看见过他吗？”我问。

斐烈德曼微笑着说："是的，我看见过他的。他最初自然对我表示非常愤恨，可是在我这一次到监狱去看他的时候，他却好像很心平气和了。他站了起来同我握手。我们便随便谈谈，自然还谈到了赛马。"

"我是就要死了，"里斯说，"我不能派到什么用场了。可是我可以告诉你，这一次赛马，奇尼阿尔一定会跑第一的。你可把你全家的珠宝都押在他的上面，由此你的太太可戴钻石了。听我的话，朋友。这是我所能透露的最后的一个消息。"

"不错，"斐烈德曼接着说，"这是他所最后讲的话。不多一会儿以后他就死了。"

"那个里斯，真是一个有趣家伙，"我对斐烈德曼说，"就在临行刑以前的几分钟，他还是在想到赛马。"

"我却并不那样想。"斐烈德曼告诉我，"我却想，里斯所以那样说，无非要给我一个报复。"

"你是什么意思，斐烈德曼？"

"你不明白吗？他是有意在给我一个正相反的透露，使我把什么都买了跑马票，好让我输得连衬衫都不剩一件。我怎么能相信他呢？"

"说来你并没有买奇尼阿尔？"我问。

"你想我发疯了吗？"斐烈德曼愤怒地说，"我当然不买。我不会去上里斯那个坏家伙的当。我知道他在心里是很憎恨我的。还有，奇尼阿尔是一匹小马，不管里斯怎样说他会跑第一，叫我……"。

"那次赛马的结果怎样呢？"我不等他说完就插进去。

斐烈德曼显出了惊异的面色："你不知道吗？谁想得到，奇尼阿尔真跑了第一，分到了六十二元五角。我所买了的那匹马却跑了最末。"

于是轮到我显出惊异的面色了。

最后，我俩苦笑着！

张渊　译

大破越狱党

阿尔伯特·斯皮尔

正在施莫尔典狱长埋头于堆积如小丘的案件中的时候，密报员密克一声不响地走进了他的办公室。密克好像带来了一颗原子弹要向典狱长的办公室掷去。他想，不知道这一个消息会不会使施莫尔那永远没有表情的面孔透露出一些表情来。施莫尔把手中的文件向桌子上一丢，抬头向来者望着，不用说，面孔上是一点儿表情没有的。

“密克，”典狱长问，“有什么事情吗？”

这个在做着密报员的犯人把手伸进他灰色的囚裤中去，取出了一只很小的瓶子，他很谨慎地把它放在典狱长的办公桌上。

“那个，”他说，有意停了一停，“是硝化甘油！”

施莫尔的心里像是一动，可是在他毫无表情的面孔上还是一根肌肉都不动一动。

“怎样呢？”

“有人在这里制造！”

施莫尔向那小瓶子凝视着，瓶中有三四滴枯萎的黄色的液体。

在典狱长的小办公室的外面，满照着春天融和的阳光，有一连串穿着灰色衣裳的人在沿着“大街”流动着。没有一人是显出急忙的样子。因为他们有许多单调的时间，尽可很缓地走着。

好，施莫尔一边凝视着那小瓶，一边想，这里又来了一个阴险的图谋！使两千个犯人都能获得他们自由的图谋。像这样的图谋，他以前已把它们粉碎过十多次，每一次都结下很多的仇人。施莫尔知道他们只要一有机会，就会立刻把他弄死的。

典狱长又把他的注意力移到了密克的身上去，他的密报他觉得一向很靠得住。“这个你从什么地方得来的，密克？”

“从史泰莱那里。”

“是他制造出来的吗？”

“不是的，是不知什么人为他制造的。史泰莱正在组织越狱的事情。他们在打算把这里的墙壁炸到一百尺的天空中去。”

“什么时候？”

“一等到他们把这种东西弄满了一品脱，马上就干起来。”

“他们现在已弄到多少？”

密克耸了耸肩膀。“大概是半品脱……也许还要多一些。”

施莫尔沉思得眼睛成了一条缝。“既然你不知道是谁在制造它，或者它是放在什么地方，你又怎么知道他们已弄到多少了呢？”他问。

典狱长是不肯放弃可以查问的机会的。虽然他信任密克比他信任其他的密报员还要深一些，可是在这种高高的石墙里面，他对于任何一个人都不能完全信任——他也有意要试试密克。

密克看出了典狱长在怀疑，笑了一笑，又耸了耸他的肩膀。“我并不确切知道，”他解释，“我只是把史泰莱所告诉我的说出来罢了。”

“你怎么得到它的呢？”施莫尔又在追问。

“史泰莱让我也加入这越狱的组织。我装出我不能随便答应——我说我不相信他们能在这里弄得到炸得坍这墙壁的硝化甘油。他就给了我这个东西让我试验试验。可是也许它什么用处都没有。因为我没有试验过。”

施莫尔向那小瓶审视了一眼。“对不起，让我们来试试看，同时，你要保守秘密，无论同狱的人，或者看守的人，你一个字都不要提到。”密克点点头，就从办公室溜了出来。

施莫尔又把那小瓶取了起来观察。那油似的黄色液体是硝化甘油吗？施莫尔疑心不要是密克在愚弄他。可是他又想到密克不会愚弄他。他过去所向他密报的没有一桩不是可靠的。

典狱长在他的椅子中迅速地转了过去，叫着说：“富格森！”

副典狱长富格森走了过来。

“把帽子戴好，”施莫尔说，“这个东西我们要去试验试验，铁匠店里现在肯定没有人，我们就到那里去试验看。”

他们走出了典狱长的办公室。

“一品脱的硝化甘油就能把这些地方炸得一塌糊涂了。”施莫尔低声说，他一边用手向监狱的全景一挥——关犯人的房子、小礼拜堂、医院、工场、商店，以及一切包括在这四垛巨墙里面的近乎一百亩的地方。

监狱里的铁匠店这时没有人，他们走进去，施莫尔小心地把门锁上了。

施莫尔把那小瓶上的塞子拔去，倒了两滴在一个铁砧上。他举起了一柄小斧头。向那铁砧凝望了好一会儿工夫，然后才紧紧地咬住了他那已熄灭的雪茄，把那斧头举起了一尺高，而把它击下去！

即刻发生了一声巨响，几乎把耳朵都震聋。施莫尔觉得那斧头从他的手中飞了出去，抓也抓不住，于是他只好等它跌下来。可是它并不如此，他向上一望，那斧头已轧住在天花板里了。

典狱长和他的助手都张着嘴凝望着那铁砧，它的上面有一摊黑迹，并且在那坚硬的钢铁里有了一个新的凹痕。

“两滴，只两滴就这样厉害了，”富格森喃喃着，“他们有了半品脱，这还了得！”

施莫尔疯狂似地嚼着他的雪茄。“你去把密克叫回到我的办公室里去。我要去告诉一声监狱官。”

在典狱长迈步向监狱官希维克的办公室走去的时候，在他的心里尽是盘算着这个问题。他越是想下去，越是觉到惊恐。

他不敢马上就把史泰莱抓起来。史泰莱在过去已犯过好几次盗案，这一次是因为抢银行，他被判了25年的徒刑。他已有40以上的年纪，到他监禁期满，已是60多岁。他的这一生不是就此完了？所以，他要想越狱自是意中事。

如果把史泰莱单独监禁起来，也不会有什么用处。施莫尔知道他决不肯讲出来的。还有，史泰莱的“拘捕”也许会提早促成爆炸的发生。同案的囚犯会领悟他们的图谋被发觉了。他们会怕被抄出，他们就会把他们已有的硝化甘油提前使用了。因此，施莫尔看到他非把所有的同党以及所有的硝化甘油都在同时破获不可。

他们制造这种爆炸物是不是很迅速？他还可以有多少时间？他是不是能够在这些图谋者在得知他已知道这桩事情以前，就把这个图谋粉碎掉？还有，硝化甘油，弄得不好，是会自行爆炸的。这样会使整个监狱里的人都遭受到死伤。

施莫尔在他走进监狱官办公室的时候，他的心脏不住地在战栗。

希维克正在聚精会神地听着施莫尔的讲述。

“我们需要外面的帮助吗？”希维克问，在典狱长讲完了的时候。

“不要，”施莫尔迟缓地回答，“暂时不要，我们应该不声不响地进行——一点儿声息都不能有。否则我们会把他们惊跑的。自然，要是这东西爆炸了的话，我们会立即需要一小队警察的！”

在施莫尔回到他办公室的时候，密克已经先在那里，为了免得引起别人注意，是偷偷地溜了进来的。

施莫尔坐下在他的椅子中，剥去了一支雪茄外面的锡纸，把它抽旺了，便问：“在这桩用硝化甘油越狱的图谋中，除了史泰莱以外，还有什么人？”

“我不知道，”密克迅速地回答，“我问过史泰莱，可是他回答说，等时候到了，我自然会知道的。”

“那么，他近来时常同什么人在一起？”

“没有什么特别的人。他大都总是一个人的。”

“密克，我实在非信任你不可。那么硝化甘油——这实在是非常危险的东西。你是我们所能得到报告的唯一的人。其他的任何人我们都不敢信任。”

密克点点头，他的面孔上并不表示出什么神色。

“你知道，”施莫尔继续柔声说，“要是别人知道了你是在为我工作，他们也许会把你弄死的。”

密克又点点头，说：“我知道这种情形。你要我做什么呢？”

“我要你尽你可能随时留意史泰莱。你们两个人都在汽车牌子工场做事情，所以在白天还不觉得太困难。你告诉他那硝化甘油的力量很强，你要他答应你加入他们的组织并设法获取他的信任。想法知道还有谁同这事情有关——最要紧的，要知道谁在制造这硝化甘油，以及藏在什么地方。”

“我怎么来告诉你呢？”密克问，“被别人看到我常在走近你，或者你的办公室，总不大好。”

施莫尔点点头。典狱长知道这种消息是很快就有人会带回给史泰莱知道的。就是这一次他叫密克回到他的办公室来已经有些危险了。

施莫尔要富格森去取出一张监狱图书馆的书目表来。他从其中选出了十五种不大有人借阅的书，把它们编了号码。

“你依照它们在这里所编着号码的次序，每天去借一本，还一本，”施莫尔解释，“把你的消息放在一只封口的信封里，把它夹在书中大约一百五十页的中间。我会去取它的。”

密克点点头，把那图书目录塞进了口袋，就走了。施莫尔看看他的表，已过了12点，他转向富格森说：“查查我们的案卷，把破保险柜人的名字都挑出来。你自己去查！要不声不响地。”

典狱长于是才闲暇地走出了人头拥挤的监狱的门，而回到了他自己家里去。在他的嘴里咬着雪茄，面孔上还是一点表情都没有，谁都不会从他脸上看出他心里的纷扰与忧虑。

吃了一顿忙乱的午饭以后，典狱长打了一个电话给一个本城著名的化学师，是用他住宅的电话，同牢室里的电话线没有丝毫关联的。他被告知，硝化甘油在具备了原料后，还得用火力加以蒸馏的。他还被告知，硝化甘油是一种甘油与硝酸和硫酸的化合物。

回到了他的办公室，施莫尔即刻把监狱医生福克斯召唤了来。福克斯在监狱里服务了好多年，他的谨慎小心是谁都知道的。施莫尔把这件关于硝化甘油的事情，详细讲述给他听。

“你在医院里是用甘油的，”典狱长说，“据我所能确定的，它只有从那里弄得到。已经来拿过它的人一定还要来拿它的。你只要暗暗留意，因为一显得对于它过分小心，就会引起别人的怀疑。我是要你探查出是谁来取甘油。”

福克斯一走，富格森拿了四张犯人记录卡走过来。“破保险柜的，现在这里只剩这几个人了，”他说明，“用硝化甘油弄开保险柜，是一种旧方法，现在用它的人已经并不多。”

施莫尔的记忆力很强，在他一边翻阅这些记录卡的时候，一边还想得起这些犯人所犯的案件。其中的两张他立刻丢在一边，他们的长期徒刑，都只有几个月就要满期了。

“他们现在决不肯来冒越狱的险。”他说。

富格森指出了另外两张中的一张卡，那是韦斯特伍德的，他因为盗劫被判了十年徒刑，已坐过了四年，他为人又温和，又沉静，近六十岁的年纪，现在被派在花园里工作。

“我真想象不出韦斯特伍德会同这桩图谋有什么关系，”施莫尔沉思着说，“可是我以前有过判断错误的情况。还是也对他加以注意的好。”

典狱长还关照对于监狱工场里应用的硝酸和硫酸，也暗暗加以严查与监视。

“蒸馏硝酸真是一件又慢又费工夫的事情，”施莫尔向富格森说，“这大概是夜里在监狱房子里弄的，用洗脸盆来使蒸馏管冷却。你不要向他们说明理由，只是去关照监狱里所有的夜班看守人，要他们留心在深夜有没有流水的声音。”

富格森点点头说：“我会亲自去关照他们。”

到了5点半，施莫尔和富格森照例到监狱的食堂里去视察，在那里有几百个犯人在不声不响地吃晚饭，他们看到史泰莱和密克坐在一起，觉得很满意。

第二天，密克在书中所传递的第一次报告写得很简单：“什么都没有！”

福克斯医生带来了一些报告。

“我们在三十天以前新收到了一瓶甘油，”他说，“我并不能够确切知道到底有多少。要是被取去一些的话，一定是在一个月以前取去的。”

“你注意过贝尔没有？”施莫尔问。

“贝尔是个好人，”福克斯回答，“我确定他同这件事情决不会有关系的。”

“为什么？”

“他被派到医院里来还只三个星期。甘油就是有丢失，也是在一个月以前的事情。”

在傍晚时分，富格森急急忙忙来到了施莫尔的办公室中。“韦斯特伍德的看守人说他好像在地底下埋藏什么东西，”他报告说，“他虽然不能够确定，却觉得那个人有些鬼鬼祟祟，而且在一个郁金香花床里掘了一个似乎无需要那样深的坑。”

施莫尔对于这个惊人的消息不觉深深地吃惊。埋藏在那泥土里的是硝化甘油吗？他应该立刻去把韦斯特伍德拘捕来，而加以询问吗？他决定了还是不要。第一，他必得先查出硝化甘油，硝化甘油查出了，他是尽有时间来审问同这图谋有关系的犯人的。

典狱长派人去远远把那郁金香花床看好，直到那犯人睡了为止。并且施莫尔和富格森亲自从那泥土里去掘了起来的，却是一瓶白酒。

所以，关于这桩硝化甘油的图谋，到现在为止还是一点儿头绪都没有得到。

施莫尔于是想起，不管在弄这个东西的是谁，他一定懂得一些化学知识。所以他在所有的犯人记录卡中，查出了一个在一个大学里研究过两年化学的人。他是年轻的博多尼，是因为偷人家的汽车，在一年以前，被关进了监狱中来的。他被派在衬衫工场里做事情。

博多尼和史泰莱并没有明显的关系。他们是被派在不同的监狱工场里工作，又住在分开的监狱房子里。不管怎样，施莫尔还是派人把博多尼暗暗监视着。

到了下一天，在施莫尔到达他办公室的时候，密克的第二个报告已经等在那里。

但还是很简短："史泰莱被激怒。不肯说出日期。无新接触。"

施莫尔到监狱医院去，他想或者可从那里得到什么新的进展。

在典狱长进入了福克斯的办公室以后，医生即把他的勤务喊了出去。门一关上，典狱长就猝然问：

"你把甘油放在什么地方？"

"在配药间里。"

"在过去的三个月中，有什么人曾接近它？"

"只有配药间里的勤务们。"

"把他们的名字告诉我。"

福克斯医生把一张小硬板纸递给了典狱长，他看到在那上面有四个名字，其中的两个已用钢笔划掉。

被划掉中的一个名字是博多尼。

"我们每隔三个月，就掉换勤务一次，"福克斯解释，"那些被钢笔划掉了的，是我们已在五个星期以前把他们调开了。"

典狱长记得福克斯医生告诉过他，医院里的甘油要是有丢失的话，那一定是在一个月以前的事情，而博多尼到五个星期以前为止，正在那里做事情，这样想着，施莫尔觉得有了一种新的希望，可是等他回去再把博多尼的记录卡一查，却又并没有什么新的发现。

在中午，施莫尔和富格森又去巡查了食堂。

他们注意到博多尼所坐的位子，正同史泰莱的背对着背，在他们之间只隔着一条狭长的走道，很容易趁离座的时候，互相传递着什么，在食堂的那种纷乱中，是不会引起任何人的注意的。

要是博多尼是在制造硝化甘油的话，他是一定要用硝酸和硫酸的。这两种酸在史泰莱做事情的汽车牌照工场里都有。

正在施莫尔一边同他的助手在食堂里巡视，一边在他的心里这样深思的时候，忽然一声响亮的哨子，食堂里的人都轰然站了起来。这时他和富格森所立定的地方，离开史泰莱和博多尼仅有十来码远。

施莫尔注意到，在他们一起站起来的时候，他们势必都向后踏出一步，博多尼就趁这个机会，把他的手向史泰莱的手一碰。在这一碰间，一定是有什么东西已转了手的。那可能是一只小瓶。

可是施莫尔还不敢马上动手，因为他知道，他一把博多尼和史泰莱拘捕，其余同谋的人就一定会立刻施用硝化甘油的，于是狱室的一切都即时会形成一种不堪设想的局面了。所以他想他唯有伺机而动。

一小时以后，施莫尔的这种要谨慎从事的决心完全被推倒了。

在那个时候，那在传递密克的封口信件的图书馆看守人，急急忙忙来到了典狱长的办公室中，把当天的第三个报告送了来。施莫尔迅速把信封打开，见在里面的一张小纸条上写着：

“史泰莱在中午递瓶子给44378。他查问我对于书的兴趣。相信惠蒂和毕吉伦也有分的。定期在星期六或者星期日。”

施莫尔不必去查阅44378号。他知道这是博多尼的号码。他也不必去望望日历，他就已知道他只有48小时剩余了。这时是星期四的下午。密克所说的定期，一定是他们已决定在星期六或者星期日动手的意思。

对惠蒂和毕吉伦，这两个新露面的名字，施莫尔是知道的。他们是两个很不安分的罪犯，整整三年来一直在图谋使他们从二十年的徒刑脱逃。

施莫尔知道他非立刻行动不可了。他不能再谨慎从事。事情进行得实在太快了。

他即下令把史泰莱、博多尼、惠蒂、毕吉伦与密克五个人迅捷地同时都拘捕了起来，而把他们各自分开监禁着。施莫尔预备把他们一个个提出来询问，第一个被提出来的是博多尼。这个青年面对着典狱长和他的助手，他的眼睛里透露出一种恐惧之色。

“硝化甘油在哪里？”施莫尔突然问道。

这个出其不备的问题，显然使受问者听到了，又是震惊，又是惊异。

“我不明白你在问什么。”犯人喃喃着。

“搜他的身上！”施莫尔命令。

两个看守人从博多尼的身上搜出了一只蒸馏瓶。

“这是做什么用的？”施莫尔坚决地问。

“我……我用来蒸馏威士忌的。”博多尼喃喃着。

“用它来蒸馏，不错，可是并不是用来蒸馏威士忌。让我再给你一个机会。硝化甘油在哪里？你自己说出来，罪名还可减轻一些，要是你一定让我们去搜查出来，那就会够你受的了。”

博多尼摇摇头。“我不明白你在问什么。”

于是，施莫尔在他的心里焦急得非常厉害。要不博多尼是真正只在蒸馏威士忌？要不是在制造硝化甘油的另有着什么别的人？那么现在狱室中每一个犯人都知道史泰莱和其余几个人都被拘捕了起来的事情。要是硝化甘油是在什么别的人那里，他们不会在这样的急迫中，就拿它一用吗？

他们非得立刻就把那硝化甘油找到不可！

所以施莫尔吩咐把博多尼带了下去，他即同富格森亲自到他原来所住的监狱房子里去搜查。他吩咐在那所监狱房子里的犯人和看守人统统出来，只让他自己和他的助手两个人进去。

是的，他们是亲眼见到过那硝化甘油的厉害的！

他们经过了半小时以上的又仔细又小心的搜查，终于在一只木箱的夹层中，找出了一只威士忌瓶，在那里面有着那种油似的黄色的液体。那只瓶子是一品脱大小的扁瓶，在其中装了已有三分之二。要是再等到装进去三分之一呀！想到这里，即使施莫尔在他的面孔上还是没有表情，在他的心里也终于止不住在战栗着了。

“总算有了结果。”施莫尔柔声地说。

“找是找到了，我们现在把这爆炸物怎样处理呢？”富格森干脆说，“我们不能把它就这样留着。”

施莫尔微微一笑——这是这几天以来他第一次的笑容。“我们可把它拿到化学室中去把它溶解的，它溶解了就没有什么危险性了，”他解释，“我们把它溶解了，就把它倒进沟渠中去。”

于是，博多尼也不能再坚持着说他不明白典狱长在问他什么了。

"你们已把它找到，我真快活！"他的确是在欢呼，"我已经整整两个月一直坐在那小木箱上面。我的眼睛都不敢闭一闭。我只怕一触碰它，那东西就爆炸起来。我起初仅是好奇，偶尔做了一次试验，却想不到成功了。我不该高兴得把这个告诉了史泰莱，他得知了就逼着要我做下去，否则，他说他要把我弄死。现在，谢天谢地，我不再同那个危险东西在一起了！"

叶乃自　译

逃税者

阿瑟·米勒

希尔顿先生是一个中年人，有一个很好的家庭，有一个很好的妻子。他是一个有钱的商人，每天一直忙碌到深夜，到星期日才能略微休息，于是就打打牌，以及其他诸如此类的消遣。过去的几年他干得很不错，他是做汽车生意的，在战争期间，没有新汽车，他就做旧汽车的买卖，他做得很好。虽然战争结束了，新汽车开始出产了，却因为时常罢工，产量很少，可是人们的需要却很厉害，因此他的汽车买卖很不错，实实在在地很不错。

不久以前，有一夜，他和他的妻子决定了到夜总会去消磨一个黄昏，她便戴上了两只钻戒、项链以及其他的几件饰物。他们的孩子都嫁的嫁，娶的娶了，已不再同他们住在一起，所以他们要出去，家里就不再有别的什么人，他们只有把门锁上了，才上城里去。

谁都不知道他们在城里做了一些什么事情，可是直等到了深夜三点钟才回家。虽然已经这样晚，因为他的汽车是崭新的，他对于它很是顾惜，而且他的视力也已到了有些减退的地步，他们在回家的路上，车子还是开得并不怎样快速。然而一到了门口，他却急于要开门了。可是刚在他把钥匙插进钥匙孔中去的时候，门就不等到钥匙的旋动，已经在向后面倒退了。怎么，他们刚才竟粗心得没有把门锁上？他们于是急忙走了进去，把起居室中的电灯一开亮，他们就看到了已发生了什么事情。

写字台的抽屉已被卸下在地板上，在地板上还有各种的文具散乱着。希尔顿夫妇赶忙冲到了餐室里去，便立刻看到放在餐桌上的银制餐具已经不在那里了。希尔顿即用手按住他的胸口，好像他将要气都透不过来的样子。希尔顿太太呢，她紧握着她的头发，并惊呼了一声。看到了这种景象，他们不能不领悟到，他们的家已被窃贼光顾过了。他们甚至还疑心，窃贼是不是还留在他们的家里没有走。在这样的提心吊胆中，他们迅速冲上了楼，来到了他们的卧室，而在急忙走进去的时候，希尔顿被什么东西一绊，即跌倒在一只五斗橱的抽屉上，那显然是窃贼有意留置在那里的。希尔顿太太把他扶了起来，使他坐在床上，并且用手抚摩他的胸口，正在这时他们二人都望见了衣帽间的敞门开在那里。

他便喘息了一下，把她推开了，站起来就向衣帽间走去，到里面即点亮了灯。在他的面孔上立刻显出了一种惊惧的面色，她看到了，也即赶到了他的身边去。那保险柜出了毛病，那口钢铁的小保险柜，一直站在衣帽间的角落里，在上面乱堆一些衣帽的盒子和旧衣裳的，现在也敞开了门对着他们了。希尔顿只是站在那里喘息着。希尔顿太太勉强挣扎着走过去向里面摸了一摸。

什么都没有了，什么东西都拿走了，保险柜已是空空的。希尔顿太太蹲倒在衣帽间里，又惊呼了一声。也许他们又一次地提心着，窃贼不要还在他们的家里没有走，他们一个前一个后地赶到了楼下去，希尔顿即取起了电话的听筒。

在他俯下去旋转号码的时候，握在他手中的电话听筒在震颤着。希尔顿太太走到了他的身边，一下子把双手握紧，又一下把双手放开，而最后哭泣了。“哦，我的上帝！”

希尔顿一听到接线生的沉静的声音，他即吼叫着说：“接警察局！我们的家里遇到了盗窃。我们刚才回到家里来，看到——”他说到这里，他的嘴即为惊惶失措的希尔顿太太的手所按住了。他有些恼火，想把她的手拍掉。于是他的眼睛正望到了她的眼睛。他们那样站着，在望着彼此的眼睛。于是希尔顿的手开始战栗得更厉害，他便把听筒向大理石的台面上砰地一丢，而沉坐在一张意大利式的高背椅中了。希尔顿太太即走过去把听筒搁好在电话上，从面还有接线生的急切的声音在传出来。

他们二人都惊恐得好几分钟讲不出话。在他们的头脑里都在急转着同一的念头，是不需要说出彼此就可知道的。他们必须得有一个解答，可是他们却没有一个人想得出来。终于希尔顿太太说："你没有向接线生说出我们的姓名和地址。也许——"

"也不知道究竟怎样。"希尔顿说着，便走进了起居室，四肢直伸地坐下在沙发上。

希尔顿太太走到窗前把窗帘拉上了，然后她走回到沙发旁边，在沙发旁边来回踱着，她的胸脯在随着她沉重的透气一上一下着。

将近一小时过去了，什么情形都不见发生。于是他们好像已把他刚才打了电话的事情忘记了，他们甚至想要脱了衣裳，就此可上床睡觉。可是在他们才把衣裳脱下来的时候，门铃响了起来。希尔顿即披上了睡衣，穿上轻便鞋，到楼下去开门。他的妻子紧随在他的后面。在陌生人的前面，他总是懂得怎样装出镇定的样子，所以在他开了门、让两个警察进来的时候，他显出了一副睡眼蒙胧的面色。

他对于所被问到的第一个问句，为什么他不把他的姓名和地址说明，就把电话搁断了，他很轻描淡写地就把它应付了过去，他说，他因为刚才太惊慌了，以致没有顾到应该怎样向接线生说出详细情形。那两个警务人员于是在屋子中到处巡视着。巡视好了，希尔顿和他的妻子同他们一起坐在起居室里，详细说明他们所被窃去的东西：保险柜里丢的是七件首饰，其他的是银制餐具，波斯羊皮大衣，还有一些别的东西。这一切，一个警务人员都把它们记录在一本小簿子中。他们走了，在他把大门关上以后，希尔顿站在那里转了一会儿念头，他的妻子在等着他说出来。

"明天我们要把失窃的首饰向保险公司去报告。"他终于说。

"现钞又怎样呢？"

"我怎么能够把现钞说得出来呢？"

她知道对于这一句问题没有回答的，可是失去了九万一千块钱，却一句话都不说，总有一些不好受。

他们睡在床上，两人一动都不动，他们只是在深思着。"要是他们把窃贼捉到了，而且在他的身上搜出了那笔钱的话，我们将怎么办呢？"她终于说。

隔了一会儿，希尔顿才回答说："他们从来捉不到窃贼的。"

直到第八天，才证明希尔顿的那个意见并不准确。因为在吃午饭的时候，电话铃响了起来。他听到半途，就用手掌按住了话筒，转回去对他的妻子说："他们要我到警察局去，认取从我们这里偷走的东西。"在他的声音中听得出有战栗的音调。

"那些钱怎么了呢？"她低声说。

"他们并没说起钱。"他说，在他的眼睛里有询问她的意味。

"或者你就回答他们说，你在生着很重的病，现在不能去。"

"我迟早总是要去的。"

"先设法探知了，他们搜到了那笔钱没有，然后再去。"她建议着。

"我不能够'问'他们。是不是？"他愤怒地说，于是他转向电话筒说他马上就去。

他把汽车开得很慢，他在向警察局开去的这一辆新汽车，是他用一千九百块钱买来的，可它很容易卖到四千块钱。他一边在开着车子，一边坐在位子上沉思着。好像在练习，他在他的心里尽是在重复说着这同一句话：我只是一个做买卖的生意人，我只是一个做买卖的生意人，我在手头准备好那些现款，是用来买汽车的。这话听起来很有道理，很像是做生意的。可是他们就会糊涂到这地步吗？可能的。他们只是便衣警察而已。便衣警察说不定就不会明白，准备买汽车是用不着在保险柜里放好九万一千块钱现钞的。还有，他们不见得会想得到这种实际情形的。他们不会知道，在家用保险柜中的现钞，也许没有在账簿中登记过，以致也无从付过所得税的。警察们对于大笔的钱都不大明白，他觉得。然而，究竟是一笔九万一千块钱的款项。哦！九万一千块钱，他这样想想：他的心里渐渐平静一些了。不是两万块钱，也不是四万块钱，更不是七万五千块钱，却是九万一千块钱，这样的一个有整有零的数目。这一笔数目他是积聚了好几年才积到的。他的养老金，他整个未来的安全，都完全依赖在这一笔钱上。为了积聚这一笔钱，在过去的几年中，他甚至忙碌得连看一看报纸的时间都没有。等到在他衣帽间里的保险柜中积聚到了九万一千块钱，世界上无论发生什么事情，都不关他什么事了。现在。这一笔钱已被窃贼偷走了。现在，它或者又已显现在警察局的办公桌上。要是得为它付所得税，或者财产税，它到底经得起几年的支付？逃避了支付所得税，或者财产税，明明是自己历年吃辛苦挣了起来的，怎么它本身好像就已变成了盗赃，它的所有者或许将要为它受到法律上的处分？他越想越不明白了，而且越想越激愤。

他终于走进警察局的办公室，他看到有三个警察坐在那里。经过了一番自我介绍，他们便请他坐下。其中的一个走了出去。隔了一会儿，一个白头发的人走了进来，后面跟着一个侦探，在他的手里拎着一个纸袋。他把它放在靠近门口的办公桌上。侦探把他自己介绍给希尔顿，然后请他再叙说一遍他失去了的首饰的样子。希尔顿就又一件一件地描述着，而且随时回答侦探所问他更细微的问题。

那个白头发人是沉坐在一张椅子中，他一直是在向地板上凝视着。希尔顿一边在描述着首饰，一边在注意那个人，而渐渐明白了那个人就是窃贼。那个人似乎毫不在乎，很是疲倦，又像十分镇静的样子。

侦探走到了办公桌的旁边，把纸袋打开，并把首饰倒出来，让希尔顿辨认。希尔顿向它们瞥视了一眼，说明那些都是他的，并取起了一只结婚戒，在那里面刻着他和他妻子的名字以资证明。

“我们明天就可为你把那件大衣拿来，并且那银制餐具说不定也能拿到。”侦探说，“可是在这些以外，你还失去别的东西吗？”

希尔顿立刻忐忑不安起来，把他的手按在他的心口，一边喃喃说：“我记不得还有什么别的了。”

“你没有失去什么钱吗？”

白头发人抬起头，在他的面孔上显露出了一种神秘的面色。

“钱吗？”希尔顿问。然而他接着说：“什么钱？”好像在表示不明白的样子。

“我们在这个人那里搜到了这些钱。”侦探说着，便伸手到纸袋里去，取出了五卷钞票，是都用红橡皮筋扎紧的。希尔顿一看到了那种红橡皮筋，就确切知道那些钞票是他自己的，由此他的心感觉到了一种说不出的难受。

“这儿是九万一千块钱。”侦探说。

窃贼坐在椅子上望着希尔顿，显露出对于他有一种莫名其妙的神色。侦探坐在办公桌的旁边，好像只是一个旁观者，这一个时间突然变成了只是希尔顿和这个窃贼的了。

希尔顿向着钱凝望，面孔上却什么表情都没有。他猜不出这个侦探的心里在转些什么念头，他又不敢想得太长久，想得太长久了怕侦探会看出他的心思。一个侦探，希尔顿知道，是要比一个警察高明一些的。他更像一个生意人，知道得要多一些。这个人看上去很聪明，然而也许……

希尔顿微微笑了一笑，并把办公桌上的一卷钞票摸了一摸。（喏，九万一千块钱，就只把它摸一摸呀！）汗在他的背心上流下来，他的心里很是痛楚：“那是许多的钱！”他轻声说，在疯狂地研究侦探的眼睛，看它们有什么表露。

“是你的吗？”侦探问。

“是我的？”希尔顿说，又是微微一笑。他向那堆钞票凝望了一眼，“我但愿它是我的，可是并不是的。我并没有九万一千——”

窃贼迅速地站了起来，用手指着那堆钞票说：“这究竟是什么意思？”他骇异地喊叫。

侦探向他走过去，他便重新坐了下来。

“这是他的，这是我和那些首饰一起从那保险柜里拿到的。”窃贼继续高声说。

“不要叫喊。”侦探说。

“那么我从什么地方得来的呢？这样他不是想要造成我还犯了其他的案件罪名吗？我就只干了这一桩！”于是窃贼直指了希尔顿的面孔问：“这些钱你究竟是从哪里弄来的？”

侦探却还是胸无成见的样子，他只向希尔顿面无表情地望着：“你可以确定这不是你的钱吗？”他问。

“我确定。”希尔顿镇定地笑笑。

侦探也几乎笑了出来，于是他转向窃贼，点一点头，意思要他出去。两个警察便过去押着他一起出去了。他们到了外面，希尔顿还听得见，窃贼还是在向那两个警察表示他的骇异。

这里只剩两个人了。侦探一句话都不说，只是走回到办公桌的旁边，把首饰放回纸袋中去。他告诉希尔顿这些东西他们要在明天还给他。然后他把钞票取起来，可是他并不把它向纸袋里放进去，却把它攥在手中，想了一想，转向着希尔顿说："这是许多钱。"

"我也觉得这样。"希尔顿同意。

侦探于是也把钞票放进了纸袋里去。

希尔顿只是在想能够赶快离开这里，可是又止不住问道：

"像那样的钱你们把它怎样处理？"

"像什么样的钱？"

"我的意思是指没有人来认领的钱。"

"我们等待着。"侦探说，他开了门，他们两个人便一起走出了办公室。

"我的意思，如果永远地没有人来认领呢？"希尔顿随在侦探的后面，还是微微笑了一笑问着，仿佛这发问，全然是出于他的好奇心似的。

"来路不明的钱，永远不会有人来认领，"侦探说，"我们等待一个时期，就要开始来探寻那究竟是怎样的一个来路不明吧。"

"哦，是这样的。"

希尔顿跟随侦探走到了大门口，他一路还是很镇静地讲着话，到这时他愉快地说了声再会。

上了汽车，他才明显地感觉到了他的心痛。他知道他所一切依赖着的那笔钱，已不再是他的了。他也知道他永远不会再积聚到九万一千块钱，而且他也从此不想再一次积聚了。

路密　译

幸运符

西尔弗曼

1942年10月2日一辆发出怪声的警车，风驰电掣地在弥漫的晨雾中飞驰着，突然在东怀恩多特街的一家小酒店前停止，走下来的是温莎地方的大侦探邓肯，他急促地走进了酒店。

满室混乱的情形，大侦探一见就知道是出了命案，他向站在门口的警察米盖点点头，米盖在清晨发现酒店主人约瑟夫被谋杀以后，他就立刻报告上司，约瑟夫在胸腹各中一枪，鲜血不断地流出来，约瑟夫已经失去知觉了，躺在血泊里。

“约瑟夫已送到医院里去了，”米盖报告大侦探说，“我很替他担忧，恐怕没有活命的希望了。”

大侦探细细察看这家纷乱不堪的饭店，一只桌子和二只椅子已翻了过来，满地是玻璃杯和花瓶的碎片，种在木桶里的橡树也被掷得粉碎，泥块散得满地都是。收银机的抽屉开着，钞票都被拿走了，抢劫显然是这次谋杀案的动机。

米盖又说当他凌晨2点半在怀恩多特街的任务执行完毕后，他照常又走进这家酒店小酌，休息片刻。

“我发现约瑟夫卧在地上，”他说，“他大约在我到以前的十五分钟时，被凶手开枪打死的。这件谋财害命的血案，可能发生在最后一个顾客离店之后，约瑟夫通常是在2点半打烊的。照这情形看来，他和劫匪曾打斗了相当时候，才被枪打死的。”

“你听见枪声吗？”大侦探问道。

警察摇摇头说："我一点声音都不曾听见。"

接着大侦探又注意到柜台上的东西，有两只空的咖啡杯和一本翻开了的杂志摊在上面，由此可知至少有两个人是牵涉在这件案子中，他们喝了咖啡以后，就悠闲地看杂志。

一直到店内的客人都走了，他们就开始抢劫，店主反抗他们，因此就被打死了。

"不要触碰店里的任何东西，"邓肯向那警察说，"凶手也许遗留下一些痕迹或线索，请你打电话到医院里去问问约瑟夫的情况怎样，我想派几个人去探问探问他，恐怕能得到一些有价值的报告。"

当警察去打电话的时候，大侦探邓肯又想起被害者的历史，他知道他是一个英国海军的老军人，现在退休了，他至今还未结婚，是一个独身者，住在饭店后面的一家小公寓里。

随后邓肯就把目光转到厨房里去，厨房里的东西却很整齐地排列着，然而立刻注意到通往公寓的门开着，当他走出门的时候，一阵冷风迎面扑来，颇有些寒意，有一扇直通到走廊去的后门也同样地开着。

凶手有从后门逃出去的可能，他到公寓四周去视察一下，但没有发现什么可疑的痕迹。

但邓肯希望在这幢房子的四周，能搜到凶手的武器或者别的线索，结果仍使他失望，似乎凶手在打斗的时候不曾遗留下任何东西。

依这些情形看来，要探求凶手的唯一线索，只有一本翻开着的杂志和二只空的咖啡杯了。凶手等顾客散去后，才取出枪向约瑟夫勒索金钱，这是邓肯在观察后所得到的唯一合理的结论。

但是大侦探知道约瑟夫是一个很倔强的人，他在海军里的时候，同伴见了他都害怕，所以这样看来，他一定先用花瓶乘凶手不备的时候掷过去，然后再跳到柜台边，紧抱凶手夺取手枪。

再进一步来研究，约瑟夫身体很强壮，他一定能打倒第一个凶手，然而他却忽略了凶手的同伴，所以被连打两枪，遭了暗算，死于非命。

最后凶手安然地带了收银机内的钱，从后门出去，或许凶手的汽车仍旧停在怀恩多特街转弯处的小路上，所以他想派几个人去看看。

这时米盖已挂上了电话，走进饭厅。

“约瑟夫死了！”他报告，“他在临终前，还想把那些关于谋杀案的经过告诉我们，但他已是力不从心了。”

邓肯感到很悲观，他觉得进行这件案子更困难了，除非能发现凶手的指印，或者别的更明显的线索。

突然米盖想起了一件事，他从袋里拿出来一件很小的东西。“我在地上捡到一件东西，不知道与案情有没有关系？”他说。

邓肯从米盖手里接过来看，是一只兔子腿，装在一只木制的小盘上，还用一只别针和一串廉价的链条连着，好像是在东怀恩多特街与温莎街交界处附近的一家古玩店里买出来的。

“从这串链条和这只别针上观察，好像是种女用的装饰品，通常是含着庆祝好运的意思。”邓肯说，“你在哪里捡到的？”

“在离约瑟夫尸体三尺距离的地板上捡到的。”米盖回答。

邓肯并不在意地玩弄着这一只祝好运的护身符。“这只幸运符若不是一个女客遗失的话，那么一定是约瑟夫与凶手打斗时从凶手身上撕下来的，”他告诉米盖说，“我怀疑这两个凶手中有一个恐怕是女性。”

邓肯把这只兔腿的幸运符，放进在外衣袋里，一面又命令米盖必须等鉴定专家来过以后，才能离开此地，他自己就回总局去了。

到总局后，他接到机动巡逻队的报告：“没有发现什么形迹可疑的汽车。”当他们接到米盖电话数分钟后，就在通往温莎的几条大街上调查形迹可疑的汽车，一方面又派人守住温莎和底特律的隧道，同时在大使馆桥前，也调查所经过的车辆和行人。

边界巡逻警察队也在底特律河两岸调查，但也没有发现什么线索。

邓肯就计划更进一步的调查，决定在破晓浓雾消失之前就开始进行。他想问饭店的客人或邻居，有否听到枪声，或者是否看见凶手在饭店里喝咖啡。

在早晨7点钟的时候，他又到饭店里去一次，他在店里发现两个鉴定专家在工作，当他问他们的时候，他们总报以摇头。

“像这种地方满处都是手印啊！”其中的一个说，“我们在椅上、桌上、盆子上不知道已发现了多少指印，但是我想不见得是你正在寻找的指印。至于在那两只咖啡杯上，找指印的话，那你休想，凶手们或许是戴了手套的吧！”

邓肯的脸上，并不表现出失望的神情，他知道凶手们也很注意的，随时随地在消灭他们所可能留下的痕迹，同时也知道第一步计划是失败。

第二步计划是去访问邻居中有否目击凶案发生的，他们也许在晚上听到枪声，或看到凶手的真面目。结果没有一个人说那晚曾被枪声惊醒。

最后，有一个妇人来报告说：那晚她好像是被像枪声一样的响声而惊醒的。

“由声音听来，好像有几个人呢！”她说，“他们急促喧闹地涌进饭店的前门，于是我就推醒我的丈夫，他却以为或许是汽车的声音。”

她后来又说，当她听见枪声后不久，又听见急促的脚步声，跑过饭店后面的小巷。

“你和你的丈夫有研究这个陌生声音发生的原因吗？”邓肯问。

妇人摇了摇头。“没有，”她说，“我们不久就睡着了。”

这次访问的结果，又毫无进展，但是他以为妇人所述的事情，也许能够补充线索的一部分。

大侦探在《温莎报》和《底特律报》，刊载一段关于酒店谋杀案的情形，希望这样也许可以增加凶手的恐惧心理，而得到新的进展。

果然在这天傍晚，有一个年轻男人到总局来，要求同邓肯大侦探谈话，他请求邓肯把兔子腿给他看，大侦探答应他的要求，就拿了出来。

年轻男人看了，立刻在脸上现出一种很惊奇的样子。

“就是这个！”他叫了起来。这个男人看了以后，就说明他在一家下等饭店里做侍者，三星期前，他店里新进一个女侍者，她身上也挂着一个奇形的符，完全同这个一样。

“当然，一般妇人都喜欢把这种东西作装饰品。”邓肯一面说，一面指着他手里拿着的兔腿幸运符。

年轻的侍者点点头。“但是女侍者的符，却在这天早上工作时不见了，”他说，“她以前似乎没有一天让这个符离过身。”

邓肯对这件事发生了兴趣，年轻的侍者后来又补充一句，这位女侍者就在当日下午离职了。

“你怀恨这位女侍者吗？”邓肯很愚鲁地问他。

年轻的侍者毫不迟疑地摇摇头，他说他是对于这件谋杀案颇感兴趣。

“我对于这个含有神秘意味的兔腿符，也觉得很有兴趣。”他说。

邓肯就问他关于女侍者的事情，但是年轻的侍者说她只在饭店里工作了几星期，所以对于女侍者的事，一点儿都不了解。

侍者辞去后，邓肯急忙派遣两个人到这家饭店里去，查问关于女侍者的事，然而她的同事们却也没有人知道她的事，她在店主那里连住址也没有留下，所以无法追踪她了。

关于这只兔腿幸运符招领事情，在报上占了很大的地位，明显的载了几天，结果在某日下午，一位空军队员同一位妇人到总局里来，请求见邓肯。

他很坦白地向邓肯说明，这位妇人就是失踪的女侍者，他们俩才结婚了不久，邓肯请他们坐下，这位年轻男人就把这件神秘符的故事说给大侦探听。

他说他曾买过一只祝好运的别针，送给这位女士，她每天把别针扣在她的衣襟上。他又很严肃地说：这件衣裳她常常挂在一只靠墙的旧衣架上。

邓肯怀疑地望着空军队员，但并不打断他的话。

“在那天晚上，她工作到深夜才停止，”那空军说，“突然有两个青年人到饭店里来，他们就在一只近柜台边的台子坐下，只喝了两杯咖啡。然而好像却有很重要的事情要会谈，须耽搁很多时候。”

邓肯很注意地听着。“他们坐在椅上偶然地翻过一本杂志吗？”他现在问这位空军。

妇人惊奇地点了点头。“桌上有一本杂志放着，”她说，“他们曾翻阅过几次。”

邓肯接着就问妇人关于这两个人的外貌，女人说他们大约有22岁的年纪，其中有一个好像很有礼貌，并且像是一个外国人，他穿了一件廉价的深绿色上装，头上戴一顶棕色的帽子；另一个面色较黑，穿了一套工装和一件宽大的外衣。

“他们静静地坐着，”她又说，“在他们坐了半小时以后，有一群人涌进来，他们两个人就急忙地从座位上站起来，离开了饭店，几分钟后，当我准备回家的时候，突然发现我的那枚别针已不翼而飞了。”

妇人说她曾经四处去找兔子腿的幸运符，结果仍旧没有找到，她立刻就怀疑到两个陌生客人中的一个，趁她不备的时候，把符偷去了。

她的未婚夫在第二日从温莎回来。

“我这样急促地离了职，就是为了我们要计划我们的婚事。”她说。

结果，早上公共见闻栏里的这段新闻，把他们吸引到警局里来了，这是空军最后的说明。

当妇人和空军离去后，邓肯又把他们的话归纳一下，并且记录下来，以备工作进行时做一个参考。最后，他又把它归纳成两点，第一点，偷幸运符的那个贼，毫无怀疑的就是谋杀约瑟夫的凶手。他偷符的原因，也就是他希望这只符能赐给他一个好运道。第二点，这两个人显然是在这家饭店里，计划他们工作的步骤，但是结果却被一群突如其来的客人阻止了。

或者他们在约瑟夫的饭店外，徘徊了很久，直等到客人都散去了以后，只剩约瑟夫一人在店里，他们才动手，最后在打斗中，其中一个人就遗落了这只幸运符。或许他们有意布置这个疑阵，遗下一只奇形的符，而使侦探们中他们的圈套，走上迷途。但邓肯放弃最后一个理论，在这样的归纳以后，他已觉得对于这件案子，渐渐地有头绪可寻了。

几天后，邓肯突然收到一封从社会福利部寄来的信，信的内容是：我们有一位职员，在约瑟夫饭店后面的小路上，在一只废弃的罐头中，发现有一支转轮手枪，发现者现在正在到你这里来。

不久，果然有一个人来见邓肯，手里拿着一支手枪，用报纸包着，他很留神地递给大侦探。于是大侦探就把这支手枪，交给实验室去检查手印和枪膛内的子弹。这支手枪共有五粒子弹，现在枪膛里还剩三粒，枪身上注明着，是由一家美国厂制造的，以及出产的日期。

邓肯就确定这支枪，一定是凶手的武器，而且这件血案，就可以从这支枪上，获得新发展。

他首先询问加拿大警察局，核查这支手枪在加拿大的登记号码，结果没有查着，后来又去密歇根州警察局核查，9点钟后，他接到一张电报。

这支转轮枪的确是在密歇根州登记的，枪主名叫威尔森，在底特律爱文尼街上，经营着一家酒店。

实验室的报告，很明晰详细。这支枪是在一只遗弃的空罐中发现，曾发过使人致命的枪弹，但枪身上却没有发现一点指印，然而这一点邓肯并不急躁，因为他能够去调查枪主。

邓肯赶到底特律，和惠特曼探长商谈这件血案。

“我们必须先调查枪主威尔森。”一位底特律警官这样提议。

“威尔森看来是无罪的吧！”惠特曼最后报告说，“他是一家酒店的主人，他说他的枪在一星期前就失窃了，他曾经报告警局。关于他枪的失窃，我们可以从记录上，证明他的话是否真实。”

惠特曼立刻同邓肯和一个探员，到酒店去调查。

“这是你的吗？”他问店主。

这位店主细察一下，点点头，“就是这支，”他说，“你们在哪里找着的？”

探员向他说明这支枪已被在一件谋杀案中利用过了。“你对于这个偷窃犯，有什么印象吗？”

店主想了一会说：“我正怀疑着两个人，但是事情发生以后，直到现在我还不曾遇着这两个人呢！”

威尔森以为偷他手枪的贼，一定早就知道他一向把枪藏在柜台里的。

“这是被一个小贼偷去的，”他说，“同时他还偷了一瓶威士忌酒，接着我有一个朋友，他在物资供应处里工作，他来问我可曾丢了一瓶什么牌子的威士忌酒，他说在前天，有两个人到他那里去，卖两瓶特别牌子的威士忌酒，其中一瓶正与我的相同。”

“你的朋友可认识这两个人？”惠特曼问店主。

“我们这里有一个侍者，他想起其中一个的名字是金留斯。”店主说。

店主想了一会儿，他又告诉说：“我想起在失窃的前俩天，曾有两个人到我们店里来做些油漆的工作。照这样情形看来，这两个人一定趁他们工作时的便利，摸清了这支手枪的收藏地点。”

“这两个人，你们是从哪里雇来的？”大侦探恳切地追问。

店主说他在几天前，在第二号街的职业介绍所里雇来的。接着，这三位侦探抱着极大的希望，到职业介绍所去调查。

“要使这件案子水落石出，恐怕很容易了。”当他们去第二号街的途中，探员向大侦探这样说，“听说职业介绍所里，对于每一个人员，都有很详细的记录。”

他们三个人到了目的地以后，曾在一块工作分派板上，看了很长时间，介绍所的经理，表示很愿意同他们合作，凡是他所介绍雇用的人员，他都能一一负责交出他们的记录表。

一个上了年纪的老人，被请了出来。

“请你把金留斯的记录表拿来。”惠特曼说。

据说金留斯还有一个朋友，他的名字叫奥罗多，这个人也常常到介绍所来，请求代谋职业。

记录表上很详细地记载着关于这两个人恶劣的行为，屡次在工作后发生偷窃的行为，现在已受到介绍所最严厉的处分。

“金留斯或许已进了监狱，”他说，“奥罗多在霍华德街工作。”

他们深信这件谋杀案，已到了最后的关键了。

“我们只要找到他们两人中的任何一个，不是就解决了吗？”惠特曼欣慰地说。“我深信我们极有把握。”邓肯点点头，很同意惠特曼的话。

他们一到了目的地发现一群失业的工人，他们正在要求工作做。

当他们在询问秘书的时候，突然发现奥罗多也在这一群求工作的人堆中。

“他在这里，”秘书指给他们看，“他在后面做油漆工作的。”

当奥罗多走进秘书室的时候，邓肯向他细看了一刻，他大约在20岁左右，有上去很和蔼，且很有礼貌，上唇上有两撇发光的短须。

无疑的这位嫌疑犯，就在他们的眼前了。

“奥罗多，”他说，“你不是在温莎谋杀了约瑟夫吗？”

这个人突然不省人事地晕了过去，灰白色的脸孔，无言地呆看着侦探们。

不久他站了起来，从袋里拿出一本小的《新约全书》。

“上帝安慰我，他听见我的祷告了，”他很严肃地朗诵着，“在我的一生中，我从未有把自己的罪恶，归罪在他人身上，我不怕警察，邪恶的是将被责罚，但上帝是我的牧师。”

这种出乎意料的夸张动作，转瞬间惊动了所有人，但邓肯面上并不现出任何表情。

“你在这里工作了多长时间？”他问。

“我在这月中没有离开过我的工作。”这是他的回答，“我在这里已找到了我的救主。”

“我们会查出你的罪行的！”麦克纳沉重地说。

邓肯离开了他们，走到人堆中去。

“工人在工作时报告的手续怎样？”他问一个工人，“你们在进出的时候都必须登记吗？”

一个工人点点头。“我们每晚都来登记，”很快地回答说，“因为我们是半官办的，所以一定要把记录单保存好。”

邓肯又走到秘书旁边：“你能告诉我10月1日晚上，奥罗多是不是在这里吗？”他问秘书。

秘书拿出一本笨重的登记簿，一页页地查看过去，突然在一页上停住了，看上去好像很疑惑的神气。

“照簿上看起来，这晚奥罗多没有来登记。”他报告。

麦克纳听了这个报告以后很满意。“我们把他带到警局里去。”他向探员说。

当警车到警局的途中，奥罗多仍是保持着镇静的态度，在车里默默地做他的祷告。

邓肯把检查登记簿的事，告诉了惠特曼听。

“以后这件事情让我来继续下去吧。”探员向大侦探耳话说，“我有方法来对付这件工作。”邓肯允许他的请求。

当在警局审问开始的时候，奥罗多立在窗架前，探员从抽屉里拿一只信封出来。

“在我开始向你读这件公文前，”他向着嫌疑犯说，“我要问你，你在10月2日凌晨2点30分的时候在哪里？”

“我在工作。”奥罗多说。

“你撒谎！”侦探说，“我们知道你那晚没有登记。”

奥罗多耸了耸肩。“这天晚上说不定是我忘了登记，”他说，“这种事情是常常发生的，但我总在那里做祈祷和工作。”

探员有点发怒了，他拿着信封渐渐地走近奥罗多的身边。

“你知道吗？这封信就是金留斯的自供书。”他告诉奥罗多。

奥罗多听见了探员的话后，面色立刻变成灰白色，并且从椅子上站了起来，面孔上现出很急躁不安的样子，他想说些话，但却被阻止了。

“金留斯说你谋杀约瑟夫，用你从威尔森那里偷来的枪，后来又把这支枪放在一只被废弃的罐头中。”探员继续读着公文说。

他说到这里突然中止了他的话，而注意奥罗多的表情。奥罗多那副敬神的假面具，都被撕破了。全身发着抖，他愤怒地大叫大喊，他又宣誓必定要向金留斯报仇。

“让我把一切都说出来，”他大声呼喊着，“我知道他是一个很胆怯的人，全部计划却都是由他设计，枪也是他偷的。”

侦探们把他推在椅上，他现在又忏悔地把自己的罪，都推在金留斯身上。

最后，奥罗多供认说他和金留斯的确谋杀约瑟夫，他们等他在打烊的时候，店里只有他一人，他们就动手了。

他又说约瑟失在死前，同他们有一番猛烈的反抗，他自己被约瑟夫将要打倒的时候，金留斯就向他开枪。

邓肯突然又想起一件事。“你为什么在别的饭店里，把人家的一只兔腿别针偷了？”他问奥罗多。

凶手现出很羞怯的样子，他说他和金留斯坐在柜台边的时候，早就注意到这只别针，最后趁人不备的时候，就偷了，立刻就离开饭店。

“金留斯希望这只别针能够给他好运气，”他说，“但是结果反而不吉利。”

审问结束后，凶手被押到温莎的监狱，等候审判。侦探们继续讨论逮捕金留斯的工作。

邓肯知道金留斯一定会到附近的城市里来探亲，或者避风头，所以他以警局的名义，通告附近城市居民，注意金留斯。但是几个月后，凶手仍旧逍遥法外，也没有一个人来报告关于金留斯的消息。

又隔了几个月，有一天金留斯到底特律来看他的朋友，被一个在同屋的陌生人看见了，他立刻报告警局。金留斯不曾抵抗，束手就擒，这是出于侦探们的意料之外。押解到温莎后，他就要与他的同伴一起站在罪犯席上了。

判决的结果是绞刑，但是他们不服，仍想上诉。

然而任他们怎样的辩论，邓肯早就请了这位失去幸运符的女人做人证，他确认这两个凶手在那天晚上，到她工作的那家饭店里去过。杀人的凶器，又证实是他们偷的。除这些证据外，最后还有一个最重要的证据：就是那天晚上，奥罗多没有到他的工作处去报告登记。

在1943年3月13日，审判委员会驳回上诉书，维持原判，绞刑是在1943年8月24日执行——这一只奇形的兔腿幸运符，把他们送上了绞刑台。

庚堂　译

狂犬悍盗

詹姆斯·布莱斯

手电筒的光线在黑暗的小胡同里的垃圾堆上搜索着，最后，停留在一个车库的门前。

随之轻而无情的声音骂着："把灯熄了，笨贼，你要使房子里的人知道我们在这里吗？"

灯光熄灭了。黑暗的夜幕，重又罩上了眼前的景物。小胡同里驶进了一辆汽车，强烈的车灯构成了两条光柱。

堆得高高的垃圾筒掩避了两个蓄有恶意的人，其中一个悄悄地说："他是单独一个人。"

"这是一个机会！"另一个说。

那辆汽车，慢慢地转了一个弯，车灯照在车库的门上。

56岁的新芝加哥联邦银行副经理——莫利尔从车上跨了下来。

这是晚上9点刚过的时候，这天晚上很冷，风暴遮住了月亮和星光。这条小胡同是在东92号街的尽头。

莫利尔迅速地开了车库间的门。当他刚要重回到车座上的时候，听见黑暗里响起一声吆喝声：

"举起手来！"

莫利尔的手很快地举起来。他的右手紧握着一串钥匙。手电筒的光照在那串钥匙上，发出了金属的闪光。

一个走近他身边的歹徒惊呼起来：

"他有家伙！"

两个歹徒跳近他身旁。枪声响了两下，那位银行家应声倒地，喘息着：

“我中枪了！”

凶手四周看了看，发现灯光在附近的屋子里亮了起来，好像已引起了邻居们的注意了。

两个凶手逃出胡同，几乎将卖报的报童撞倒。这条胡同是这个小孩回家时必经之路。他现在吓呆在离出事地点二十尺左右的地方站着。

“滚开，小鬼！”一个矮小的持枪人吆喝着，“否则，你要挨到今天的第三个了！”

那个伤得站不稳的银行家，蹒跚地跟随在凶手的后面。当他走到胡同口时，倒下了。

几个过路人，把他扶到92号街上的一家药房里，经过医生施行急救手续后，一辆救护车已应召而来。

“他的伤势很重，”当莫利尔咳出血来时，这位医生说，“看来肺部已经被打穿了。”

飞送到医院里，这位银行家马上被放上了手术台。

“他们开枪，真是毫无道理，”他呻吟着，“我没有抵抗。我肯把我的钱给他们的呀！”

迅速的检查之下，发现了两处伤痕：一处有内部流血症状的伤处，是在腹部，另一处则在胸部。

“一定是被一种口径很小的枪弹所伤的，”负责侦查本案的南芝加哥警局的霍尔夫队长说道，“这是我所见到的枪洞中最小的一个。”

霍尔夫因为不能立刻就询问莫利尔，他就去传讯本案的证人。卖报童是第一个受他注意的人。

“那里很黑暗，”报童用兴奋的声音说，“我没能够看清楚他们。但是，从他们的口音听来，他们一定是年轻的人，他们就躲在面对汽车间的垃圾堆后面。”

从行人的口里也得不到什么指证，他们不过看见凶手的黑影在逃遁而已。

霍尔夫队长命令四小队探员到出事地点去。

“盘问那排房子的每一户人家，”他吩咐，“或者有人会注意到歹徒们的逗留。”

这时候，医生们在伤口里找不到枪弹。

“这倒奇怪了！”其中一位医生说，“伤口上没有铅痕。”

终于得到了答案。莫利尔是被刺伤的——不是枪弹打伤的。

“然而，”一位侦探说，“他自己说是中枪弹的，证人们也都听到两声枪响的呀！”

华尔大对这一点思索了一下。

“这里只有一个可能的解说，”他综合起来说，“一个歹徒拿一柄刀，另一个拿一支手枪。两颗子弹并没有击中。而刀刺进去的时候，恰好是枪响的时候，以致引起莫利尔的误会，以为他被枪击中了。”

这位银行家的伤势，很快地转重了，医院里准备为他输血。

莫利尔的大部分时间，是消磨在银行界里的。因为他是联邦银行发起人之一。他有许许多多的朋友。他被击的消息，不管时间是多晚，仍立刻传了出去。

朋友们都想尽力帮助他，愿意输血给他。

在早上1点钟不到的时候，医生匆匆地走进了霍尔夫的办公室。

“他怎么样了？”霍尔夫问。

“更坏了，”医生严肃地摇摇头说，“你现在可以同他去说话，再晚恐怕要来不及了。”

当霍尔夫走进病房的时候，银行家的尖脸上浮起一丝惨笑。

他将胡同里的情形告诉了他，但他不能说出凶手们的模样来。

“他们或者以为我昨夜收了帐回来呢。”他继续说，“但是，我袋里总共也不过十七八元钱。就是这些钱，他们也没有拿去。”

一阵痉挛使他的身子抽动了起来，他闭了眼忍受了一阵剧痛。

“他们一定注意我好些日子了，”他继续他的故事，“我昨天发觉到有一辆奶油色的轿车跟着我。我相信这辆车子在最近一定跟随了我五六次了。直到几个小时以前，我一点也不怀疑他。当我发现了那辆车子时，我想把我的车子停到警察局门口去。我刚要这样做的时候，那辆车子忽然一转弯不见了。”

他的呼吸开始感到困难了，医生就请霍尔夫出去。

15分钟之后，莫利尔最终伤重而亡了。他真是一个死得冤枉的人。假使刀刺和开枪不在同时的话，他不会告诉医生说他是被枪击中的。这个错误杀死了他。医生们认为，假如他们早知道他是被刀刺伤了的，那么，他的生命是能够救活的。

联邦银行的经理到了警察局里，他声明银行方面愿出一千元的赏金捉拿凶手。

著名的侦探诺顿探长，受刑事司法长之托，协同办理此案。

“复仇能否是杀人的动机？”他问，“事实很明显的，这不是一件普通的抢劫案。除非在口角的时候，盗案里是很少用刀的。”

银行经理表示，莫利尔不但没有仇人，并且在业务上也没有足以引起口角的竞争者。

“他对每一个人都很友好的，”他继续说，“这一定是件抢劫案无疑。”

警局高速度地工作着。在出事地点附近的一家服装店主人那里，他们得到了第一条线索。在出事前一小时，店老板见到一辆奶油色的汽车，停在小胡同口的转弯处。

“这是一辆道奇牌的车子，”他继续说，“然而我并不十分注意，但我仍看见两个年轻男人坐在里面。”

一个过路人，对凶手做了一个较详细的描写——

“我正走过那里，”他说，“当两个人走下汽车，溜进小胡同里去的时候……”

他形容两个男人的年龄，约在22岁，戴着灰色软帽，穿着深色的衣服，外面罩着一件浅色的大衣。

“车牌照的起首2个字，”他继续着，“是1与2。”

“查一下汽车登记簿，”霍尔夫吩咐一个穿便衣的人道，“把所有12打头的车牌照的道奇车都抄下来。”

“先把汽车报失簿查一下，”诺顿探长说，“它们立刻会告诉你，有没有这样的车子被窃。”

一个探员从出事地点来报：他已发现凶手等候莫利尔时的匿身处。“他们至少在那里逗留有一小时，”他继续报告道，“一个住在附近的女人，曾见到他们抽烟的火光。她觉得有点儿不对。但是因为没有电话，所以没有通知我们。”

诺顿探长赶到那里，在凶手藏身的所在细细地考察了一番。他找到了四个香烟蒂头和一个印有印第安纳州加里镇一个酒家名字的火柴盒，此外是一些不能辨别的足迹。

同时，在汽车报失簿里，找到一辆登记失窃的奶油色轿车，牌照号码是1——214——640。这辆车子是三个星期前在贴邻的那个警区里被窃的。

“很明显，就是这辆车子，”诺顿说，“吩咐大家，留心这辆车子。”

劫匪们对卖报的报童的警告，也引起了警局的注意。那个持枪人所说的“……否则你要挨到今天的第三个了”，是什么意思？难道他们的枪另外还杀死过一个人吗？

这个疑点，立刻被总局的电话解决了。原来印第安纳州分局致电总局：要求注意两个坐奶油色汽车的年轻男人。因为，他们在印第安纳州的东芝加哥犯了谋杀案。这地方离莫利尔被杀的所在刚好十里。

诺顿探长立即向东芝加哥方面探询到：被害者是42岁的钢铁工人，叫斯克·惠杰，在印第安那州某条街上遇劫而被杀的，因为有人去夺他的新汽车，他加以抗拒而被杀的。在临死前，他曾将两个凶手的面貌描摹过。

“在两小时内，他们干了两桩谋杀案。”霍尔夫冷笑着说。

警局的档案里表明：这辆奶油色的轿车，在过去的三个星期之内干了二十五件抢劫案。侦探们去遍访那些受害人，希望从他们那里得到些遗漏的线索。

受害人对这一对歹徒的形容容是：天生残暴、以虐待老年人为乐事的人。印第安纳州的加里镇上，有一个开设学校用品店的老妇人，就是受到他们虐待的一个。

“他们把车子停在外面，”她说，“当他们走进来的时候，只有我一个人在店里。因为近来生意不好，他们在钱柜里只拿到四元钱。当他们出去的时候，一个人用力地把我推倒在肥皂箱上，另一个用脚猛踢我的胸部，再把一张椅子掷在我的身上。我真不懂，他们为什么要这样做。我一点儿也没有抵抗。事实上，我是吓得话也说不出来了。”

歹徒们对待一个80岁的跛子老人更惨。当他们拿了枪走进商店的时候，这老人正在那里买东西。

因为他撑了拐杖，不能像别人那样高举双手。一个劫匪过来，夺去了他的拐杖。当那老人因失了拐杖站不住而跌入了一个桶里的时候，两个劫匪纵声大笑。

一个劫匪用拐杖把陈列在架子上的罐头食物掠下来。落在老人身上的罐头，把老人打伤了好几处。

哈蒙德的一个女店主向探员报告：在她被劫去十四元钱后的五天，看见这两个劫匪坐着一辆奶油色的汽车。

“同两个女人，一面笑一面讲，开进城里。”她说，“我去报告了警局，但他们没有能够把他们抓住。”

在这风声很紧的几天里，这两个人没有再犯其他案子。

“无疑的，他们一定在恣意行乐，”诺顿说，“但是很奇怪的，他们怎么会在犯案的城里作乐？”

根据惯例，犯案的人是不会在他的寓所附近下手的。因为这个缘故，盗案总发生在劫匪藏匿地点的较远处。

“但这两个人，或者是超越常规的，”诺顿说，“他们每一件事，都是以相反的方式去做的。他们坐一辆颜色显明的车子，就是说明他们是外行的很好的例子。一个老手，一定会用一辆不易被人辨认的车子的。”

二十位芝加哥侦探，得到了印第安那州警局的协助，去访问那些沿着那条横贯印第安纳州的公路的汽油站、小店和人家，希望从那里得到些线索。

“去查问那辆坐着两个人的奶油色汽车，”诺顿吩咐他们，“这是很容易引起人们注意的。”

另一位便衣侦探被派到加里镇去，找寻那个在谋杀莫利尔地点找的火柴盒子的那个酒店。

在东怀廷（地名）的一个探员，找到一个汽车站上的职员。他曾经给一辆奶油色的汽车加过几次油。

“上次他们到这里，是在一个星期以前，”那职员回忆着说，“两个家伙和一个女人。他们曾问我到‘却莱’去的路，我告诉了他们。”

“却莱”是一个在附近小路上有名的小餐馆。

侦探们在小餐馆里调查每一个侍者、女侍、与别的职工。但是他们对于这两个亡命顾客的模样，都不大记得。

探员们又根据火柴匣的线索，到加里镇的酒家去侦查。当一提起奶油色车子时，有好几个女侍表示曾经见过。

“这两个人时常在早晨很早的时候就到这里，”收银员解释，“他们把车子停在当门口。这样使我们不得不注意这辆车子。”

“最近一次到这里的日子，是哪一天？”

“唔！几天前的晚上吧？我记不清是哪一天了。但是他们还会来的，他们常常来的。”

一个美丽的黑发女侍向便衣探员报告：这两个男人曾经要约她出去玩耍过。

“但是因为我早跟别人约好了，”她说，“所以我回绝了他们。并且我讨厌他们的样子。”

她时常听到他们讲些赌博和酗酒的事。所以她相信，他们时常是消磨在灯红酒绿的地方。

诺顿命令部下，对“却莱”小餐馆和那家酒家做严密的监视。

“不要和他们客气，”他警告他的部下说，“他们已经干了两件谋杀案了。他们还会干第三桩的，所以你们看到他们就开枪好了。”

在这时候，警察在南芝加哥的某一个森林里，发现了那辆鲜明的奶油色汽车。

指纹专家在车上找不到一丝指纹。

在车中搜到一张写着，“共和钢铁公司工人”的纸片、一套工装和两副手套。

“其中一人必定是一个钢铁工人，”诺顿端详着，“但是共和公司有那么多工人，叫我们怎么样去找呢？”

探员们探得，那家大钢铁公司的工人，每天工作前，必须到厂门口的到班处报到的。

“他们在每天上班的时候，是需要签到的。”一个探员解释。

警局化验师详细地化验了一下那套工装和手套，从那污渍上面断定这是钢铁工人的东西。

那张纸片证明是在六个月前，由厂方发给工人们的。

那辆车子的主人说，在车子被窃时，车中是没有那些东西的。

“这证明那辆车子被窃后，是被凶手或别人驾驶的。那个人一定是一个钢铁工人，或者是一个解雇的钢铁工人。”诺顿指出。

四个曾遭抢劫的人，被请到钢铁公司的到班处去，留意进出的工人，注意有没有凶手在内。然而等了整整两天，一无所获。

同时，对沿公路的小餐馆搜查仍继续着。探员安德逊到一个在吉弗莱街的小店中去。守门人和颜悦色地迎接了他进去，安德逊疑惑地向停车处看了看。

“我的朋友看来不在此地了。”他看了守门人一眼。

“里面有很多人在。”守门人答。

“是呀！要是他们在这里的话，那么他们的车子也一定会停在这里的。那是一辆奶油色的轿车。”

“我认识那辆车子，”守门人点了点头，“这是两个小费给得最多的人，但他们现在不在，过一会儿就会来。”

安德逊以安闲的态度和守门人闲谈着这两个他所追踪的人。从守门人那里，他知道他们有一个多星期没到这儿来了。他们上次来的时候，曾送衣帽间的女员工回家。

安德逊遇到的，是一个活泼的黑发姑娘。

“寄衣帽吗？”她问。

“是的，”安德逊向里面看了看，“你的朋友呢？就是那两个驾着漂亮的奶油色汽车送你回家的？”

突然，笑容在那个少女的脸上收敛了。

“他们不是我的朋友。”她冷冷地说。

安德逊等她下了班，他出示他的证件，向她证明了自己的身份。

“我在追踪这两个人，”他告诉她，“让我们找个地方谈谈。”

“这又是一种新的把戏吗？”她疑惑地看着他，“你能确定你的证件不是假的吗？”

安德逊向她说明了，他的访问是规规矩矩的公事。这少女告诉他，这两个人曾经请她吃过早餐。

“他们的名字是叫约翰和杰利，”她继续说，“他们穿得很漂亮，看来很有钱的样子。”

她曾经注意到约翰的手很粗糙，是一个工人的手。杰利有柔软的手，表示他对使用工具是个门外汉。

“在街上，”她又说，“人家见了约翰，喊他鲍伯。”

她告诉探员说在她同他们同车的时候，杰利曾提到过他的爱人。

“她的名字叫露丝，”那少女说，“是跟他们同居着的。他问我是不是愿意做约翰的女友。我那时愤恨地回绝了他们而离去。直到现在我不曾见过他们。”

安德逊到他们和她同进早点的那家餐馆里去调查。然而没有一个人能记起这两个人。他感到很失望。这件案子看来仍和案发时一样茫无头绪。

霍尔夫队长将那些发现的线索研究了一下。他好像一个玩戏法的人一样，把一鳞半爪的东西凑成一件完整的东西。最后，他的脸上现出了希望。

“假如凶手中有一个是在共和钢铁公司工作的话，”他对另一个侦探说，“那么，他一定是约翰，因为他的手粗糙。请你派人到钢铁公司去，把那里所有叫约翰的人都记下来。”

公司的名册中，有一百多个叫约翰的人，另外有二十几个是在六个月前被解雇的。

诺顿探长和霍尔夫队长研究那张名单。

“他为什么不叫个特别些的名字？”霍尔夫抱怨着，“但是，看哪！”

他指着一个叫约翰·鲍伯司冠的被解雇工人的名字。

“他或者是我们所要的人！”诺顿叫着，“他的朋友简称他鲍伯，我认为这个衣帽间女员工的报告很重要。”

约翰·鲍伯司冠，年龄23，曾住在印第安那州葛莱镇斐尔摩亚街1500号，但早已搬走了，邻居们有好几个月没有看见他，并且知道他曾因偷窃汽车而进过感化院。

邻居们又说，鲍伯时常和一个住在芝加哥的，叫杰利·路可的年轻男人在一起。

“我不能确定他究竟住在什么地方，”报告者说，“但知道是在东91号街的，他曾经向我提起过一次这个地方。”

有一个邻居说，他曾经看见杰利·路可和一个叫露丝的女人驾着一辆奶油的汽车，他又说：

“他们还有一只小狗在一起，这只狗是那个女人的。”

侦探们化装成检查狗证的人，按户搜查91号街的住户。他们在一处公寓内找到了杰利·路可夫妇的房间。

晚上7点钟，当那个所谓叫杰利·路可夫人单独在她家里的时候，霍尔夫带了六个人来看她。一个探员敲了敲门，佯称有一封杰利·路可的电报给她，当她把门打开的时候，就把她逮捕了。侦探们挡在房中静候其变。

三个小时后，一把钥匙在锁眼中转着，门开了，一个高个子的年轻男人走了进来。他一瞥眼就明白了目前的局势，倏的一下子，抽出了一支点三二口径的转轮枪。

在他还没有能够扳动机枪的时候，一个在他旁边的警察走过来，用枪柄把他打晕了。

“这是第一个，”霍尔夫满意地说，“把他铐在床上。”

那个被捕的少女，确认他是约翰·鲍伯司冠。

鲍伯还没有苏醒，路可进来了。他立刻被捕，他身上带着两支手枪。

在南芝加哥警局里，二人矢口否认曾谋杀过莫利尔以及印第安那的钢铁工人。那个19岁的女孩，对谋杀案说是一无所闻。

那个23岁的杰利·路可，看来对法律是有点儿常识的。

“我是不怕的，”他轻轻地说，“任你们怎样，我是不会说出什么的。假如你们一定要说我是杀过两个人，请你们传证人来认我。”

很明显的，他知道警局里还没有得到见证人。

杰利的公寓被详细搜查，但没找到一件足以提起控诉的证物。最后探员们决定将他们的那只小狗带走。

当他们走出胡同的时候，小狗从抱着它的探员手里跳了下来，跑到一片广场角上，用脚抓地上的土。

“找肉骨头吗？”某探员把手电筒照着小狗。

小狗的脚刨去了泥土，一会儿，发现的不是肉骨头，而是一柄刺刀！

“这是杀莫利尔的凶器呀！”探员叫道，“小狗，你应该是一只警犬呀！”

霍尔夫决定用那柄刺刀来引出凶手的自供。他把少女带进了办公室，一面故意玩弄刺刀，一面告诉她，约翰已经供出了杰利是谋杀莫利尔的凶手。

“这是胡说！”她看着那柄七首，“却利不过向天开枪而已。约翰才用这把刀刺他的。”

直到本案结束后，那少女告诉霍尔夫，因为她当时看见了刺刀，她才承认了这件谋杀案。

“我知道他们把刀埋在广场上的，”她后来解说道，“我还以为是他们告诉你的。否则，你们就是找一百万年也别想把它找到。”

她的供认使杰利·路可和约翰·鲍伯司冠招认了两件谋杀案和六十件抢劫案。

“我们以为莫利尔身边一定很有钱的，”杰利说，“当他把手举起来的时候，我们看到他手里有一件发亮的东西（就是那串钥匙），还以为他有手枪呢。约翰用刀刺了他一下，莫利尔向前倒下的时候，恰巧倒在刀尖上，所以又刺着了一下。我并不要杀死他。我朝天开了两枪。”

12月13日，二人被判死罪，定于来年2月13日执行。

杰利·路可的情人，被判定谋杀从犯的罪。

这两个人同另外四个杀人犯关在某处的监牢里。2月13日的午夜，约翰·鲍伯司冠和杰利·路可，走出了绿色的监门，被送上了电椅。

红叶　译

无头女尸

马林·斯通

不管地域牵涉得多广，犯人多么精细，三大城市警务人员的总力，终于将疑案打开！

从山麓向上爬的坡道很是崎岖。与闹市隔离的箭首泉消暑区就在拐弯过去大约半里的地方。马歇尔·布朗和别尔·威廉姆逊在那里停下了他们的汽车，在溪泉的边缘上踱着步。

他们望下去，看到景色非常美丽。圣贝纳迪诺城的四周是几千亩地的绿色橘树，现在正盛长着累累的金黄的果实，使这山谷格外生媚。

远望是积雪的圣戈尔戈尼奥山峰，在这晚冬的早晨，太阳光向山谷的每一个角落照射着。

威廉姆逊靠在道旁的栏杆上，向峻峭的山坡下望着。突然，他紧握着同伴的臂膀。

“马歇尔，那是什么？”他惊喊。

布朗随同他凝望了一会儿，他们便穿过了栏杆，在倾斜的山地上向前滑走了十几步。他们无需走得更近，就可以看得很清楚了。

他们便打了电话给圣贝纳迪诺的警察局，要刑事科主任杰克·福斯特听电话。

“威廉姆逊和我刚刚发现了一个女人的尸体，”布朗说，“她的头和她的双手是都被割掉了。我们现在是在箭首泉，在管理人的屋子里打电话。那尸首就在不远的地方。我们在这里路上等你们。”

福斯特随即快速走进警察局局长艾曼特的办公室，向他报告了这个消息。

局长听完了主任的报告，命令地说："立即用无线电去通知莫格尔和斯顿。关照他们去叫验尸官。我们马上就着手侦查。"

威廉姆逊和布朗就在拐弯的地方等待着。警察局里来的长官们到了，布朗即把他们引领到了溪泉的边缘上去，指点给他们看。福斯特穿过了墩杆，向斜坡上走下去。

那尸体是裹在一条毯子里。两手是齐手腕被截去了，头也没有。被谋害者是一个女人。她全身是赤裸的，仅在腰际围着一条灰黑色的法兰绒毯子，是用一条细棉纱绳缚住的。她的左胸上有一个子弹孔，左腋下还有一个。

警察局局长和主任福斯特一步一拐地爬回到了大道上来。他们在附近的地面上细细查看着。地面十分坚硬，他们找不到足迹，也没有车胎痕。警察局长在栏杆的下端拾起了一条大约十尺长的细绳。细绳索的中间部分有着血迹。正在这时，摩格耳和斯顿也到达了出事地点，验尸官威廉姆斯随在他们的后面。

验尸官很迅速地查验尸体。"她死了至少已经有一两天了，"他说，"有人在那头颈上和手腕上做了一次很干净的手术。"

警察局局长和其他人员在大道的两端各查察了500米，可是他们什么都没有发现。

"我们在这里勘察，是浪费我们的时间，"局长终于不耐烦地说，"我们知道她并不是在这里谋杀的，其余的就什么都不知道了。"

尸体被载到了验尸所去，警务人员也回到了警察局去了。局长关照摩格耳和斯顿去详细调查关于失踪人的报告。接着他把那尸体做了一个详细的记录。第一件事是要把这被害者究竟是谁确认出来，对于这一步工作，那谋杀者却费尽心机地使它变得很难着手。

在经验丰富的艾曼特局长看来，这件案子已有几点是十分清楚的。这件谋杀被计划得很是周密。头被锯子截去了，使得无法认出这尸体是谁，两手之所以被割去，是为了免得指印专家从这女人的指印搜索到线索，由此可证明，那谋杀是知道她有指印留存在什么地方的案卷中的。

"谋杀者，不是住在这附近的地方。"警察局局长说。

“你怎么知道的呢？”福斯特问。

从尸体被弃的地方就可看到这一点。对于知道一些情形的人，他就会选择一个更好的所在了。她只被丢弃在离栏杆大约六十五尺的地方。再到山上面去一些，就可把她丢下到500米里的下面去了。要是那谋杀者是这样办了的话，我们也许要等到夏天才能发现那尸体了。还有一件事，就是可通到箭首泉的，那里有好几条路线。我想我们随后会得知，那把她杀死了的人是把她从很远的地方搬了过来的，说不定是从洛杉矶。因为他知道，不到夏天，那里是很少有人去的，所以他拣中了那个地方。

斯顿和摩格耳来报告说，在失踪人的名单里，没有一个人的样子同这被谋害者相吻合。警察局局长要他们到验尸所去，向医生去取一份关于尸体的详细报告来。接着他转向福斯特。“去把当夜班的人叫来！”他关照，“要是她的头和手确实是在山上的话，我们总可以把它寻觅来的。”

到11点钟，每一个可抽派的助理侦探都被派遣着去搜寻了。还有十几个自愿搜寻者也随同那些警务人员在出事地点附近寻觅着。局长利用本城的商业电台，向住在山前山后的居民广播着，请他们同警务人员合作。

尸体的报告单不久被取来了。在那上面所填写的是：那女人死了也许已经有三四天。头和手是在她死以后，被切割了去的。尸体上有两个点三八子弹孔。一粒子弹穿进了她的心脏，是立刻致了她的死命的。那女人的年龄是在35与40岁之间，五尺七八寸高，体重一百三十五磅。在尸体上所仅有的显著的标记是，两只大拇趾上的两个炎肿瘢痕，左大腿上的一个牛痘瘢痕，以及右脚踝上的一个两寸宽的瘢痕。

局长把这份报告抄给了新闻记者，请求他们把它完全登出，好使社会人士知道。

从尸体里所取出来的两颗子弹可帮着追迹到凶手的武器，可是要想把这被肢解的尸体确认出是谁来，却不是一件容易做到的事情。

秘密的消息开始从各方面传达进来。有一个报告是来自一个海员，他说在靠近尸体被弃所在的大道上，有人曾帮他换上一只车胎。那海员在他的手上见有血迹。也有人来报告说，那被谋杀者是林赛的一个32岁的居民，她是在上个月中失踪的。还有一个父亲前来认领，说那尸体是他的一个25岁的女儿的，她在上月26日起就失踪了。

局长和他的属员在这一天夜里通宵工作，到第二天早晨，他们已查阅了127件报告。这个被害者已被确认为七个不同的女人，可是局长终于查出了在七个中每一个都还活着。

至于那海员所发现手上有血迹的人，也被证实了是他不小心在他的臂膀上擦破了一块皮，也显然与那谋杀案无关。

天亮以后，疲惫的警察局局长让他的属员们回家休息去了。“我们只知道她不是谁，”他对福斯特说，“但是她究竟是谁，我们却还是一点儿都不知道。”

“就是只知道她不是谁，也并不是一点儿帮助都没有的。”福斯特说。

警察局局长点点头。“我们自从昨天早晨以来，一直在这一区详细地调查着。要是到今天晚上还是什么都调查不出的话，我们就可确定她并不是住在附近的了。”

到了黄昏，局长才不能不相信他最初所有的意见完全是对的。因为要是这死了的女人住在这一区附近的话，是总有什么人来报告，而由此可证实她是什么人的了。

局长想到相吸五十五里地的洛杉矶。在像那样大的一个繁华城市里，走失了一两个女人，而并不引起别人的注意，是算不了什么一回事情的。

他打电话到了洛杉矶的警察局，同他的朋友——谋杀科主任戈登·波维斯讲话。

波维斯已看到过这桩案件的记录。他对于局长有关那女人也许来自洛杉矶的意见表示同意。他答应失踪科的诺耳·麦克凡恩到所有的报告中去详细查察一次。

正在波维斯同麦克凡恩讨论圣贝纳迪诺的这桩案件时，电话铃声又响了起来。打进电话来的是保罗·麦洪尼，他是坦普尔城警察分局的刑事科主任。

“我并不相信她，或者至少她杀案，已经得到了一些线索了，”麦洪尼说，“你能叫阿辛伯和哈农到这里来吗？”

“马上就叫他们来。”波维斯答应。

哈农和阿辛伯即到腾尔去看了麦洪尼。

“说起来话长，”麦洪尼说，“而且结果怎样，我们现在还无法知道。”

哈农微微一笑。“我们常碰到那样的事情。”他说。

“你认识阿特·艾格斯吗？”

“你的秘书？”

“对了。今天早晨我走进办公室的时候，他递给了我一张失踪人的报告。报告是在昨天晚上填进来的，它却被夹在两天以前的案卷里。就是这个。”麦洪尼从他的写字台上抽出了一张卡纸，把它交给了哈农。

哈农向它凝视了一会儿。这表格填得很是合式。失踪人的名字叫陶乐斯·艾格斯，年龄41岁，身高五尺二寸，体重一百四十磅，黑头发和黑眼睛，身上并无显著的记号，或者瘢痕。她在两天以前离家以后，就没有什么人再看见她过。

“是艾格斯亲自填写的，”麦洪尼说明，“他把它夹在两天以前的案卷里，却没有向什么人说起过。陶乐斯也时常到此地来的。我有一次碰到过她。她说她在患拇趾炎肿。”

阿辛伯轻声地吹着口哨。

“这当然只可当做一种线索看，”麦洪尼承认，“可是我想还是让我来查查看。”

哈农和阿辛伯把那报告单抄写了一份。他们决定不亲自去看艾格斯去。他们同谋杀科有关系是很多人都知道的。

“我们还是让麦洪凡恩去看爱格脱去。”阿辛伯说。

他们回去报告了波维斯。年纪52岁的阿特·艾格斯是警察局里的一个可信任的雇员，他已是一个服务了十七年的公务员。他的父亲，以前做过洛杉矶的警察局局长。

“我们要看艾格斯怎样讲给麦克凡恩听，”波维斯说，“要是听来有什么可怀疑的地方，你们就可到圣贝纳迪诺去。”

艾格斯与那个被支解的尸体之间并没有什么显然的联系。他关于失踪人报告的秘密行动，也许就由于有了那桩谋杀案，使他觉到了不安，才这样引起了的。可是有一个矛盾，艾格斯很不容易解释清楚。在那失踪人报告单上，他所填写的，他的妻子是身高五尺二寸。麦洪尼却告诉他们说，艾格斯太太最少有五尺七寸高。誊录这种报告单就是艾格斯的职务，所以他总共抄写了有几百份的。这次他怎么还会填写错的呢？这会不会是出于他的有意？身为一个丈夫，又是一个训练有素的警务人员，他对于他妻子的身高自然不应当有这种错误的。

哈农向麦克凡恩把这种情形解释清楚了。“我们要你同阿脱去讲讲关于他的妻子失踪情形。不要让他想到，在形式的询问以外，有别种意义。”

哈农和阿辛伯把汽车开到了艾格斯的寓所附近。他们同他的邻居们谈一谈。他们得知艾格斯这个人，是出名的性情温和，非常谨慎，认真工作，而且没有坏习惯。他有两个养女，洛雷恩，12岁，玛利，17岁，他对她们很关心。邻居们对于艾格斯太太也很友好。可是这对夫妇间，近来有一桩家庭纠纷。

“为什么你们不去问问他们的房客呢？”邻居中的一个这样提议，“他就是罗密斯先生。他已在艾格斯家里的前卧室住了两年了。”

罗密斯是在家，可是他也并不能给予确切的报告。艾格斯告诉过他，陶乐斯已在两天以前搬了出去。在罗密斯看来，艾格斯是在怀疑他的妻子随同别的男人出走的。

那两个养女也随同罗密斯讲了一些家庭纠纷的情形。动人的17岁的玛利说，她也相信她的养母是随同别的男人一起出走的。

因为有着那样的纠纷，哈农和阿辛伯觉得，艾格斯在那失踪报告单上写错一事，也自有其可能性的。

第二天中午，麦克凡恩把他了解到的艾格斯的情形，报告给了哈农和阿辛伯。据艾格斯告诉他的，他所以把他妻子的失踪迟了一天报告，是由于他在希望她会回来。关于圣贝纳迪诺的无头尸体记录，他也看到过。而且他答应他年已90岁的岳母的要求，对于那个尸体还专门坐了汽车去看过一次。可是她并不是陶乐斯。

“看来好像我们走错了路了，”波维斯说，“可是，对于艾格斯多加一些注意，是不会怎样伤了他的感情的。你们两个人到圣贝纳迪诺去，好去同局长谈谈。这里关于艾格斯，我会叫丹尼斯和凯斯去再行查察，我们应当把它早早调查清楚。”

洛杉矶的这两个侦探，到了圣贝纳迪诺，到验尸所去看了这个无头的尸体。他们同意，它可能是陶乐斯艾格斯，可是他们自然无法确定。

在洛杉矶呢，丹尼斯和凯斯对于艾格斯曼暗中调查着。他们看他坐了汽车上下班，在他回到了家里以后，他们直注意到他上了床为止。第一天是星期日，他们也在那里守望了一整天。

到了星期一早晨，9点钟刚过，他们看见一辆慈善机关的运输车，停在艾格斯的寓所门前。开车人进去搬了一只木板箱出来。他们让它往前开了几条街，就让它停住了，便开始搜查木板箱是什么东西。

那里面有一套旧衣装，两件女外衣，一件女大衣和一双皮鞋。鞋子是定制的，是预备脚上患着什么病的人用的。它们差不多还是新的。这两个侦探看到了这些，便想起了艾格斯太太曾说过在患炎肿。

这双鞋子引起了一个谜。据麦克凡恩说，艾格斯一直希望他的妻子，在她这次新罗曼史完结了的时候，还会回来的。既然他是希望她会回来的，他为什么又要把这双定制、还差不多新的鞋子送掉了呢?

在戈登·波维斯的办公室里，哈农、阿辛伯、凯斯和丹尼斯就在讨论到这双鞋子。

波维斯向阿辛伯和哈农点点头。“你们两人去看艾格斯，看他会向你讲些什么。你们可装作有事情到坦普尔，顺便问起他妻子的失踪。”

哈农和阿辛伯便到坦普尔分局去，随意翻阅了一些别的案卷。哈农于是把它们递回给了艾格斯。“对咧，阿特，麦克凡恩告诉我你的妻子出走了。是怎么一回事呢？”

艾格斯耸耸肩膀。“哦，她会回来的。”

“也许她发生了什么事情？”阿辛伯提出。

“我想不会。麦克凡恩也说同样的话。想你们总看见过圣贝纳迪诺那桩案件的案卷了？我也到那里去过。他们从法庭领我到了楼下的验尸所去。她不是陶乐斯。我倒觉得高兴。”

艾格斯是在说谎。在圣贝纳迪诺的法庭楼下并没有验尸所。那置放这无头尸首的验尸所，离法庭那所大厦还有两里地。

波维斯听到了这两个侦探的报告，点了点头。“这桩案件你们来办吧。要抓紧一些！”他说。

丹尼斯和凯斯继续在艾格斯的寓所附近守望着。他们看见他把他妻子厨房里的器具逐件出售。

哈农和阿辛伯在圣贝纳迪诺的这件无头尸首案上，有了一个更重要的进展。先前，这两个侦探已调查到，克劳伦斯·卡密契尔医生曾为艾格斯太太动过手术。医生已离城而去了。到这时，他们得知他已经回来。哈农和阿辛伯赶快开到了圣贝纳迪诺去。

卡密契尔便仔细地研究着这无头的尸首。他还看了验尸官的报告。“我可完全确定，”他终于说，“是陶乐斯·艾格斯的身体。”

因为这尸体拇趾上所生的炎肿地方，正同艾格斯太太拇趾上所生炎肿的地方一样。卡密契尔说他绝不会有弄错的地方。

所以，这无头的尸体即是艾格斯太太的身体，到这一天是已被确切证实了。

就在那一天，哈农和阿辛伯得知，艾格斯在把他的汽车出售给别人。在那出售的契据上，艾格斯签署了他妻子的名字。他们还知道，这辆汽车原是用他妻子的名义领取车牌照的。

原来艾格斯的举动到这时有些失措了。就单凭他签署了他妻子的名字这一点看，他已触犯刑法了。而且可说他没有理由地把那辆汽车售给了别人，这引起了两个侦探的怀疑。

“让我们把这辆车子开到霍尔夫那里去，”哈农对他的同伴说，“看他能不能从它发现一些什么。”在霍尔夫的仔细查验之下，他在车厢的地板上发现了人的血迹。经过分析，显示这血是A型。无头尸首的血也是A型。虽然全人类35%的血都属于这一种型，不能依此断定三者的确切联系，可是有此巧合，也不能不作为一种可研究的凭借。

于是阿特·艾格斯以盗卖和伪署他妻子的签名，而遭到了拘捕。

局长、摩格耳和斯顿即从圣贝纳迪诺来到了洛杉矶。他们来会同审讯艾格斯。哈农、阿辛伯和波维斯指出了艾格斯关于他妻子的出走，所说的不尽不实的地方。他什么都不承认。他举起右手，向上帝宣誓说，他绝没有损害过他妻子头上的一根头发。

把艾格斯关了起来，侦查依旧在继续进行中。霍尔夫、麦洪尼、阿辛伯和哈农查着艾格斯的屋子。霍尔夫在浴盆上面的墙壁上找到了血迹。他们在屋子的其他地方也找到了血迹。哈农和阿辛伯发现，艾格斯有过一柄点之八口径的手枪。去问艾格斯，他说不记得那支手枪到了什么地方去了。接着他说他已经在一两年以前把它出售给别人了。

第一天，阿特·艾格斯被押解到了圣贝纳迪诺去。他承认他早先说到那里去看过无头尸体，是他说谎。现在他却被领到了验尸所去，看守人把毯子揭开，警务人员注视着他的面孔，看有没有什么会从他的面色中透露出来。

阿特·艾格斯凝视着这无头、无手的尸体。他绕过去，从一个不同的角度，再向她凝望着。他凝视着她拇趾上的炎肿瘢痕，然后用一种沉静的、实事求是的声调承认着说："是的，我不能不说那是陶乐斯。要是你们不把我扣留着，我要把她领回去了，给她安葬。"

妻子被肢解，而他的面孔上却一些都没有眼泪，也没有惊恐或者愤怒，就只冷淡的、不动感情的承认。

警务长官把他们的犯人带回到了洛杉矶。对于这被谋杀者的头和手，他们又重新开始了搜寻。侦探们在艾格斯的屋里，花园里到处搜寻着。他们同两个养女谈，他们问罗密，可是他们什么都没有找到。

可是经过了连续三天的询问，艾格斯终于承认了，是他开枪把他的妻子打死的。"因为我发觉她要随同另一个男人出走了。"他告诉他的询问者。他说他是用一柄锯子把她的头和两手截去了的。他说出他把锯子和手枪埋藏在靠近溪泉的泥土中了。

那两个武器都被找到了。在锯子的齿里还留有一些骨头的碎屑，在枪柄上有着血迹。

可是陶乐斯·艾格斯的头和手还是没有被寻觅到，被告总不肯说出他把它们掩埋在什么地方。他说他已全然忘却了。可是没有了它们也没有什么关系，洛杉矶的长官们也自可以判他们的同僚极刑了。

田毅　译

浴室命案

伦纳德·汤普森

葛雷听到酒吧柜的侍者对他说，有一个女人要看他，他便把他的脚踏下在酒吧柜旁边的铜栏杆，用他蒙胧的眼睛向那侍者凝望着，并把他的空酒杯也放了下来。

“她叫什么名字？”

“不知道。”侍者不觉稍微耸了耸肩膀，“她在那边后面的房间里。看见那扇红门没有？她就叫我问你是不是叫威廉·葛雷，倘若是的，就请你到那里去一趟。”他这样说着，心里在暗暗好笑：“还不是一个女朋友吗？”

葛雷用他瘦细的手指抚了抚他灰白起来的头发，笑着说：“哦，好的。”便在酒吧柜上丢下一枚二角五分的银元。

他走进那房间，把那扇红门带上了，先向四边幽暗的墙上瞥了一眼，然后把他的视线集中在坐在房间中央一张圆桌子边上的少女身上。她的面孔小小的，白白的，看上去只有18岁，或者说得大一些，也至多只有20岁。

他走到桌子旁边，拖出了一把椅子，坐了下来。

“抽烟吗？”他取出了一包团得皱皱的香烟，递给她问。

她迟疑了一会儿，然后摇摇头。

“你不像是适宜到这种地方来的。”他划着了一支火柴，望着它跳跃的火花，接着点着了一支卷烟，“你要我来，有什么事情呢？”

“我——我听见我父亲说起过你。他告诉过我你以前是——一个很出色的刑事律师。”

“你的父亲？”

“是的。爱德华·斯佩罗。”

葛雷前额上的皱纹看上去更深了。

“承蒙全国最成功的刑事律师这样嘉许，真是不胜荣幸。”

她薄染着唇膏的嘴唇稍稍分离，又像在叹息，又像在微微一笑。

“是的——这是多么——滑稽的事情。爸爸为几百个谋杀嫌疑犯辩护过，可是现在……他却不能为他自己辩护。”

“他被拘捕，是因为——谋杀？”

她点点头，心神不定地打开了一只小钱包，从中取出了一只信封丢在桌子上。

“里面是什么？”

“是一万一千元，这是我母亲和我所能凑集的。”

“你要我为你的父亲辩护？”

“是的。别人谁都不肯接受这桩案件。恰巧我记起爸爸说起过你是……”

“为什么他不能为他自己辩护呢？”

“因为——因为除了我父亲以外，实在不可能有什么别人做这凶手。我也不管他是不是真的打死了汤尼，他是我的父亲，我需要你拯救他的性命。”

“他说了是他打死这个汤尼的吗？”

“没有。可是……一定是他打死的。我想没有什么别人能够这样做。”

葛雷微微一笑。“你是要我救他的性命？”

“是的。去贿赂陪审官，去买通证人……去做无论什么事情。”

葛雷笑了出来。

“关于我，你的父亲一定向你讲述过什么为非作歹的事情。我并不贿赂陪审官，我也并不买通证人。要是如果我不能在法律上使一个当事人获救宣告无罪的话，不管他是不是真的犯罪，我就决不会接受那桩案件。”

她什么都没有说，甚至望都不向他望一眼。

“好的，把经过讲给我听听看。”葛雷抬起他的一条小腿，靠在桌子上。

“我现在要抽一支香烟了。”

她把香烟插进了嘴唇间，她赶快点燃了它，接着又把它从嘴唇取了下来。

“汤尼是一个画家。我父亲要画一张他自己的像，他便去看汤尼。他们是朋友，是好朋友。爸爸刚刚辩护好一桩很麻烦的案件，决定了要到他在乡下的别墅去休息休息。他每在一桩案件结束了，觉得疲乏的时候，常常到那里去的。而且要画人像，那也是一个很适宜的地方。爸爸的弟弟，菲利普，是同我们一起住的。我母亲、爸爸、菲利普和我，同汤尼，一起坐了汽车到那别墅去。他很高兴，一路讲着很有趣的笑话，使得我们也都笑了。汽车停止在那别墅的门前。别墅的构造就是那种很普通的，只有一层楼，红的屋顶，绿的……”

葛雷扬了扬手。

“不要去注意这些美丽的描写。汽车停止在……”

她叹息了一声，耸了耸她小巧的肩膀。

“我们从汽车里走了出来。爸爸走上了台阶，取出了钥匙，打开了大门。汤尼随着他走进了别墅。我母亲注意到了新鲜的花朵，我们便停下来采了几朵，在沿路……”

“等一等。第一，你先告诉我为什么你、你母亲和你叔父也要一起去？”

她皱了皱眉头，喷了一口烟。

“我们是只去一天，当天就要回来的。我母亲是去为父亲和汤尼打扫别墅的。”

“你们正是准备当天就回来的吗？”

“是的，在吃过晚饭以后。”

她吸了一口烟，面孔突然扭动着——她咳嗽了。

葛雷笑了出来，露出了他有烟迹的牙齿。

“你烟也吸得并不长久。”

“我——”要是灯光不很幽暗的话，他是可看到她的面孔红了起来的。

“这还是我第一次抽烟……”

葛雷又笑了一声。“讲下去吧，你和你母亲停下来采花……”

她急速把香烟丢弃在地板上，用脚把它踏熄了。

“是的。我们停下来采花。悲立泼大叫说他很口渴。他从屋子的旁边奔了过去，使得他可以到地窖里去取一瓶酒。

“我不能不给你一起解释。汤尼新近到过加拿大去，去了三天没有刮过胡髭，毛松松的，这对于他实在很不合适。可是他总是不肯刮。我们大家嘲笑他，他便说他只有妥协了。他说他一到别墅，就要把他的胡髭刮去。原本都是很稚气的——汤尼就像那个样子，总是很快活，总是……”

“唔，让我们回过头讲你的父亲吧！”

“好的。我听见我的父亲在笑，听见汤尼说很好，他立刻就把那讨厌东西刮去……其余的是我父亲讲给警察听的了。”

“也讲给我听听看。”

“他和汤尼一起走进了浴室。汤尼卷起了他的袖子，拿起了我父亲的电动保安剃须刀，把插头插进了墙壁上的电座，便开始刮他左面孔上的胡髭。我父亲说他要出去了，汤尼就点点头。可是正在爸爸要走的时候，他看见他一向以为已不见了的一件旧吸烟短褂，挂在浴室的门背后。他关上门，把那短褂从钩子上取了下来。他依旧在浴室里，他背对着汤尼。于是他听到了剃须刀跌落的声音。他转了过去，镜子正在脸盆的上面，汤尼站在那里，向镜子里望着……在他的脖颈上有一个枪弹洞。那枪弹一定已打中了一条动脉管，因为血一直不停地流出来……”

她停止了。

“你的父亲怎样呢？”

“他不知道该怎么办了。他只是站在那里……望着汤尼断气。这事情发生得太突然了，一时竟使他不知道已发生什么事情。汤尼倒在地板上了，想说一些什么话，可是他说不出了。他在流着血，他的身体打了几个滚，接着……他死了。我父亲跪在他的身边，看到他死了，于是去洗洗手——他的手是……湿的，可是没有水流出来。他向下望望汤尼，而……晕倒了。”

她停顿了，望着葛雷，好像在等他问她一句什么话。

“那时我们发觉他的情形，”她扭曲在椅子中，“菲利普从屋子的那一角转出来，在向他所拿着的一瓶酒凝视着，并高声叫喊我的母亲，因为我们已走开，他看不见我们了。于是我们三个人，一同走进了别墅……找到他们两个人都在浴室里。菲利普驾驶着汽车，去找了几个警察来——一切的情形就是这样。”

葛雷抬起了他的头，半闭着眼沉思着。

“在你们找到他们的时候，浴室的门是关着的吗？”

“是的。”

“那么，在谋杀案发生的时候，门是关着的，他们两个人是单独在盥洗室里。那里面有窗子吗？”

“有的。可是窗子是关着的，而且它是锈牢了的。”

“你相信你父亲所讲的话是真的吗？”

“我相信——可是我怎么能够呢？只有他是能杀死汤尼的唯一的人……”

“汤尼一定是在你父亲寻找吸烟短褂的时候被打死的。会不会是门被开过了的呢？”

“不会。爸爸的眼睛一直望着门的。它没有开动过。”

葛雷站了起来。

“动机呢？他必然得有一个可以攻击他的动机。”

她迟缓地站了起来，取了她的钱包。

“汤尼有过一个妻子，她已死了。我父亲以前曾想——娶她的。警察以为他杀死汤尼，就因为她在结婚以后受到了不好的待遇。汤尼不是那种可以有一个妻子的人，他不管不顾她。她是在一年以前死于生产的——那婴儿也死了。汤尼那时在加拿大。”

“汤尼对于她的死，觉得怎样？”

“他好像毫不在乎的样子。”

“可恨的贱夫。”

他向桌子上的信封扫了一眼。

“你能增加一些钱吗？”

“一万一千元还不……”

“当然不。还不够，我还要多些。”

她紧咬着她的牙齿。“你是一个吸血鬼。”

葛雷笑了笑道：“我是一个律师。”

“我怎么知道你一定能够救出我的父亲呢？也许你……”

“可以有许多的也许。要是你不信任我的话，你走好了，把你的钱带走。”

“不——我是需要多弄些钱给你。”

葛雷耸耸肩膀，睡眼蒙胧的。“好的。现在让我们出去吧，我肚子饿了。”

葛雷走进了监狱，见到了“不准吸烟”的牌子，不觉皱了皱眉头，并向一只褐色的大痰盂投了一眼。他对警察说：

“我要看爱德华·斯佩罗。”

“你叫什么名字？”

“葛雷。我是他的律师。”

“你是吗，嗯？”警察打了一个呵欠，“在我们把他关进来的时候，他并没有律师的。”

“他现在有一个了。告诉他我在这里。”

警察叽咕了一声，便走进了一扇门，不见了。在他回来的时候，他随身带了一个高大的、精瘦的男子，他的褐色的头发并没有梳理，显得很乱的样子。

葛雷在铁丝网的外面坐了下来，面对着斯佩罗。狱警在那里徘徊着，葛雷在微笑，向他凝望着，直到狱警走开得听不到他们的谈话声为止。

“讲得轻些，我已看见过你的女儿，她要我来为你辩护。”

斯佩罗向前倾俯着，咽着唾液。

“你看见过朱莉？她准备……不要听她的话。你已听到详细情形了吗？”

葛雷点点头。

“那么除非你是一个疯子，你才以为还能做什么有效的辩护。”

葛雷向铁丝网更移近了一些。

“对我说老实话，斯佩罗。你是凶手吗？倘若是的，告诉我。不要愚蠢，不要说谎。现在，你想想看。”

“不是的。葛雷，我不是凶手。”

葛雷用他嘴的左边微微一笑。“我相信你。现在，你听好。从你的女儿朱莉所向我讲的看来，你对于我并没有多大的信任。可是我并不是你所以为的那种浑蛋……”

“我已听到过这许多……”

“不要大声，把这件事弄清楚，我是你的律师，你在辩护上是什么都无能为力了。你没有对你有利的证人。你不能使陪审官给你同情。你明白吗？”

斯佩罗迟疑地点点头。

“好。你的女儿给我了一万一千元，还答应再多给些。你能够拿出多少来呢？”他向斯佩罗斜睨着笑笑。

“我没有什么。你是一个浑蛋。你需要获得你所能获得的，是不是？”

葛雷的面孔上露出了不快之色，他的嘴唇紧闭着。

“你再要这样叫我，我就要离开这里了。如果你再拿出五千元来，那么就可有些不同的情形了。我是要宣传的。在新闻记者来看你的时候，我就把我在担任这桩案件告诉他们。”

“要是你能使我宣告无罪的话，我会告诉他们你是一个比我还要好的律师。葛雷，朱莉以为怎样？她是……”

“她以为你是确凿的凶手。在我们上法庭的时候，我会使她的观念改变过来。”

“我希望你能够。”

“有些事情她没有告诉我，警察找到那支枪没有？”

“是的，他们找到它了。它在起居室里，被塞在一张沙发的坐垫底下。

他们相信是我打死了汤尼，然后走出浴室去把那支枪藏好，再走回去，装做晕倒。”

“它是什么口径的？”

“点三二口径——就是那种短筒的侦探所惯用的手枪。”

“是你的吗？”葛雷把他的头向前俯着，“你是不是可以确定，在你的后背对着汤尼的时候，你没有听到什么声音？”

“我所听到的，只有汤尼的剃须刀的嗡嗡声。我也许还……哦，我不知道，葛雷，我不知道。我，我已把这一段事情讲了不知道多少遍……我忘却了。我也许还听到别的什么声音，可是我记不得了。有时候我想是我打死他的。我看好那扇门没有开动过——我听得到汤尼的血潺潺地流出来……”

“不要大声。狱警在望着我们。笑呀！不管我讲什么，你总管笑。你爱汤尼的妻子吗？”

“这个——是的。可是在我遇见了安恩——我的妻子的时候，我就把她忘掉了。”

“是你先忘却她呢，还是汤尼先娶她？”

斯佩罗几乎要发火了。

“很好——是汤尼先娶他。”

“于是，你娶了你自己的妻子？”

“是的，于是我娶了安恩。”

“在汤尼的妻子死的时候，你觉得怎样？”

“我不知道。我想我在那时憎恨过汤尼，可是到这时我忘却了，也宽恕了。”

葛雷笑了出来。“好，我走了。”他站了起来，“说不定在开庭以前，我必须得再来看你一次。新闻记者来，不要忘记我告诉你的话。”他微微笑了笑，迅速地迈步走了，而在他一经过狱警的时候，他立即抽上了一支香烟。

开庭的那天，第二个走上证人席的是菲利普·斯佩罗。

“你是被告的兄弟？”法庭辩护士艾博特问。

“是的。”

“你陪同被告的妻子和她的女儿一起进入别墅，在你们打开盥洗室门的时候，你看到些什么？”

“汤尼横倒在地板上，靠近脸盆，我的哥哥在他的身边，有许多的血。一柄剃须刀在地板上嗡嗡地响着。”

“你做了些什么呢？”

“我看到汤尼是无法挽救的了，所以我弄醒了我的哥哥。他说什么有血——在他的手上。我问他发生了什么事情。他告诉我他单独同汤尼在浴室里，门是关着的，却又说他没有打死他。我对他说，他在说谎，并要他在去唤警察以前，告诉我老实话。他说他并没有说谎，说着，他就晕倒了。他答应我，在我未唤警察的时候，他不会走开的，所以我就去了。”

“在汤尼的妻子死以前，你的哥哥对于她的态度怎样？”

“他说他觉得很为她遗憾，嫁了汤尼那样一个东西。”

“在她死的时候，他有什么举动？”

“他要打死汤尼。”

葛雷跳了起来，他嘴的左边抽动着。

“庭长，我的当事人，无论如何，是一个有理智的人。要是他真要打死一个人的话，他自己也绝不会讲给那个信口胡说的浑蛋听的。”

“斯佩罗先生，”庭长威恩盖特问菲利普，“是不是你的哥哥真对你说过他意欲谋杀死者？”

“不错……没有，可是那个东西有什么权利……”他指指葛雷笑着的面孔。

“葛雷先生，”庭长望望葛雷叹息了一声，“我想你不可应用任何卑劣的语句。”

“那并不是一句卑劣的语句，我说的是实在话。”

“很好！那么不要说不敬的语句。”

“这要好一些。”葛雷坐了下去。

威恩盖脱庭长向菲利普低语着什么。

“啊……好了。你可以盘问证人了。”他关照葛雷。

葛雷拍了拍当事人的肩膀，整了整他的领带，站了起来。

“你酒喝得很多吗？”葛雷突然诘问。

“不多，只是平常。”菲利普笑笑，眼睛半闭着。

“只是平常？你曾经为酒醉闹事被拘过了五次，难道就为这个吗？”

“这是算你的漂亮，是不是？”菲利普笑得更厉害了，把一只手臂搁在椅柄上。

“在谋杀发生的时候，你是在地窖里吗？”葛雷把声音放得很低。

“我不知道。你要明白，我不能告诉你汤尼是在什么时候被谋杀的。”

“没有人看见你进入那地窖里吗？”

“没有。可是不必担心，我是在那里。”

“是吗？”葛雷先慢慢地望望他上面，又慢慢地望望他下面，摇摇头，咂咂舌头。

“是的，我是在那里！”

“你是在那里？你没有向你的哥哥取钥匙，你怎么进入地窖的呢？”

菲利普斯佩罗被问得有些呆住了。他的哥哥也在望着，他现在已转成白色的面孔。

“嗯？……你是不是飞进去的呢？”

“我——我想门没有锁上。”

葛雷笑了出来。“哦，你的哥哥离开了别墅三个月，却会让地窖的门开着。他钉上了一块‘欢迎盗窃’的牌子没有？”

“我不——不知道。门是开着的——你非相信我不可！”

葛雷微微一笑。“好的。现在，关于我当事人对于汤尼的妻子的感情，我们已听得很多了。你对于她的感情又怎样呢？”

“我——你是什么意思？”

葛雷向前倾俯着。

“你知道我是什么意思。在她嫁给汤尼的六个月以前，她和你去申请结婚证。”

“你在说谎！你在说谎！”菲利普惊呼。

“是吗？”葛雷把一张纸扬了一扬，“记录在这里。为什么你并不娶她呢？”

菲利普搓着两手。

“因为汤尼……”

爱德华·斯佩罗在苦笑着。

“原来你也！……哦，上帝，你也！”

葛雷把一支自来水笔在菲利普的膝盖上轻敲了几下。

“你知道谋杀的武器是在起居室中的沙发里找到的吗？”

“是的。”

“那么，你们三个人，你的嫂嫂，她的女儿和你，不是每一个人都能在发觉谋杀以后的纷乱中，把它藏置在那里的吗？”

“我——我没有把它藏置在那里。”

葛雷向斐立泼点点头。

“盘问终止了。你叫下一个证人吧！”

下一个证人是医生。他述说了死者遭枪弹袭击与死时的状况，这一次庭审至此已告终。

第二天早晨10点15分再次开庭。

轮到葛雷为他的当事人辩护了。

“我的当事人是无罪的。证明他无罪，就是我的职务。我要为他这样证明。”他转身面向庭上的书记官。“叫斯蒂芬丝小姐上来。”

她来到证人席上坐好以后，他问她：

“你的职业是什么，斯蒂芬丝小姐？”

“铅匠。”

菲利普跳了起来问道：“她说什么？”

葛雷笑笑。“她说她是一个铅匠——女铅匠。”

菲利普坐下去了，显出了一种轻微的惊疑的面色。威恩盖特庭长向斯蒂芬丝小姐望了一眼，对葛雷说：“她的证明是与本案有关系的吗？葛雷先生。”

“很有关系，庭长。”葛雷转身面向着证人：

“现在，斯蒂芬丝小姐，请你告诉庭上你在星期一晚上做了些什么事情？”

她把她的手按放在膝盖上，把两条腿并得紧一些。

“在那天晚上7点钟，我接到了一个你打来的电话。你说你要一个铅皮匠，就是女的也没有关系。我同你在一家餐室里见了面，便谈起来。你讲给我听斯佩罗先生的事情。于是你关照我不能把这件事情讲给任何人听。我叫了一瓶啤酒，听你讲着。你讲完了，我说哪里会有这样的事情，还是不要去做的好。你说的确是这样的事情。我还是有些不相信，你说你不会错的，若是错的话，你肯付我一千块钱。我问你，你怎么能够证实。你要把我带到那别墅去。我说我不信任你——我实在连你是什么人我也不知道。你说：‘太坏了，你去了我是打算给你五百块钱的。再会吧。’我随了你去。五百块钱究竟是五百块，虽然也许你并不在乎。我们大约在9点30分到达了那别墅，前门是锁着的。你把一只脚跨进在窗子里，抵住了它，便把我扶了进去。你把灯开了，我们便走进了浴室。接着我们走了出来。地窖的门上是上了一把锁的——你说是警察锁上的。你捡起了一根棒子，把锁打开了。你有一支手电灯。我们在地窖里待了十分钟。因为你是对的，我失去了一千块钱。我们不久离开了别墅，到了我的家里去。我们一同做出了一张图表。”

葛雷便把图表取了出来，他把那一个纸包递给了斯蒂芬丝小姐。

“就是这张图表。外面的蜡就是你封在那里的吗？”

“是的，它没有被打开过。”

葛雷用他的指甲启了封，把它丢在桌子上。出来的是一张硬卡纸的图表。

“这是你的签字，是用来证明你同我一起看到了画在那上面的一切的，是不是？”

“是的，真是这样。”

他把图表举了起来，向陪审官讲着。

“你们可以看到，这是一张汤尼正在他刮胡子的时候被枪打中的图画。它不仅画出了浴室，还画出了地窖的一部分。这是画得好像汤尼前面的一垛墙不存在的样子。现在，我要你们看我的解释：

“在医生检验了以后，他说枪弹是以大约三十度的角度，自下向上穿入的。依照他的意思，因为一个人在刮胡子的时候，总是把他的头偏向在一边的。可是那子弹穿入的路线对于地板正好形成直角。换一句话说，子弹是从地板直穿上来的。是直穿上来的！”

他停止了，向菲利普表示不解的眼睛投视了一眼。

葛雷扬了一扬手，“一个人刮起胡髭来是怎样的？他站在镜子的前面，站得尽量地靠近着它。汤尼也这样做，在他的下面——在脸盆的中央，是出水的管子——正好在他头的下面……”

菲利普张着嘴，冲到了图表旁边。

“你是——那不可能！”菲利普喊叫。

葛雷还是说下去：“我也是这样想——在起初。可是依照子弹进入的角度看，只有这一个可能的回答。”他转身面向着斯蒂芬丝小姐，“告诉他们，斯蒂芬丝小姐，把整个经过都讲给他们听……我疲倦了。”

她点点头，站了起来。

“这实在很简单的。那别墅只有一层楼，所以那出水管一直通到下面地窖里。现在，在浴室里，有些出水管是把防腐设施装置在地板上的。在我向葛雷先生这样说出的时候，他说这一个浴室绝不是这样，那一定装置在地窖里。他是对的，那个就是我们所以要到别墅去探查的理由之一。那出水管从脸盆直通向下面，穿过地板，通进地窖，直通下去大约两尺样子，然后有一个弯曲，防腐设施就装置在那个地方。我们找到一个直径大约一寸宽的小孔，出水管就从这里弯过去在其中塞着油灰，葛雷先生把油灰挖了出来。你就可从中直望到浴室，直望到天花板。在出水管里，很靠近脸盆的地方，装置着一块交叉的金属片，是用来阻止大的粒屑漏下去的。它已被拧去了，很少有人会注意到过它，因此它有没有在那里更不会知道……正如葛雷先生所说的，汤尼也没有注意到这个，他就这样丧失了他的性命……”

葛雷似乎在安闲地休息着，菲利普的嘴却似乎张得更大了。

“汤尼在用剃须刀刮着胡子，”她说下去，“他不必要用肥皂水。谋杀者就利用了这个机会，他在地窖里把自来水的总龙头关上了——有了水就会把他要利用出水管的计划破坏。在谋杀完成以后，他自然重新把它开了开来……”

葛雷说：“不要忘记了那块布。”他说时连头也没有抬一抬。

“哦，是的。在你们男子刮胡子的时候，你们把头偏向在一边大约二十秒钟的样子。谋杀者从出水管望上去，看得见汤尼冲在脸盆上的下颌，他知道那下颌冲在那里的时候，足够使他准备准备了。这时间足够使他把大约四寸宽的一块布，塞进出水管的下面一端，使得枪声不致超越在剃须刀的嗡嗡声之上。然后把枪口对准在那团布上，枪杆同出水管的里面是平行的。他便扳动着枪的扳机。他不能不一枪打中，他知道汤尼的头依旧冲在那里。这一切非做得十分镇定不可……”

她停顿了几秒钟，用舌头舐舐她干燥的嘴唇。

“……这枪的声音怎样？或者你们想象不出。葛雷先生是亲自试了的。我们一时找不到谋杀者所用过的那块布。他就把自己的布塞了进去，关照我到上面的浴室里去，把浴室的门关上，要我站得离面盆远一些。我只听到一声很低微的声音，我就看见天花板上显出了一个小孔——就像这个样子。我想我已把经过都讲清楚了。”

菲利普向威恩盖特庭长望望。“庭长，要是你觉得可以的话，我还想再听一些葛雷先生的解释。”

“当然可以。葛雷先生，你能再给我们一些详细的说明吗？”

葛雷说了一声“好的”，便站到了陪审官的前面去。

“现在我们已可清楚地看到，谋杀者是在地窖里下手的，谋杀者一定有像我的当事人所有的同样的动机。他知道汤尼是要到那浴室里去刮胡子。他在无论什么时候要想拿到我当事人的手枪，就可拿到它。他看到自己是一直失业，连一点地位都没有，而他的哥哥却一天比一天得意，终于变成了一个富足的刑事律师，他的心里不觉又妒忌，又憎恨……”

菲利普·斯佩罗迅速从他的椅子站了起来，一蹿就蹿到了葛雷的背后。他行动得实在太迅速了，过了几秒钟，人家才注意到他手里握着一支手枪。

“好的，葛雷，你手指一动，我就要打死你。我要从这里走出去，你走在我的前面。谁想阻挡我，谁就得吃枪子，明白了没有？”

他哥哥的手在葛雷的后面伸进了他的枪袋，把葛雷的手枪抽了出来。

“菲利普——把那支枪放下来——我不要——”

菲利普急叫了一声，急速把他的枪口向下了，预备开枪。

他的胸膛里着了两枪。

他的眼睛张开着，一直向前面走，奇怪的、不稳的步子，显然不知道要向什么地方走。他似乎要大笑一声，血在潺潺地流出来，随即就跌倒在地板上了。有几个女人惊呼着。

威恩盖特庭长站在葛雷的身边。葛雷扬了一扬手。

“好，有了供状了。”

“他死了。”

葛雷走到斯佩罗的身边，把手枪取了回来。他稍微笑了一笑。“斯佩罗，你不应该对你的弟弟开枪的，你差一点打中了我。”

葛雷并没有把枪插进袋里去。他紧紧地握着它，坐在桌子上，一条腿晃悠着。

“好的，你们每一个人，静一些，案件还没有结束——你们看守门的人，不要让随便什么人出去。对了，要是菲利普·斯佩罗并没有他刚才那种愚蠢举动的话，他就不会死，而且他还能讲一些事情给我们听。他能告诉我们，策划谋杀汤尼的究竟是谁。这一个谋杀的策划实在太聪明了，愚蠢的菲利普是无论如何想不出来的。他只能够听从别人的命令做。这样想出来的是还有别的什么人的。

“这是一个双重的谋杀：汤尼是被打死了，我的当事人由此被判死罪。那策划者的意思是，在汤尼被谋杀的时候，只有我的当事人单独同他在屋子里，窗子又是关着的。那么谋杀汤尼的还可能有什么别的人呢？而且事情发生得比原来策划的意思还要好：他的确是同汤尼一起在浴室里。可是菲利普并不知道这个意思。按照原来的计划，他打死了汤尼，从地窖里出来，陪同斯佩罗家庭里其余的两人一起进入屋子，以证明他发觉了那桩谋杀案。可是我的当事人对汤尼说，他要出去了，并把浴室的门关上，自此就没有再说什么别的话。菲利普在下面地窖里听到了，以为他已经出去了，否则他也许不会在他的哥哥和汤尼同在浴室里的时候，就下手把汤尼打死的。

“指使菲利普这样做的，是一个女人，她蔑视汤尼，因为他没有娶她；她蔑视我的当事人，因为他是一个可怜的代替者。”

“她一路上尽是嘲笑汤尼的胡髭，直到他确实答应了，一到别墅，就把他剃去。她使她自己和她的女儿，用采花来延迟进屋子的时间。她把她的丈夫的钥匙给了菲利普，使得他能够预先把事情准备好，总之一句话，一切在计划之内的事情，都是菲利普做的。这样做着，他们只需欺骗一个人，就是她的女儿。

“可是你造成了一个错误，斯佩罗太太！你想从一次的谋杀，可以获得太多吗？或者你在想，要我拿出证据来吗？好的，斯佩罗太太！上星期二，你雇用了一个使女。她是一个私家侦探，是按照我的吩咐行事的。”他把手枪放下在桌子上，伸手到口袋里去，摸出了一块金属片，在手里玩弄着。“她是在你房间里，在一只冷霜罐头的底里找到它的。它就是从那出水管上拧下来的金属片。你打算把它做什么用处呢？你预备要菲利普把它焊回到原处吗？还是你只把它留着，作你这次精密的谋杀的纪念呢？”

一个穿绿衣服的女人想逃出去，却马上给两个守门的警察抓住了。

葛雷呢，他把金属片放进了一只信封里，把手枪也放进了袋里。他说：“斯佩罗，她真要不得。你从没有爱过她。汤尼的妻子或者才是你真正所爱的……”

斯佩罗站了起来，叹息着。“我想不明白。我——我要谢谢你……”他伸出了一只震颤着的手。

“我不要你谢。我是一个律师。我要钱。五千元，记得吗？”

斯佩罗就在葛雷所递给他的一切都已写好了的支票上签了字。

“好。”葛雷最后说着，“一切事情都结束了。关于菲利普的事情，你不要放在心上，这是出于自卫。”